INK INK INK INK INK
INK INK INK INK INK INK
INK INK INK INK INK
INK INK INK INK INK INK
INK INK INK INK INK
INK INK INK INK INK INK
INK INK INK INK INK
INK INK INK INK INK INK
INK INK INK INK INK
INK INK INK INK INK INK
INK INK INK INK INK
INK INK INK INK INK INK
INK INK INK INK INK
INK INK INK INK INK INK
INK INK INK INK INK
INK INK INK INK INK INK
INK INK INK INK INK
INK INK INK INK INK INK
INK INK INK INK INK
INK INK INK INK INK INK
INK INK INK INK INK
INK INK INK INK INK INK
INK INK INK INK INK
INK INK INK INK INK INK

INK INK INK INK INK
INK INK INK INK INK INK
INK INK INK INK INK
INK INK INK INK INK INK
INK INK INK INK INK
INK INK INK INK INK INK
INK INK INK INK INK
INK INK INK INK INK INK
INK INK INK INK INK
INK INK INK INK INK INK
INK INK INK INK INK
INK INK INK INK INK INK
INK INK INK INK INK
INK INK INK INK INK INK
INK INK INK INK INK
INK INK INK INK INK INK
INK INK INK INK INK
INK INK INK INK INK INK
INK INK INK INK INK
INK INK INK INK INK INK
INK INK INK INK INK
INK INK INK INK INK INK
INK INK INK INK INK
INK INK INK INK INK INK

K INK INK INK INK INK INK
NK INK INK INK INK INK I
K INK INK INK INK INK INK
NK INK INK INK INK INK I
K INK INK INK INK INK INK
NK INK INK INK INK INK I
K INK INK INK INK INK INK
NK INK INK INK INK INK I
K INK INK INK INK INK INK
NK INK INK INK INK INK I
K INK INK INK INK INK INK
NK INK INK INK INK INK I
K INK INK INK INK INK INK
NK INK INK INK INK INK I
K INK INK INK INK INK INK
NK INK INK INK INK INK I
K INK INK INK INK INK INK
NK INK INK INK INK INK I
K INK INK INK INK INK INK
NK INK INK INK INK INK I
K INK INK INK INK INK INK
NK INK INK INK INK INK I
K INK INK INK INK INK INK
NK INK INK INK INK INK I

INK
文學叢書
132

野翰林
高陽研究

鄭穎◎著

目次

高陽的家世和生平

高陽，原名許晏駢，譜名儒鴻，又名雁冰，一九二二年四月十一日（農曆三月十五日），生於浙江杭州，一九九二年六月六日病逝於台北榮總，享年七十。高陽二字，原為許氏郡望，許晏駢將它作為筆名，自第一部小說《猛虎與薔薇》開始，一直到最後一部作品《蘇州格格》，皆以此二字為名出版。

一、橫橋許家——高陽的家世

橫河橋許家

清代杭州有四大著名家族，頭髮巷丁家、蜻蜓巷王家、雙城巷高家、橫河橋許家，皆以書香門第、科甲蟬聯著稱於世，其中所謂橫河橋許家，即許晏駢（高陽）家族[1]。〈高陽許氏橫橋老屋舊址碑記〉提到：

> 吾家源出富陽沈氏，始祖諱顯榮，號五雲，幼年失怙，以表親賈氏提攜成立。及長，貿遷南北，頗有所獲，顧以性好奢華，施恤揮霍，家計遂窘，嘉靖十五年鬱鬱歿於京邸，得年五十有七。五雲公於四十八歲後，連舉二雄，長曰紀，次曰立，孤露無依，賴表姑父杭州前衛指揮千户許魁，攜返杭州扶養，更名爲許紀，字文綱；許立，字春園，視如己出。文綱、春園兩公亦感恩圖報，父事之。及許千户既歿，文綱公亦下世，春園公圖歸宗而不果，遂入籍仁和，是爲吾許氏二世祖。[2]

杭州許氏源出浙江富春沈氏[3]，嘉靖十五年（公元一五三六年），沈顯榮於經商北京時病故，留下年幼二子沈紀與沈立，由當時任職杭州前衛指揮千戶的姑父許魁代爲撫養，且改姓爲許，入籍杭州。

〈清代杭州「七子登科」的橫橋許學範家族門祚述略〉一文，即詳細備載許氏家族二、三、四……以至於近代的譜系姓名。[4]

杭州許氏於八氏祖時，以其聚居地形成了橫河橋和金洞橋兩個支系，其中的橫河橋一支爲長房，人口多，名望大，聚居時間也最多，故而杭州人多將許氏家族統稱爲「橫河橋許家」。杭州許家從第五世開始，按輩分以「水、木、火、土、金」五個偏旁取名；第十世開始，則以「學乃身之寶，儒以道得名」十字，作爲取名排輩的順序。之後又加了「延世惟仁厚，承家在孝慈」一聯，直至今日仍爲許氏族人所沿用。而從此二十字，也可以看出杭州許氏以儒學仁厚爲持家守則的家訓。

許家先世，雖起於商貿，但從三世起，便游幕各地，高陽說：「吾家二世祖春園公，雖習商賈，不忘詩書，故三世祖懷春公以筆耕而經營四方；四世祖遯庵公生當明清之交，參洪經略戎幕而立功入仕；五世祖長文公、六世祖南六公、東華公、七世祖亮展公、八世祖樂亭公，皆幕游四方，有聲於時。樂亭公諱堯堂，尤爲偉人，清人筆記載其不惜身家性命，保障災黎，洗拔無辜，活人以百千萬計之軼事甚夥，其後獨昌，或謂陰功積德之報」（〈高陽許氏橫橋老屋舊址碑記〉）。九世祖許鉞爲清乾隆三年（公元一七三八年）戊午浙江鄉試第二七名舉人，後累官至廉州知府。這是杭州許氏科第聯翩、簪纓相繼的開始，一直到光緒二十九年（公元一九〇三年），這一百六十五年間，許家共有舉貢進士三十四人（其中進士及第者九人），秀才、監生不計其數。因此，高陽回憶老家時，曾說：

> 我家的特色就是匾額多，五開間的門楣上就懸了五方，有一方是「傳臚」，還有一方是「會元」，六老太爺長子彭壽先生，原名壽身；據說六老爺夢見「開天榜」，狀元名許彭壽，因而爲

之改名，結果狀元沒有中，中了會元；殿試是二甲一名「傳臚」。這一榜的狀元是張之萬；彭壽先生有個極闊的同年，就是李鴻章。

老屋中的匾額分兩種，一種出於御賜，金底藍字或黑字，四周飾以龍文，正中上方有一方御璽。一種是白地黑字，專記科名「進士」、「舉人」、「生員」，以出身遲早排列。御賜匾額中最大的一方是豎匾，寬約丈餘，高則總有兩三丈，窠巢大書「福壽龍虎」四字，爲慈禧御筆；因爲彭壽先生久任南書房翰林，故蒙此賜。5

由此，除可見許家科第之盛外，也可以看到有清一朝，望族與科舉相結合的情形；尤其是人文薈萃的江南，不僅集合了全國多數的書院、學堂，教育發達、人才輩出。當時江南各地屢出現許多科舉奇觀，如常州府有所謂「兩門元望」、「三鳳家聲」、「五經三榜」；杭州有「七子登科」；徽州有「連科三殿撰，十里四翰林」、「一門九進士，六部四尙書」等等。科舉入仕，成爲晉身貴族，或維持家聲的不二法門。從許氏一族的科第成就，即可見高陽家族書香門第的基本型態，長時期的望族聲譽，伴隨而來的是精緻的生活供應與文化積累，以及久伴君側的文官官僚體質。這些種種，都在許晏駢身上得窺一二。

「七子登科」與「五鳳齊飛入翰林」

橫河橋許家鼎盛的開端，不可不提許氏十世祖「學」字輩的科第成就。許家十世有許學範、許學曾、許學歐三支。學範八子，除一子早夭外，其餘七子皆中舉人；而第三子許乃濟、第六子許乃普，及第七子許乃釗更由進士而入翰林，同時尙有許學曾次子許乃安、許學歐長子許乃賡。因此，杭州橫河橋許家著稱當世的「七子登科」、「五鳳齊飛入翰林」的美稱，便是由此而來。高陽曾引錄楊文杰所著《東城記餘》中的一段「許氏科第」，即記錄這段豔羡士林的佳話，如下：

陸定圃師以湉《冷廬雜識》云：嘉慶道光以來，仁和許氏6科第最盛，駕部謹身闈墨，房評云：「數來望族，寰中能有幾家；問到科名，榜上視爲故物。」稱許可云允當。又潘文恭太傅《思補齋筆記》：錢塘許小范先生學範，乾隆戊子舉人，壬辰進士；子乃來，乾隆癸卯舉人；乃大，嘉慶辛酉舉人；乃濟，嘉慶庚申舉人，己巳翰林；乃穀，道光辛巳舉人；乃普，嘉慶丙子舉人，庚辰榜眼，乃釗，道光戊子舉人，乙未翰林；乃恩，道光癸卯舉人，七子登科，海内所未有。伯兄、季弟先後同年，尤科目中所罕見。

科舉作爲拔擢文官的系統，杭州許家在科第的成就，無疑是一切世間成就的象徵。除了「許家家族前十一世系及高陽單支系圖」之外，有一個表列可以清楚看到高陽家族，及結合婚姻關係而來的家族傑出名人表列，是如何令人瞠目。

【許氏家族前十二世傑出人名錄】

六　世——「木」字輩共四人，二人早故，許機爲秀才。

八　世——「土」字輩共十七人，七人早故，許堯堂、許奎爲秀才。

九　世——「金」字輩共十三人，六人早故，出秀才三人，許鉞、許鏡爲舉人。

十　世——「學」字輩共十三人，四人早故，出秀才四人，舉人一名，進士一名。

許學範：（乾隆進士），任官，賜匾「五世同堂，一門再見」。

許學曾：（乾隆舉人）

十一世——「乃」字輩共廿九人，五人早故，出秀才十六人，舉人十一人，進士五人，入翰林院五人。

許乃穀：（道光舉人）敦煌知縣十四年。

許乃來：（乾隆舉人）任官廣東。

許乃大：（嘉慶舉人）任官四川、陝西。西藏。

許乃濟：（嘉慶舉人、進士、入翰林）任職廣東。

許乃普：（嘉慶舉人）工部尚書、吏部尚書、刑部尚書。

許乃釗：（道光舉人、進士、入翰林）江蘇巡撫。

許乃恩：（道光舉人）任官山東，三女嫁禮部尚書廖壽恆，五女嫁直隸總督陳夔龍。

許乃安：（嘉慶舉人、進士，入翰林）賞花翎，任官甘肅蘭州。

許乃寬：（道光舉人）。

許乃賡：（嘉慶舉人、進士，入翰林）國子監侍讀。

許乃裕：（嘉慶舉人）國子監。

十二世——「身」字輩共七十人，十四人早故，秀才三十一人，舉人十二人，進士三人，二人入翰林。

許道身：國學生，賞戴花翎，江蘇道員，是廣東、江蘇的督糧要員，六女嫁軍機大臣——江蘇元和的吳郁生。

許庚身：（咸豐舉人、進士，入翰林）軍機大臣，兵部尚書，吏部尚書兼總理各國事務，賞御筆、賜匾等；次女嫁張元濟。

許美身：（道光舉人）賞戴花翎。

許桂身：（道光舉人）二品道員，任官山東。

許壽身：（道光舉人、進士，入翰林）。

許鈐身：欽差大臣，出使英國、日本大使；隨李鴻章辦洋務，總理各國事務。

許培身：（道光舉人）任官四川、雲南，賞花翎。

許佳身：賞戴花翎，任軍職於湖北、江浙；次女嫁翰林編修汪洵。

許觀身：（道光舉人）任官雲南。

許台身：（道光舉人）捐鹽大使，任官雲南，出使韓國三年。

許祐身：（同治舉人）賞戴花翎，山東、揚州知府，江蘇道員，娶翰林編修俞樾女。三女嫁內閣總理錢能訓，六女嫁翰林院編修俞陛雲（俞平伯的父親）。

許謹身：（道光舉人、進士）兵部武選司主事。

許葆身：（道光舉人）直隸州知府。[7]

清代許氏家族由科舉出身，或由它種途徑入仕者，多達一百四十人次出任各級各類官員，宦跡遍及京城等十七個省份；與之聯姻的姻親亦頗多世家望族。高陽姪子許以祺即說：「許家先輩能人一般都是出外打天下的，包括許家姑奶奶們，外嫁高官及名人的極多，如國務總理錢能訓、直隸總督陳夔龍、禮部尚書廖壽恆、學界名人張元濟及俞陛雲、俞平伯等人。」[8]除上所述，尚有蔡元培之子蔡無忌等，亦是許家女婿；而浙江桐鄉世家望族陸費氏在清末與許家三次聯姻；前舉著名學者俞樾至俞平伯，更是與許家四次聯姻的至親。許氏回憶老家宅院裡柱子上的一副抱對，寫著：

世間數百年舊家，無非積德；
天下第一件好事，還是讀書。

——〈我的老家「橫橋吟館」〉9

當然，其他還有些作爲家訓用的對聯，如「兄弟休戚相關，則外侮何由而入」的句子，但高陽未能記全。這倒是成了一個極富象徵的插曲，許氏先世，由商賈轉而幕游四方，家威之勝，卻是由入仕而來，所以，高陽記住了最重要的一個抱對，的確「天下第一件好事，還是讀書」。

經濟與實學的家族性格

前文述及高陽家族的科第成就，在文風鼎盛的家族中有位特別的人物，是我們在搜尋高陽性格或作品特質時不能不提的，即其叔曾祖許庚身。

許庚身（一八二五～一八九三），字星叔，咸豐壬子舉人，癸丑考取內閣中書，同治元年（一八六二）壬戌科會試第一百三十四名進士，殿試二甲第二名奉旨仍爲候補侍讀，同治、光緒兩朝歷任軍機大臣兼總理各國事物、兵部尚書，署吏部尚書，方略館總裁、會點館總裁。卒謚「恭愼」，御賜祭葬，晉贈太子太保銜。

這一段生平敘述，直觀而言，是一個傳統科舉時代，最典型的美好資歷。但是，我們更看重的，是清人筆記中所記錄的許庚身事蹟。陳夔龍的《夢蕉亭雜記》裡寫到「許恭慎獻計恭邸」一事，高陽的〈「橫橋吟館」圖憶〉也約略提到；文中說，許恭慎在咸豐年間以內閣中書考派爲軍機章京，在內閣票擬「題本」二百餘件，一夕竣事。「辛酉政變」時升爲「達拉密」，即軍機章京領班。同治元年春闈，殿試二甲第二名，本應入翰林，「但因其時洪楊軍事正急，恭王對江、浙及長江上下游的情形所知有限，因而對曾、李、左的軍報必須有人爲他講解，而指授方略，更非精確了解山川勝物者不辦，所以仍將他留在軍機處。」[10]

《夢蕉亭雜記》中則有更戲劇化的描寫：話說壬戌殿試後，正値南天烽火，許恭慎原被指派福建鄉試副考官之職，卻被當朝的恭親王給留了下來，恭親王對許庚身抱歉再三，直說：「只因江南軍事得手，金陵省城即日可望克復，論功行賞，樞府必有許多應辦之事，非君莫屬。故特奏留君襄贊一切。」果然，沒多久，南京克復。

一日，慈禧急召恭親王入見。許恭慎正於宮中，遙見外奏事處官員，手捧雞毛檄文，他從旁窺看，是八百里加急公文一件，綴以夾板，大書「克復南京省城」。復見恭王正等候召見，許恭慎急忙問恭親王，有無對策，原文如下：

公急問恭邸曰：此番召見，皇太后、皇上必詢問金陵省城共若干門、何門瀕江，何門倚山，暨東南西北各方向。似須先有預備，免使臨時張皇。

邸云：我未到過南京，一切茫然。上如問及，憑何以對？意頗焦灼。

公袖出一書曰：此乃高宗南巡盛典第幾卷，詳繪金陵省城地圖。曾中堂攻取金陵已非一日，何處駐兵，何處挖濠，何門包圍，何門進取，屢次奏報，曾經敘明。某均於此圖中拈有紅簽，

> 並列小注，閱之一目了然。請攜帶手旁，以備顧問。
>
> 恭邸大悅。迨召見趨出，對公一揖曰：今日召見，全仗君先有預備。敏練之才非某等所及。指樞垣中坐謂公曰：將來此坐定屬君矣。既而果然。[11]

陳夔龍爲許家至親，所記應該屬實。令我們心中一震的，是他寫許恭慎爲恭親王獻策，將乾隆南巡所繪南京地圖，詳細標注「何處駐兵，何處挖濠，何門包圍，何門進取」等小字。熟悉高陽作品的讀者不難發現，這不正是許氏歷史小說中最慣常構繪地理環境，使讀者閱讀小說，心中隱隱然有一張地圖的手法嗎！原是其來有自啊！可以知道許晏駢祖上，不只是死讀書的科考能手，還是頗爲關心經世之學，留心地理的務實士子。

這也就難怪，出自高陽筆下的歷史小說，當我們追索作品裡中國舊小說譜系時，總訝異於它獨創的、將史地知識塡充入小說，以大量的細節譜寫，造成小說的「似眞」情境的書寫技巧。在一次討論會中，他被問到：他的作品中極重視故事所處背景及社會環境的問題；許氏回答：「所謂社會，不外乎人的活動，包括食衣住行及人在社會人群中活動的關係等等，有了對當時的文物制度及生活各方面的了解，才能了解人物在社會裡的關係和作用。坦白說，歷史以民生爲中心，經濟條件是足以決定社會的。」[12]可知其人的治學方式，是延續著家族傳統而來。我們每每在高陽的歷史小說中見他不厭煩地詳加敘述唐代的喪禮、清皇帝大婚的儀節；甚至是報紙上幾乎占去半版用以考據「三百年前的一次大地震」的文章[13]，與其說他身上有隨時作用的考據癖，毋寧說是高陽身上有著先祖一貫的經世治學傳統的承襲，就中國傳統官僚系統而言，他們是最好的幕僚或上層文官；時至現代，研究工作可能仍是他們最能發揮所長的領域。然而，高陽將這套治學的工夫，用在歷史小說的書寫及考證工作上，可以說是另一種發揮所長最好的途徑了。

辛亥以後的故朝舊情

同樣是許氏家族至親的陳夔龍，在他的筆記《夢蕉亭雜記》最後一段，標題即爲「辛亥以後事不忍記載」，文中說到：

> 辛亥十二月，余在直督任內乞假得允，移寓津沽德租界養痾。越歲八月，就醫南來，既在滬上做寓公。閉門卻掃，萬事不關。迄今歲甲子，匆匆已十三年。此十三年中……一切目見耳聞，離奇怪異，幾不知人間有羞恥事，不屑筆之記載，污我毫端。蓋三綱五常之淪久矣。[14]

陳夔龍此段言語，可以視爲清代遺老之不願忘情舊朝，更不肯承認民國的最佳例證。他在序言的日期落款，甚至寫著「時宣統三年後甲子年七月十三日」，這是一種態度決絕卻消極的做法，表明了我即使人在民國，但我仍是清朝子民，壓根就不承認民國的存在。

當然，我們並不以此來將高陽歸入此一類滿清遺老，然而，必須關注的是，如杭州許家這般長期以來，世受皇恩的家族，整個家族最風光顯赫的時光都在清代，後代子孫油然而生一種追緬繁華過往的心態恐怕是有的。在高陽身上，或作品上是不是也能看到這個影響呢？楊照在〈歷史小說與歷史民族誌——高陽作品中的傳承與創新〉中，分析高陽作品，提出一個觀看高陽作品的角度，他說：

> 我想大膽地提供兩條評判高陽歷史小說的準則：一是後期的一般總比前期的好；二是寫清朝的比寫其他時期的都好。統合這兩條準則的就是高陽對小說中故事發生的那個社會微末細節到底瞭解到什麼程度。[15]

楊照所提的這兩條準則，大致為後來的研究者所接受。尤其，「寫清朝比其他時期都好」一條，更早已是研究高陽作品者一致的共論。首先，許氏對清代可以說是情有獨鍾，他的作品中，故事背景發生在清朝的就有三十二部之多；其二，他被公認最好的作品，如「慈禧」系列、「胡雪巖」系列、「紅樓夢曹雪芹」系列，都是取材清代；其三，他最得意的考據上的成就，也就是與曹雪芹相關的《紅樓夢》成書過程，及雪芹回京後的相關考據，也是圍繞在清三代時期。因此，清代作為高陽最感興趣的一段時間段落，應是無庸置疑。

陳薏如的《高陽清代歷史小說研究》中說到，高陽作品之所以偏重清代，「一方面是他熟研清史，在必須按時交卷的創作過程中資料不虞匱乏；另一方面高陽之所以偏愛清朝，也出於某種不輕易表露的感情，與他頗引以自豪的家世及離鄉後對故國的思念有密不可分的關係。」[16]此論文針對高陽清代的作品作一全面且反覆包裹覆蓋的探討，對於高陽作品中既隱藏又幽微的對清代的情感，這個分析是極客觀公允的。本書且將曾經出現在高陽小說中的高陽家族成員部分做了整理，一經條列，才更提醒我們，原來高陽歷史小說中有如此多的許家「親朋故友」，如下：

一、《玉座珠簾》《清宮外史》《母子君臣》中的翁同龢，是許家「六老太爺」吏部尚書許乃普的門生，而許乃普的侄兒，也就是許庚身，又是翁氏的「撥房」門生；當然，不容我們忽略的，是翁氏兩個貴不可言的學生，同治皇帝和光緒皇帝。

二、同樣是《玉座珠簾》裡因整頓長江水師而大放異彩的彭玉麟，與許家有親戚關係；與許家四世聯姻的俞平伯家族，曾祖俞樾是曾國藩的門生，李鴻章的至交，俞樾與彭玉麟又是孫兒女親家。如此一來，皆可納算入許家的人際脈絡網。

三、《丁香花》中寫主角龔自珍與女詞人，也就是貝勒奕繪的側福晉顧太清一段似有若無的曖昧情事。龔定庵與許乃普既是同鄉又同時在京供職，而顧太清爲許乃普母親的義女。[17]

以上舉的幾例，若以關係親疏遠近來看，他們與高陽祖輩，有姻親、有友朋、有故舊門生，但他們都不是許氏家族的嫡系成員；高陽在他的小說中花了極大的篇幅，將他們作爲小說的主角，並敷演他們的時代及故事；那麼許氏家族的嫡系成員呢？那些「七子登科」、「五鳳齊飛入翰林」的傳奇祖輩呢？《清宮外史》、《母子君臣》裡的許庚身，態度合宜、立論精闢，卻是毫不立體深刻的小角色；《胭脂井》裡提到高陽祖父，也就是當時任磁州知縣的許之軾，卻只是寥寥數字：「磁州知州許之軾，勤慎細密，所以一切順利。」怎麼高陽沒有在他的筆下勾勒出幾個栩栩如生、生動深刻的家族祖輩呢？在〈「橫橋吟館」圖憶〉，他回憶母親口中的祖父故事，寫道：

> 有一次一位伯母問我母親：「聽說你們當時的新床，原是光緒皇帝用過的『龍床』。光緒沒有兒子，偏偏你們兒女這麼多。」
>
> 我母親否認其事；她說：「不是的。如果御用過的，別人不能再用，要封存在庫裡。不過，事情也不是全無影響……。」
>
> 聽我母親說，兩宮回鑾，早有詔旨，「辦皇差」時，先祖所遣派的採辦官員，訂造了兩架床，預定供光緒所用的那一架不知出了什麼問題，決不能用，但爲期已迫，不及重製，因而已

> 預備辦喜事用的一架紅木新床，留供御用。我母親又說，當時袁世凱新接直隸總督，派人來關照：「磁州是進直隸的第一站；差使一定要辦得漂亮。」先祖因而扯了一個大窟窿，交卸時須從老家匯錢去完虧空。[18]

由此看來，光是高陽祖父的一些瑣碎經歷，都有趣得很，怎麼在堪稱現代第一的歷史小說家筆下，變得如此貧乏，而無什著墨呢？這顯然是小說家有意的迴避了。就在這個疏者多寫，親者避寫的軌跡裡，反倒見出高陽對家族的孺慕與維護。如同陳蕙如所說：「如果翁同龢是高陽先祖，高陽恐怕只能迴避，不忍下定『書生誤國』的評斷吧！」[19]高陽自己在接受龔鵬程採訪時說：

> 就是我來寫我自己，寫我父親，也多少會歪曲一點，記憶失真或有意隱匿呀！[20]

這眞是「此中有眞意」！

吳秀明的〈遊戲於歷史與小說之間——評高陽的「文化歷史小說」〉提到，高陽在二十六歲以前一直在杭州生活，因此，在他的小說創作中，「他把大部分歷史小說的文化時空背景放在自己熟悉而親切的吳越之地」，[21]如《胡雪巖》系列的場景，主要在杭州、上海、湖州、蘇州；其他如《小白菜》、《花魁》、《醉蓬萊》、《丁香花》、《徐老虎與白寡婦》、《草莽英雄》、《狀元娘子》、《蘇州格格》等書，更是不出杭州、揚州、紹興、蘇州等地。許氏曾說：「我從不寫自己不喜歡的題材，因爲不喜歡就不可能有興趣；我也絕對不寫自己不熟悉的事物，這樣只會吃力不討好。」[22]就這個觀察點來看：時間是清代，地點是吳越江南，這兩個座標的交集，正是高陽既愛且熟悉的故事題材所在，這之中能說沒有對家族故土的想念與緬懷嗎？

高陽在〈記唐魯孫先生二三事〉中，稱民國以來，談掌故的巨擘，當推徐氏凌霄；但專記燕京的遺聞軼事、風土人情者，則必以震鈞的《天咫偶聞》。而唐魯孫先生，跟震鈞一樣，出身於滿州的八大貴族，唐魯孫先生的祖姑即爲光緒皇帝的珍妃、瑾妃。「魯孫早年，常隨親長入宮『會親』，所以他記勝國遺聞，非道聽途說者可比……由於我在八旗制度上下過工夫，亦嗜口腹之慾，魯孫生前許我爲可語言者之一。」[23]他所舉對清史掌故遺聞有成的大家，皆出身於世家或滿州清貴，許氏雖自謙，由於自己對八旗掌故有所研究，故而能與之言。言下之意是不是也有些自豪於自己亦屬家學淵源呢。

高陽子姪許以祺說許氏身上帶有許家特殊的名士派、士大夫的氣質，一九四九年，到了台灣，才能把自己拉出了以前的生活圈子，「也只有跳出那個環境，才能對一個沒落家族更看得清楚。」[24]是的，若從此一角度看，正因爲高陽與那個曾經繁華、卻已沒落的家族，有了時間及空間的距離，使得橫河橋許家，連帶它風光繁盛的清朝時期，在高陽心中筆下泛出一層鍍金的光澤。

被夏志清先生譽爲是「今日中國最優秀最重要的作家」的張愛玲（見《中國現代小說史》），其弟張子靜，在《我的姊姊張愛玲》中說：「同時代的作家，沒有誰的家世比她更顯赫。」[25]張愛玲的祖母是近代史中喧赫一時的李鴻章的愛女，她的祖父是同光名臣張佩綸，然而，在歷史長河的浪潮興替裡，有一天，人們記憶李鴻章與張佩綸的名字時，或許也有可能是透過「他們是張愛玲的外曾祖父與祖父」這樣的方式吧。同樣地，有一天人們可能不再記得橫河橋許家曾有三位列傳國史館的名臣：許乃普、許彭壽、許庚身；不知道橫河橋許家曾有「七子登科」與「五鳳齊飛入翰林」的佳話，但是，人們會因爲他們是高陽的先祖，而去談論他們，記憶他們。

高陽曾回憶老家在冬至時，有「燒紙」一項習俗，他說：

> 既云「燒紙」，少不了一個大火盆，朱漆木架雲白銅，中設圓形鐵柵，矗立在鐵柵中；經過選擇的長條木炭，四面受風，熾旺異常。那時族中十二歲以上的男丁，都應該到了，大人們長袍馬褂，雙手籠在袖子裡，三五成群地小聲交談，顯得火盆中乾柏枝必必剝剝的爆裂聲，格外醒豁。那種肅穆而帶些神祕的氣氛，非常動人。[26]

這段極富情感的話語，正適合用來表述高陽對橫河橋許氏家族的情感。當高陽以歷史小說作爲創作的形式，作爲一個其家族在清朝曾經顯赫風光的後代子孫，在他的筆下，國史與家史交互纏繞糾葛，這個時間橋段便成爲一個遙遠、緬懷、企望，深刻於心且不可磨滅的印記。

二、高陽的人生歷程

高陽一生就創作量而言，可以說是既豐且碩，他的筆下有英雄、美人、良相、名仕；書每展卷，則風雨人生、峰迴路轉，隨筆迭宕。而小說家的眞實人生呢？本名許晏駢的他曾自言：「我用高陽這個筆名，是因爲本姓的郡望爲此，誰知一下叫開了，我想改亦不行，編輯先生不答應。……我絕非因爲有『高陽酒徒』這個典故，特意取高陽爲筆名；我早年的筆名很多，自以爲有意思的，一是『龍大野』；二是『游勇』——顯然的，這是我退出軍職以後的自況。」[27] 若將這幾個筆名用來對照他一生的經歷，正好出現幾個分明的階段。「高陽」二字，爲許氏郡望名，而許氏家族對其人格行事與文學涵養的養成，有決定性的作用；而他個人較偏好的筆名——龍大野、游勇，爲其脫離軍職後的自況，卻正好表現出生命的另外兩個重要階段，即軍旅時期與專業作家時期。

高陽任職《中華日報》時的好友謝海濤，將許氏一生劃分爲四個時期：

一、從一九二二年出生，到四六年十二月。就是他的成長及求學的階段。

二、從一九四六年十二月，至五九年十一月，主要是他服役於空軍官校及國防部的階段。

三、從一九六〇年十二月，到八六年一月，是他在《中華日報》工作的階段。

四、從一九八六年二月，到九二年六月，是由《聯合報》「獨力照顧」的階段。[28]

上述分期，基本上是按照高陽的職務動態來區分；較特別的是，高陽在第三階段，也就是一九六〇年，進入《中華日報》後，開始了生命中最重要的筆耕階段，此一時期，除了報紙主筆的身分，他的歷史小說連載可謂風靡一時，最高紀錄曾有一日內同時有五個連載需要交差的紀錄，辛勤的筆耕成果，使「高陽」二字成爲當代歷史小說的代稱，出自他筆下的作品，時間跨度從春秋戰國到民國，描寫人物眾多，蔚爲大觀。直至一九九二年六月六日許氏病逝，身旁仍留下正在著手的《蘇州格格二——風雨江山》。因此，不論他戲謔自己是「煮字療飢」；或我們贊他是筆耕不倦，他的一生，就是一個創作者生命的完整呈現。本節即從上述四個時間段落開始，綜合敘述高陽的人生歷程。

家族薰染時期（一九二二年～一九四六年十二月）

高陽出生於浙江杭州的橫河橋許氏家族，兄弟姊妹共十一人，晏駢排行第九，故有「九毛」的小名。關於他的生年，在他逝世後的紀念文章中，曾出現兩個版本。一即上文提到的一九二二年，另一個則是一九二六年，二者相差四歲，（也就是高陽的享年應是六十六歲或是七十歲的差異）。就許氏空軍時期的好友，也是長年相交的莊練（本名蘇同炳）說：

> 高陽早年服務於空軍，其進入空軍官校時所塡人事資料，出生日期欄爲民國十一年三月十五日。民國十一年歲次壬戌、生肖屬狗。高陽向來自稱他是「戌命」，可見記載不錯。[29]

民國十一（一九二二）年，歲次壬戌，應當是高陽正確的生年。

高陽的父親名寶樸，爲前清秀才，入民國後，歷任浙江數縣的絲繭捐徵局局長。據其子姪許以祺的說法，許家先輩即使外出做官，也都歸葬杭州本土，也就是都有落葉歸根的想法，因此，在一八八二年時曾仿范仲淹的例子，在杭州近郊購下族產田地「義倉」，並且設立「義莊」。傳至民國，高陽父親經族人推舉爲「莊正」。一九三四年，他的父親逝世，據說與義莊糾紛有關，許晏駢除稱父親是「鞠躬盡瘁，死而後已」外，鮮少談及父親盛年早逝的原因。[30]當時的高陽才十三歲，因此，在其生命歷程中，母親的影響顯然是較爲深刻的。莊練說他曾問過高陽，筆名之一的「孺洪」，可有某種含意，「他回答是爲了懷念母親，原來母親姓洪，因大陸撤守後，母親生死未卜，特用此二字以表孺慕之情」[31]；「孺洪」二字，恰恰同於他的譜名「儒鴻」；然就許以祺的記述，高陽母親姓名爲黃婉，洪與黃二字，其中可能出現了某些誤差。

高陽回憶老家，到了夕陽啣山時，家家汲水將青石板鋪的天井打濕，暑氣一收，移桌天井中開飯；飯後彼此「串門子」納涼閒話，他家每每成爲聚會中心，主要原因就是因爲他的母親好客且健談。許氏外祖父曾入北洋大臣直隸總督榮祿的幕府，與他的祖父是磁州知縣的前後任。高陽母親大家出身，學識豐富，能說善道，記性極好，喜歡看報，人稱爲「女秀才」，高陽筆下許多的軼事來源，可能便是出自母親口中。許以祺敘述：

> 除閱讀報章外，也看上代留下的文件、信件等，她常對高陽講許家的軼事及報紙上的新消息，對於時人如：楊虎、蔣介石、宋氏三姊妹都有自己的見解，她大罵陳壁君，也說僞官陳公博是一才子。她也認識同時代的高官親戚，如陳夔龍、張元濟及錢能訓，都喜歡吃高陽母親包的粽子。她還熟知杭州市其他世家的瑣事，如岳官巷胡雪巖家、狀元弄鄭家、清吟巷王文韶宰相

家、東山弄鍾狀元家。高陽在這方面很受他母親的影響，對人際、事務的關係很能掌握。[32]

本段的標題作家族的薰染，「薰染」二字，借自陳蕙如論高陽生平分界的第一時期[33]；此二字用來形容高陽在杭州老家時所感所受，十分恰當。

高陽天生是個歷史小說家，他有淵源家學、輻散而出的家族脈絡，再加上一個會說故事的母親，而這個母親所給予的故事典型，有時是帶些史論的、評議的、民間趣味的，無怪日後的他一頭栽進史籍典故的浩瀚汪洋中，如魚得水。高陽回憶母親平日常說些歷史故事給孩子們聽，希望他們自古人的行徑中汲取教訓，每天，還對孩子讀《申報》：

> 有一回，她讀到報上一則新聞，描述西北地區的淒慘境況，其中提到該地區有的人家竟窮得全家共用一條褲子，她不禁對孩子們說：「想當年秦漢時代，關中是全中國首善之區，土壤肥沃，民生富裕，後來卻漸漸沒落，如今竟淪落至如此境地，這其中千餘年的變遷，實在值得尋味。」[34]

另一則故事，是高陽母親講述「靖難之變」中的一段小插曲，如下：

> 做了和尚的姚廣孝，是燕王棣的謀士，一天，姚問燕王：「大王，我想送您一頂白帽子戴，如何？」「王」上加一個「白」，便是「皇」字，影射逆取王位，深具野心的燕王棣受到暗示，怦然心動。[35]

許晏駢說道：「諸如此類的小故事，家母說過許多，都使我留下了極深的印象；由此你也可以想到，我對歷史人物的傳奇，某一件歷史公案的背景或癥結所在感到興趣，便是在這樣的情況下培養的。」[36]可見母親開啓了他對歷史的興味。另一段故事，則可以看到母親對他的影響力。一九八八年七月，高陽在《聯合報》繽紛版寫了一篇〈閒話河豚〉的短文說，三十年前讀宋人筆記〈示兒篇〉，文中寫蘇東坡吃河豚，下箸云：「也值一死」，他心中便想：「蘇東坡是老饕，我也是；他拼得，莫非我就拼不得。」存了此念頭，高陽便經常留意有河豚吃的機會，可惜家鄉並不出河豚。之後，一個家住松江的朋友寫了封信，邀他到松江去吃河豚。出門時，為避免母親擔心，他便撒謊說「有朋友邀我去吃鱸魚」。這個謊顯然撒的並不高明，母親說：「你嘴饞！如果秋風未起，松江有四鰓鱸上市，你儘管去吃，不過，不准吃河豚。」高陽說道：

> 結果當然吃不成。……我在家不太聽話，但惹得她生氣了，陪個笑臉，也就沒事。旅行在外，如果她叮囑的話，我置諸腦後，那會害得她心神不寧；所以我一向在家不孝，出門聽話，也就因爲如此，老母在世之日，也就是我尚未來台之前，從未吃過河豚。

高陽在兩岸相隔四十年後，第一次與三哥在香港見面，哥哥帶給他的禮物，是當年大姊出嫁時，母親親手縫製的兩幅湘繡蝶戀花，「高陽得母親遺物，愛不釋手，沉默良久，不知心裡想起什麼？」[37]高陽對母親眷戀情深，該是手握繡品，在心內低迴想念不已吧！

雖然許氏家族到民國時已較沒落，但家族規模與藏書之豐，仍爲他的知識系譜打下極好的根柢。高陽總是謙稱自己沒有「讀」什麼書，只是愛看閒書，而他所謂的閒書，即包括文史各類書籍。他少年給人最深的印象是喜歡看書，常常坐在藤椅上，廢寢忘食。又喜歡和老一輩人接觸，同他們請教文章、詩詞。古典小說中的《三國演義》、《西遊記》、《紅樓夢》是高陽常常看的書。高陽就曾說，老屋消夏最愜意的是：

找個四面通風之處，躺在藤椅上看閒書、吃零嘴。閒書值得一記得是《紅雜誌》、《紅玫瑰》、《禮拜六》，此中作家，後來被封為「鴛鴦蝴蝶派」。這些雜誌的出生年份與我差不多，到我能看懂時，它們都已夭折；看的是我早逝的二哥留下來的舊雜誌。記得其中還有《語絲》，但作為小學生及初中學生的我，是不可能對《語絲》發生興趣的。[38]

對文史、對藝文類「閒書」頗感興趣的高陽，出生在五四運動後的新中國時期，他在新式學堂內的成績，顯然不及他的國學涵養來得出色。他說：「中學時代，我不是個出色的學生，數理科的成績老是不好，全靠文史科拉分。」[39]童年在杭州讀小學，畢業後升入私立宗文中學，又入私立蕙蘭中學讀高中的高陽，以今日的眼光來看，是一個不適合通才教育的學生，因為過於早慧且顯明的性向，使得他在中學時期的學業成績並未突出。一九三七年七月，蘆溝橋事變，日本全面侵華。十二月，杭州淪陷，許氏全家在事前已移居鄉間避難，半年後，再回杭州，大環境已面目全非，高陽高中肄業的身分，並無適合就讀的學校，只得輟學在家，莊練說：「未能接受完整之學校教育，引為平生憾事。」[40]

及至一九四五年八月，抗戰勝利，杭州光復，高陽已經二十四歲。莊練寫〈許晏駢傳〉說道：

其簪纓世家之家庭背景因素，復以天賦聰明及自學進修，乃得提升學識，充實各方面之生活經驗。凡此皆係其日後能在小說及學問方面獲得相當成就之基本條件，不至因失學而遭重大影響者。[41]

高陽總以自己未受完整學程而引以為憾，其實，這段因戰爭而不得不輟學的經歷，將高陽推回傳統私塾或自學的模式，反而造就了他日後的成就，這段期間，他因此更能專注於自己感興趣的閱讀上，無須將多餘的時間精力耗費在無什興趣的數理科目上。

〈許晏駢傳〉提到，戰後高陽在杭州從事新聞工作，一說爲《東南日報》之新聞記者；一說爲自辦《西湖晚報》，以發行人兼編輯。而他生命歷程中更爲重要的是，一九四六年冬，他以優美的文筆及詩作，在空軍招考文職官員的考試中脫穎而出，從此決定了他後來隨空軍撤退來台的後半生生涯的開端，此後，他的橫河橋便只能在夢中遙望了，直到四十二年後。

高陽父親因處理家族內的義莊糾紛而逝，當時他十三歲，他曾很悲憤地對許道同（高陽姪孫）說：

他長大要出名，要比許家所有的人名氣都大。[42]

許晏駢的確做到了！他是中國現代最有名氣的歷史小說家；然而，若沒有橫河橋許氏家族的薰染，也許，就沒有今日名滿天下的「高陽」。

軍旅時期（一九四六年～一九九五年十一月）

一九四六年，八年抗戰已經結束，空軍軍官學校自昆明遷回杭州。冬天，該校在報紙刊登廣告招考一批文書人員。據童世璋的回憶，當日的應考者水準偏高，出題範圍與深度亦遠超過一般准、少、中尉文書員的程度，題目中有一題「遊西湖詩」，當日還有人反應：「這哪是考文書員？簡直考翰林嘛。」[43]高陽雖無高等學歷，卻以其優美文筆及詩作獲主試者激賞，在千餘應試人員中脫穎而出，以優等錄取爲書記。一同考上的還有莊練（蘇同炳）、宋瑞等人。

莊練回憶他和高陽在空軍官校的日子，說道：

> 民國革命之後，高陽家的仕宦世家已成爲過去，新一代的年輕人必須擺脫父祖的餘蔭，在新的社會環境中自謀生活。高陽初爲報刊記者，後來進入空軍官校做文書行政工作，據說其動機就是因爲嚮往空軍爲最新式最進步的軍種，進空軍就可以見識到當時最進步的空軍面目，他萬萬不曾想到，民國三十八年隨同空軍官校由杭州遷來岡山，並不是作短期的觀光旅行之後就可仍回杭州，而竟會一住就是四十年，終至以台灣爲第二故鄉。這當然是大環境所造成的時代悲劇。[44]

高陽爲了見識當時最新式、最進步的軍種而進入空軍，卻開啓了他隨後來台的因緣。

然而，這段軍旅生活對高陽來說，可能不是一個美好的經驗。首先是，粗糙的菜羹糲食，簡直讓他難以下嚥。一九四九年政府遷台，一個少尉軍階的文書官，月薪不過抵新台幣六十餘元。這對一般人尚且難以忍受，更何況出身大家世族，深諳鮮衣美食等生活享受的高陽。唯一的饋慰，只能是上小吃攤去打打牙祭，或是星期天買點雞鴨魚肉，到同鄉好友家去自己烹煮，聊以解饞。困擾許氏一生的經濟問題，在這時期已經出現端倪；當時的空軍官校在校內自辦一份《筧橋報》，每星期出版四開大小的一張報紙，他的文章時常見報，稿費雖低，但一個月也能增加二、三十元的額外收入，用以沽酒買肉。莊練回憶，當時常能聽到高陽和同室好友的對話，如下：

> 「老余，我在《筧橋報》上又有十五塊的稿費可領了。先拿十塊錢來用用，等領到稿費就還給你，怎樣？」
>
> 「沒有問題，先借給你，到時候還我就是。」[45]

高陽預借稿費來打牙祭，好友也一同享用，因此，大家都樂意借他錢。然而，問題是，等到眞正稿費到手，他又有新用途了。於是，十塊錢通常只能還五塊錢，下欠五元，過幾天，又再通融個五塊、十塊，如此這般還少借多，最後只得借整筆的高利貸，才能償還債務。所幸高陽這段時間除了在《覓橋報》寫文章外，也在外面投稿，甚至得到《亞洲畫報》的徵文得獎等，有時一拿就是幾百塊，這使得他更有膽量借高利貸，但是，吃館子和支應利息的金額未能節流，反倒越疊越高。

直到一九五七年，高陽奉調爲老虎總長王叔岷的私人祕書，離開岡山時所欠的債務，竟然高達千元之譜，全靠幾位朋友湊錢還債，才得脫身前往台北任職。這段敘述看來瑣碎、細雜，但是，這完完全全就是高陽後來生活的縮影。作爲當時文壇收入最豐的作家之一，他卻永遠擺脫不掉這個老是不敷支應，老是欠債的經濟狀況。這也是他總在開始新的小說，卻從來沒能回頭對自己的作品做修改增訂的工作（相對金庸在《鹿鼎記》後，便急流勇退，反而將自己的作品，部部推向既經典又暢銷的地位，眞是兩個完全不同典型的作家），實在是煮字療飢，迫於生計。

高陽在空軍官校時期，亦充分展現其文藝才華，他當時的直屬長官爲楊紹濂、章旭夫，便極欣賞許氏優美文筆與應對得體，贊其爲難得的文書幕僚人才。又因屢次參加軍中的文藝活動，在小說及劇本編撰方面顯露才華，空軍官校的歷任校長毛瀛初、陳有維、陳御風等都對他讚譽有加，也牽引了日後北上，移調國防部的機緣。一九五八年，空軍總司令王叔岷升調國防部參謀總長，欲從空軍單位選調軍文人員至其辦公室擔任私人信件的處理工作，亦即私人祕書，要求條件爲文筆優美、字體美觀。高陽在這兩方面皆有擅長。於是，由王總長機要祕書楊國興的推薦而得入幕，同年十一月，許氏離開岡山，調往台北國防部工作。

許以祺說，一九四九年，高陽由杭州來台灣，爲其終生機遇的一大轉變；好友莊練則將一九五八年高陽自岡山北上，視爲其生命史上的第二個重要轉捩點。理由在於岡山地處偏南，與文化中心台北相距甚遠，不易產生互動，「而台北既爲人文薈萃之地，以晏駢之文學與高明之交際應酬，必不難藉廣通聲氣而適時把握機會，開創其個人局面，證諸後來之事實發展，正復如此。」[46]

莊練說：

> 在文學長才之外，晏駢尚有多項人所難及之才能，於其後來之事業發展，助益甚大。一爲長於言辭，遇事娓娓而道，具有說服對方之本領；二爲精於飲饌，在飲食文化方面之知識極其豐富，於交際應酬場合展現此項本領時，極易與人建立感情。[47]

高陽北上國防部後，台北文壇的確加入了一名生力軍，在一九五九—一九六〇年間，台北各知名作家的定期聚會的餐敘中，已能見到他的身影。琦君回憶：「當時明華書局老闆劉守宜先生出資創辦一份高水準文學雜誌，由夏濟安教授主編，爲了提高朋友寫文章的興趣，劉先生幾乎每一個月都在他家召飲暢聚一回。劉太太又做得一手好菜，一時冠蓋雲集，美酒佳餚雜陳。飽餐之後，有的作方城之戰，有的捧著茶或酒縱談古今。當時與會的有司馬桑敦、夏道平、夏濟安、黃中、周棄子、高陽、郭衣洞、郭嗣汾、彭歌、聶華苓夫婦、林海音夫婦，我們也忝陪末座。棄子先生題這個文章詩酒之會爲春台小集。」[48]高陽北上之後，除與文壇交遊密切外，很快的，他的軍旅生涯亦即結束。

許氏在國防部服務，時間不過一年多，正值軍中制度改變，建立任官制，非軍校畢業的如高陽一類文官，只能以「同」字冠於官位任用上，如「同上尉」、「同上校」。凡願意繼續留在軍中服務者，就得接受兩個月的軍事訓練；不願意者，則志願「資遣」，高陽、莊練等人，便在此一時機離開軍中。高陽後來對友人魏子雲表示，任職軍中文官，頭上有很多頂頭上司，每次代擬文件，得先過上司一關，他不同意時，輕則改，往往改得體無完膚，若改的語句不通，交回後也得照抄。重則交回重寫，一遍又一遍的重寫。有傲氣的文士，怎麼能忍受下去。高陽說：「子雲，怪不得你寧願當編輯不願當祕書。」[49]言語之間，充分顯露出長時間被軍隊規格壓抑下的文人傲氣與不羈。

張大春回憶，高陽有次提起自己是如何走上小說創作的路徑！許氏描述，「有一天，我翻開報紙，看到邱七七的小說，我想，這樣的人也能寫小說，我也可以。」據說，他就是這樣走上小說創作的路子。當時，高陽文名漸起（自一九五八年高陽調職台北以後，曾先後撰成《花落花開》、《避情港》、《紅塵》、《桐花鳳》、《驚蟄》等長篇小說，均係先在報刊連載，然後集結成書），爲了見識新式軍種而來到官校，又輾轉來到台灣，軍中生活原不是他企望終身依歸的所在，藉由一九五九年的軍文改制，高陽決定離開軍中，由軍人回復平民身分，但固定收入消失，既無恆產，又乏奧援的情況下，他開始了他的筆耕生涯。

《中華日報》時期（從一九六〇年十二月～一九八六年一月）

一九六三年二月，高陽應當時《中華日報》總主筆楊幼炯之邀，受聘爲專任主筆，許氏創作的高峰，在此時精彩展開。首先是基本生計不成問題；再者，他一方面藉此發揮其方塊、雜文、社論等多項才華；另一方面則有機會接觸中央研究院、中央圖書館、故宮、及其他私人圖書館的許多珍貴圖書資料。

一九六四年，國內一股歷史小說熱潮正風行，《中國時報》社長馬璧，以「南宮博」爲筆名，在《中國時報》連載歷史小說，風靡全台，《中國時報》之發行量亦因此大增。劉昌平時任《聯合報》總編輯，即建議高陽，何不試著進行歷史小說的寫作，並願意提供《聯合報》爲發表園地。這個知人善任的舉動，無疑爲高陽的創作開啓了另一扇窗，一個美景如織的園地。於是，以唐代爲背景的《李娃》，成爲他創作歷程中的第一部歷史小說。一九七〇年十二月，當時任《中華日報》社長的楚崧秋，提升高陽爲總主筆。七二年九月，楚崧秋調《中央日報》，高陽回任主筆，直到八六年一月三十一日退休，再改聘爲特約主筆。長達二十五、六年的時間，高陽一直未曾離開《中華日報》的主筆工作，然而，這一段時間是他工作精力與創作精力的最高峰，從《李娃》到《再生香》等多部作品都出現在這段時間。雖然，創作占掉生活的大部分時間，但他在《中華日報》的工作表現，也是屢有佳作，可圈可點。楚崧秋回憶起，一九六四年，他初任《中華日報》社長時，爲脫除一般人對「黨報即官報」的成見，一到報社便對所有同仁說明：辦報就是辦報，盡量減少官樣文章……等想法，每週一次的主筆會議，更要求綜合討論，廣提意見。高陽不僅每會必到，來必發言，有時則很自謙地說：「我是不是說了外行話？以時事而言，尤其是國際問題，我當然關心，也還肯研究，但無論如何，我下的工夫與唸過的書，就遠不如中國的經史子集了！」[50]任職《中華日報》期間，我們看到了一個勇於任事的高陽，這和他名士派的作風很不相同，楚崧秋稱讚他此一時期的社論文章「筆鋒常帶感情」，如《中華日報》廿五週年社慶的社論，即出自他的筆下，該文陳述懇切，且富前瞻性，「不但用字遣詞，至爲恰當，而其立旨達意，更能掌握得恰到好處，因之此文一出，社內外都曾激起相當良好的反應，甚至有報社言論主持人打聽爲何人執筆。」[51]可見得高陽歷史小說之外的長才。

一九七〇年底，高陽應聘出任《中華日報》的總主筆，當時有些人很爲他捏一把冷汗，認爲他文章雖好，但行政非其所長，加之以個性頗強，文人習氣又重，能否與人相處或勝任行政工作等等。但是，顯然地，許氏立身行事有極高的可塑性，朋友開玩笑說：「高陽做起『官』來，簡直變了一個人！」[52]於是，他一方面在《中華日報》擔任總主筆，一方面，長篇連載越來越受歡迎，高陽成爲眾多報紙副刊爭相邀稿的對象。曾任《中華日報》副刊主編的南郭回憶道：

楚崧秋先生擔任社長時，每逢座談會或公開集會介紹高陽時，竟譽高爲「中華之寶」。除了《中華日報》，《聯合報》的編輯部門也競相延攬，其他報刊雜誌亦群起求「寶」。這一來要稿的報刊增加，每天寫稿的字數也隨之激增，如此一來，許多後遺症和併發症，都相繼一一產生了。對於高陽本身來說，寫作時間多，體力不濟，加上睡眠欠足，於是求助於菸酒，榮總的主治醫生說對了：「都是菸酒害了他」。[53]

就作品數量來看，許氏十之八九的作品在這段期間產生，而絕大多數就是經由報紙副刊連載的形式產生後，再集結成書。可見得此時創作量之豐。然而，可想而知的是，爲了應付每日不同報刊的連載（最多曾有一天同時有五個連載的紀錄[54]），高陽的體力相對耗損得很厲害。

一九七一年，已近中年的高陽完成了終身大事，夫人是已故空軍台灣地區司令郝中和將軍之女，亦是世家之後，郝天俠祖籍河北高陽，又與高陽筆名相同，實是巧中之巧。兩人婚後育有一女，名議今。這段婚姻只維持了十年，因爲高陽總是擺不平的經濟狀況，只得以離婚作爲收場。

《聯合報》時期（從一九八六年二月～一九九二年六月）

梅新在〈高陽故事寫不完〉中說高陽是「一個寫了一輩子文章，卻也窮一輩子的人」[55]。前文提到，在空軍官校時期即困擾高陽的經濟問題，終其一生都未能擺脫。高陽在一九八六年提早自《中華日報》退休，爲的也是經濟問題。好友莊練說：

> 身爲知名作家而作品產量復如之多，其稿費即版稅收入應皆爲職業作家中之第一人，可以日進斗金而吃喝不盡矣。而揆之事實，卻大謬不然。終其一生，經濟狀況始終捉襟見肘。[56]

南郭以當日推薦高陽進入《中華日報》的關係，敘述高陽離開《中華日報》的原因，他說：「有一件妙事，本來他（指高陽）還年輕，未達限齡退休的年歲，也許是急於需要花錢，料不到他想出一個絕招，寫好報告，要求報社准許他提前退休。」[57]許氏從此成爲一名專業作家，名義上不屬於任何一個單位，卻從此開始了與《聯合報》的專屬關係。

高陽與《聯合報》的淵源很早，他的第一部歷史小說《李娃》便是在當時的總編輯劉昌平的提議，與副刊主編平鑫濤的盯稿中順利產生。而長期以來，高陽多數作品，選擇《聯合報》發表或連載，可見二者極佳的合作關係。自創辦人王惕吾而下，他在《聯合報》有幾位最推心置腹的朋友，資深報人劉國瑞（現任聯經出版公司發行人）是其一，另一位是高陽在專屬作家時期，即爲工作夥伴的蘇偉貞。高陽在第二次入榮民總醫院時，寫下三個姓名予護士，希望他們前來探望，便包括他們二位，可見得信任之深。尤其是王創辦人對於高陽的呵護，屢次在高陽最需要的時候，給予他幫助，其中情義，大有伯樂之恩。高陽生前幾次向朋友感嘆，「二王」之恩，無以回報，二王所指的便是當時的立委王新衡，和《聯合報》王惕吾。一九八二、八三年間，王惕吾知悉高陽長期困頓於債務的糾纏，便表示要替他一清前債，使他能專心創作。於是，由劉國瑞出面，將高陽債主及金額統計，共達二百一十幾萬元，王先生當即代高陽全數償清。並且由王新衡與劉國瑞出面，於台北松竹樓安排一餐敘，受邀者爲藝文界的朋友，大有昭告眾人，高陽再無債務纏身、今後將專心創作，可說是給足了高陽面子。但是，在這個部份，許氏顯然有違二老的期望，不過半年的時間，他的債主，再次上門。好友魏子雲即表示：「有一點使我不能了解的事。許氏不但有長篇連載不斷且連上兩篇，兼有全力資助他的王惕吾。據說一度曾爲高陽理清了全部債務，還給他安排了住處，毋須房租的負累。怎想一年之後，他又負債累累然。」[58]主要的原因，還在花用無度。

高陽晚年因王新衡的期勉，頗習書法；既習書法，自不可無章，因此，刻二閒章，一爲「野翰林」，一則爲「酒子書妻，車奴餚妾」，由後者所示，大約已能見出高陽浪擲無數的金錢到哪兒去了。以酒爲子，以車爲奴，以美食佳餚爲妾，致使高陽入不敷出而終身舉債；財用不足，只得勤寫以爲開源；精力有所不濟，復以美酒香菸爲提神方法，因此埋下許多病症根由。

一九八七年十二月初，高陽與三哥（許儒傑）在香港碰面，此後魚雁往返不絕。八九年春天，高陽因出席上海復旦大學第四屆的港台文學學術研討會，第一次返回故土，他在題名簿上寫道：

不須淚眼望山河，但得還鄉福已多；
我自瀛洲吳自牧，夢粱心影竟模糊。[59]

心情激動溢於言表。清明後三天，他與兄長到了杭州，於南山公墓僑匯區買了墓地，準備遷葬雙親；隔日，並由浙江文化界招待，遊西湖風光。「高陽喜食家鄉菜，所有杭州名菜、名點，無不加以品嚐」[60]。後轉往蕪湖，探視大姊，相見時，二人擁抱相泣，復閒話家常，一餐飯吃了五個多小時，可說是將思鄉之情一點一點的撫慰熨平。

江南之行結束後，高陽又北上，除探視任職《北京團結報》社社長的六叔許寶騤外，又參觀了北京故宮、八達嶺長城、明十三陵中的定陵與長陵。於參觀故宮時，許氏受到了前所未有的禮遇，代理院長職務的副院長楊新先生下令，故宮的所有部門，包括以庋藏辛亥革命以前史料爲主的第一歷史檔案館的庫房，皆爲他無保留、無條件的開放。對於長年浸沉清史史料的高陽而言，像是直入寶山，心中的欣喜，可以想像。因此，他說道：

> 更爲可念的是，故宮博物院開館元老，碩果僅存，而早經退休的單士元老先生，特來親自爲我導遊；當他在作爲貴賓招待室的漱芳齋爲我作簡報時，我想到此地爲當年慈安、慈禧兩宮「同治」時，日常辦事之處。皇室親貴，即令如被尊稱爲「老王太爺」的惠親王綿愉，奉召到此時，亦不能像我這樣遊目四顧，隨意談笑。誰說丁茲亂世，生不逢辰？在我看，是有幸生於世事變化之劇之烈，前所未有的一個大時代。[61]

可不是嗎？高陽晚年自封「野翰林」，深表自己學、官兩不成的遺憾，郝天俠也說，若高陽能早生個一百年，境遇也許完全不同。但是，正因爲這變化之劇之烈的一百年，雖未能跟上家族最繁華、宦途最盛豔的最好時光；然，有誰能像他得到最多世俗的榮寵，甚至進到先人恭謹敬畏的紫禁城內，能高聲談笑，風光議論呢？他其實占盡了時代的風華。

一九九〇年春天與同年秋天，高陽有了第二次、第三次的大陸之行。秋天那次行程，高陽應陳英傑之邀，主持「慈恩亭」的落成儀式。高陽登泰山高峰，即興作了一首〈登岱〉七律：

> 千峰瑣翠孕風雨，大海搖紅幻古今。
> 長夏北窗張目臥，高秋岱岳散胸襟。

盈千歷級終須達，望七攀崖難再臨。
空憶當年腰腳健，一凌絕頂待他生。62

深切地抒發了自己兩鬢斑白，方得返鄉的無限情思。只是「盈千歷級終須達，望七攀崖難再臨。空憶當年腰腳健，一凌絕頂待他生」四句，暗喻了生命景況的漸入殘局，令人感傷。高陽以近七十的歲數，強登泰山，勞累過度，返台之後，果然生了一場大病，過程中險象環生，幸得醫生全力搶救，方轉危爲安。高陽病癒之後，在給姪女以元的信中提到，回想病癒之前的情形，恍如隔世。正因這死裡逃生的奇蹟，使他心生許多感慨與想法，他說：

一、得遇良醫，並受到最進步的醫藥照料。

二、看護周到，《聯合報》王董事長爲我請了三班特別看護，二十四小時都有人照料。

三、是我心理上的自我調適，我認爲死的痛苦在於過程，而非結束，過程愈長愈痛苦，所以我贊成自殺，你知道有這樣的思想的人，是無懼於死的，所懼者求生不能、求死亦不得，當氣喘最劇時，確有此懼。

因此在未發病時，我既無遠慮，亦無近憂，所全神貫注者爲如何解除當前的痛苦，未擺脫機器以前，因軟管在氣管中毫無空隙，所以不能言語，而有段時間，由於藥物的副作用，兩耳失聰，口不能言，耳不能聽，幸而猶可筆談，如此退一步想，一切痛苦，皆易於忍受。

四、是友人、讀者的慰問，覺得不該辜負大家的期望，此亦維持生之意志的一個重要因素。63

高陽素來精研子平之術與相術，早年與國聯電影公司合作期間，李翰祥曾建議高陽去作整型手術，因爲擔心高陽的下巴較短，而天不永年；高陽自己排算子平，亦認爲自己過此大劫，而能大難不死，災厄已過，可以長壽矣！[64]

病後他積極投入自己的全集出書計畫，他打算將自己的全部作品重校、重排，精印爲一套。他告訴當時《聯合報》副刊主編瘂弦說：「如果我死了，你們一定會整理我的遺作，重新出版；那就不如現在就辦，讓我及身得見，豈不實惠？」[65]當時，劉國瑞即代表聯經出版公司與擁有高陽版權最多的另兩家出版社負責人，皇冠出版公司的平鑫濤和風雲時代出版社的陳曉林會談，爲了爭取時間，因此決定由三家出版社集中高陽已出之書，彙集精裝成套，並加編號，所得全數贈與許氏，助其療養所需。筆者得見當時高陽與劉國瑞討論全集事宜的信件，他可以說是興致極高，參與極勤，並提議當全集出版後，他將逐套簽名，以增加讀者珍藏的可貴性；高陽並且不只一次與蘇偉貞討論他對全集封面的看法和意見。然而，全集的最後成書，高陽生前都未及得見。

蘇偉貞的〈記高陽最後半月〉詳記，一九九二年五月二十五日，高陽出門赴醫院前，要求喝一小杯 J&B 蘇格蘭威士忌，然後如常出門，主治醫生診治後，他突然提出住院要求，醫生同意，中午過後，高陽住進上次病發時住過的病房；下午，病情急轉直下，呼吸困難、高燒，院方即刻爲他戴上呼吸器，第二天開始，他陷入昏迷，期間偶然清醒，但時間都非常短暫。郝天俠回憶高陽去世前的幾天，她說道，那年端午節在國曆的六月五日，端午是中國人三大節氣之一，好多人認爲高陽可能熬不過端午這天，因此，端午之前，大批的媒體記者守候在病房外，等候消息。端午一過，不只記者散去，連家人也鬆了一口氣，想不到，高陽還是在六月六日離開了。他的病情癥結在於肺結核，加上腎臟衰竭、酒精性肝衰竭、疑似敗血症等，引起全身器官衰竭，陪伴在他身邊的只有他的前妻郝天俠。

「一位這個時代最後的舊式文人，在此刻，一如病床邊的儀器指針，完全歸於靜止。」[66]

註釋

1參見蘇同炳：〈許晏駢傳〉，《國史擬傳》第十輯，台北：國史館。

2高陽，〈許氏橫橋老屋舊址碑記〉，《聯合報》廿五版，一九九二年七月二十日。

3富春，富陽，同地異名。

4吳仁安：《明清江南望族與社會經濟文化》，上海：人民，二〇〇一年，頁十六、十七。

5蘇同炳：〈許晏駢傳〉，《國史擬傳》第十輯，台北：國史館。

6高陽：「杭州府附郭兩縣，以市河爲界，亦即是以橫河爲界，南爲仁和，北爲錢塘，橫河橋橋面上如果發生命案，常會發生管轄權的爭執，所以杭州有句話：『錢塘不收，仁和不管。』，我家大河下屬於錢塘，對面小河下則是仁和：一河之隔，易生誤會。」〈「橫橋圖館」圖憶〉，因此可知，文中所指仁和許氏，亦即橫河橋許家。

7許以祺：〈許氏家族對高陽作品的影響〉，《高陽小說研究》，台北：聯合文學，一九九三年，頁一六〇至一六二。

8同上，頁一五三。

9高陽：〈我的老家「橫橋吟館」〉，收入《高陽雜文》，台北：風雲時代，一九九〇年，頁四三。

10同上，頁一七三。

11陳夔龍：《夢蕉亭雜記》，山西：山西古籍，一九九六年，頁七二。

12龔鵬程：〈歷史中的一盞燈——訪高陽談歷史小說〉，《歷史的一盞燈》，台北：漢光文化，一九八四年，頁二三。

13一九八六年十一月十五日，台灣地區發生觀測史上罕見的大地震，高陽即應景寫了一篇〈談三百年前的一次大地

震〉，列舉古籍中所記載與康熙十八年京師大地震有關的詩文。（《聯合報》，一九八六年十一月十九日，第八版）

14同註11，頁一三六。

15楊照：〈歷史小說與歷史民族誌——高陽作品中的傳承與創新〉，《高陽小說研究》，台北：聯合文學，一九九三年，頁一三八。

16陳蕙如：《高陽清代歷史小說研究》，二〇〇一年六月，中國文化大學中文研究所博士論文。

17同上，頁四五。

18高陽：〈我的老家「橫橋吟館」〉，《高陽雜文》，台北：風雲時代，一九九〇年。

19同註16，頁四七。

20龔鵬程：〈歷史中的一盞燈——訪高陽談歷史小說〉，《歷史的一盞燈》，台北：漢光文化，一九八四年，頁二八。

21吳秀明：〈遊戲於歷史與小說之間——評高陽的「文化歷史小說」〉，《浙江學報》，一九九九年，第四期，頁一一八。

22楊明：〈秦漢明月今世情——高陽和他的歷史小說〉，《文訊》，革新號第三三期（總期七二號），頁一二〇。

23《高陽雜文》，台北：風雲時代，一九九〇年，頁三八。

24許以祺：〈許氏家族對高陽作品的影響〉，《高陽小說研究》，台北：聯合文學，一九九三年，頁一五七。

25張子靜：《我的姊姊張愛玲》，台北：時報文化，一九九六年，頁十五。

26高陽：〈我的老家「橫橋吟館」〉，《高陽雜文》，台北：風雲時代，一九九〇年，頁四六。

27高陽：〈酒徒——高陽遺作二〉，《聯合報》，一九九二年六月七日。

28謝海濤：〈高陽與中華日報〉，《中華日報》，一九九二年六月二十七日。

29莊練：〈高陽全集何時出版——追憶天才型的歷史小說家〉，《中華日報》，一九九二年六月十二日。

30據郝天俠女士回憶，高陽生前頗以此事爲忌諱，並不多談。
31蘇同炳：〈許晏駢傳〉，《國史擬傳》，第十輯，台北：國史館。
32許以祺：〈許氏家族對高陽作品的影響〉，《高陽小說研究》，台北：聯合文學，一九九一年，頁一五五。
33陳蕙如：《高陽清代歷史小說研究》，二〇〇一年六月，中國文化大學中文研究所博士論文，頁九。
34曾永莉：「台北人大特寫」之四，〈說部巨擘數高陽〉，《中央副刊》第十版，一九八七年五月二十日。
35桂文亞〈歷史與小說——高陽先生訪問記〉，《聯合報》，一九七七年十二月二十日。
36同上。
37許儒傑：〈千峰鎖翠孕風雨——記高陽三次大陸行〉，《聯合報》，一九九三年六月二日。
38高陽：〈「橫橋吟館」圖憶〉，《高陽小說研究》，台北：聯合文學，一九九三年，頁一八〇。
39曾永莉：「台北人大特寫」之四，〈說部巨擘數高陽〉，《中央副刊》第十版，一九八七年五月二十日。
40蘇同炳：〈許晏駢傳〉，《國史擬傳》第十輯，台北：國史館。
41同上。
42許以祺：〈許氏家族對高陽作品的影響〉，《高陽小說研究》，台北：聯合文學，一九九三年，頁一五六。
43童世璋：〈高陽來台的故事〉，《聯合報》，一九九二年六月二十日。
44莊練：〈我與高陽在空軍官校的日子〉，《中央日報》，一九九二年六月八日。
45同上。
46蘇同炳：〈許晏駢傳〉，《國史擬傳》第十輯。台北：國史館。
47同上。
48琦君：〈星辰寥落念高陽〉，《中央日報》，一九九二年七月二十日。

49魏子雲：〈教我如何不想他〉，《中央日報》，一九九三年六月六日。
50楚崧秋：〈與高陽棘手著文的八年歲月〉，《中華日報》，一九九二年七月六日。
51同上。
52同上。
53南郭：〈天才與不羈——高陽和我的同與異之間〉，《中華日報》，一九九二年六月二十日。
54高陽曾有一日同時有五個連載的紀錄。筆者採訪郝天俠，問及高陽可有應付不出的狀況，郝天俠笑道：當然也會有趕不出來的時候，怎麼辦呢？高陽就拿了一個聖旨要我照著抄寫一次，也就應付過去了。
55梅新：〈高陽故事寫不完〉，《中央日報》，一九九二年六月八日。
56蘇同炳：〈許晏駢傳〉，《國史擬傳》第十輯。台北：國史館。
57同註23。
58同註23。
59許儒傑：〈千峰瑣翠孕風雨〉，《聯合報》，一九九二年六月三日。
60同上。
61高陽：〈寫在禁城蒐祕之前〉，《聯合報．繽紛版》，一九八九年十一月二十一日。
62同註33。
63高陽：〈病中書〉，《聯合報》，一九九二年七月十九日，高陽葬禮前一日。
64筆者與郝天俠、蘇偉貞的訪談過程中，二人都曾提起這件往事。
65高陽：〈我寫歷史小說的心路歷程〉，《聯合報》，一九九二年六月七日。
66蘇偉貞：〈記高陽最後半月〉，《聯合報》，一九九二年六月七日。

高陽爲人與爲學的幾種面向

資深報人張佛千說：

「高陽有兩個，一個是寫小說的高陽，一個是真實世界中的高陽。[67]」

文本和真實世界的罅縫與齟齬，原是研究作家作品最好的路徑。這段話出自與高陽相交四十年的張佛千口中，別具意義。高陽生前曾向友人表示：「你覺不覺得我是多樣矛盾的人？不愛錢又需要錢，明明寫的是古東西卻喜歡最新的科技，愛朋友卻又要孤獨……。」[68]

透過高陽生前的雜感文章，及與其友人故舊的訪談，筆者深覺，人們口中的歷史小說大師高陽，在現實生活中充滿矛盾：首先，他的連載小說是締造報紙銷量的鍍金招牌，然而，私底下，高陽總爲不被學院認可而忿忿不平，晚年甚至自封「野翰林」，大有生不逢時，我自封我官的意味。其二，作爲當代稿酬最豐的作家之一，他卻是一輩子喊窮，出自他筆下的世界，滿是古色古香，眞實的高陽卻極愛現代科技，相機、攝影機、電腦，他從未失去流行；其三，高陽的知識系譜，來自世家家學，然而，他獨具的考據癖卻使得他以歷史的偵探自居，他的以考據入歷史小說的創作觀，也成就了他歷史小說的宗師地位。其四，高陽的朋友眾多，其中，大多數人以借他高利貸爲樂，當王惕吾爲他還完錢債後，還得將這些朋友聚攏來，請他們莫再借錢給高陽；然而，眞是傾心相交的朋友，也能爲了他，房子一次又一次的遭查封。他愛極了朋友聚會，但聚會中卻常是一人獨飲，不發一言。其五，他是一個不拘小節的名士派，豐富的作品一篇一篇靠著連載小說，編輯催稿而完成；他是一個不善理財的藝術家，卻碰上王惕吾這位供養者，不僅提供豐厚的稿酬，亦提供住所，目的是讓他別無牽掛、專心創作；其六，高陽表示，自己是新理性主義的信徒，而所謂的新理性是指人性與科學精神的結合。[69]但是，他的歷史小說中處處可見「子平之術」、命相、占卜；他對《紅樓夢》的創見，即是由平郡王福彭的八字驗證元春爲福彭考。其七，高陽作品中的主人翁多有齊人之福，從胡雪巖到龔自珍，哪一個不是處處有豔遇，然而，他本人的婚姻維持僅十年，晚年的紅粉知己，是擅長烹煮「烤麩」結緣；生命中最後一個新年，高陽是獨自一人在飯店度過，其實落寞孤寂。

以下即擬透過這些不同的角度，觀看高陽在文本外、眞實世界中的種種面向。

一、學官兩失的野翰林

一九八七年與《中央日報》記者的一次訪談中，高陽談起多年讀詩的心得，談到如何從詩史的角度，看出古人暗寫於詩中的寄託。由於《高陽說詩》才得到中山文藝獎的「文藝論著」獎項，高陽顯然興致頗高，並說道：

但願有一天，我可以有足夠的學養，在中文系開這一門課。[70]

有無得到學院的認同，一直是高陽耿耿於懷的事，「他總津津樂道著兩度前往香港中文大學講述《紅樓夢》研究的情景，更不祇數次提及曾應台大某系所教授之邀爲學生講授陰陽五行生剋的玄理奧義」[71]。對於高陽而言，若早生個一百年，以他豐厚的學識教養，也許能同他的高祖輩一樣，再爲橫河橋許家掙個舉人、添個翰林。然而，身在亂世，學業中輟；寄身軍旅，卻頗以不通文墨的上司爲苦；入報社，寫社論，頂多是個無冕王；寫歷史小說，以質以量而言，都已是開一代風氣了，但是，仍會被冠上爲「替古代女人脫褲子」[72]這種無禮的評語。

有一年《聯合報》系董事長，也就是長期以來最支持高陽創作的王惕吾說：「應該給高陽一個特別獎。」但是，隨即被否定了，因爲某大學文學院院長說：「高陽寫的是通俗讀物，不能算是文學作品。」[73]因此，高陽的特別獎就告吹了。高陽自然有話要說：

平生以妄取虛名爲戒，尤以倖致盛名爲懼，因爲名不副實，必生災殃，語云：「暴得大名則不祥」，殊不知盛名之下，難乎爲繼，往往身以殉名，前有海明威，後有三島由紀夫，近年則有三毛，自殺皆以此故。但我雖淡於名的觀念，而藉由《聯合報》這一強大媒體的傳播，不虞之譽，始終不斷。74

高陽曾集杜工部、龔定庵詩句，作一楹帖曰：

豈有文章驚海內？
料無富貴逼人來。

一段話、兩句詩，在在透露出高陽「似謙而實傲」的性格。對於自己在國學、史學上的功力，高陽顯然很有自信，也因此對學術界每每給予的冷漠與淡然，最是忿忿難平。他曾表示：史學界對他的考據文章所以冷淡，其實無足怪奇，表面上看來是不屑與你爭辯，其實是無能爲力。他舉自己爲證明董鄂妃即董小宛的考據爲例，若學界想要駁倒他，必得先對「江左三大家」的詩詞下一番工夫，而又無人能有此治學的工夫。因此，他說：

如果對這些疑問不能有令人滿意的解釋就駁不倒你的論據，但又不願承認你參狐禪的考證，比他們得了學位、久享大名的人來的高明，只好報以冷淡了。75

這一類的感慨，高陽發抒不只一次，龔鵬程〈歷史的偵探〉，抄示一封許氏給他的長函，內容主要是對「清幫」之工作與祕密身分，提出他認爲清幫不可能眞正歸依清朝廷的看法；文末並興味高漲的邀請龔先生爲他打算自印自銷的《董小宛入宮詳考》、《清朝十大疑案史料輯考》、《十朝詩乘箋注》等書任主編工作。龔鵬程說道：「這些書當然是有價值的，但出版此類著作，焉能賺錢？從這個地方看，便可見高陽先生畢竟是個讀書人，非眞能營生者。」[76]龔氏後文並且說道：

> 蓋其小說與史論，每每牽率於英雄兒女之間，或寫朝局變化，從情節與主題上未必看得出什麼偉大的名堂，不過敘故實、演傳奇耳。然而，作者高陽其實是具有宏觀歷史視角的，他縱觀每一個時代，努力地找出那個時代紛紜複雜歷史事象之中眞正值得我們注意的人物與史蹟，藉著描述這樣的人物與史蹟，提示我們歷史興衰的原理。[77]

這段話提示我們一個重要的訊息，即高陽並不滿足於他歷史小說家的地位，他的企圖心不在於做一個成功的「說書人」，他要的是學界的認同，和個人史觀的建立。這個企圖？若溯源往上尋根，不正是傳統知識份子，或說是舊文人官僚系統學優而官、爲天下立言的企圖嗎！更簡單的說，不正是杭州許家一門科第榮耀下所示範的成功典型嗎？高陽在回憶老家橫橋吟館的匾額時，提到：「金底飾龍文、鈐御璽的匾額還有好幾方，每一方都有一個『令人豔羨』的故事。」[78]筆者所以將「令人豔羨」括弧而出，便是要提醒，對於高陽而言，歷史小說大師的稱謂也許仍不能滿足他內心對成功人生的眞正期望，就他的生命歷程來看，學位未成、官位未就，只怕才是他最大的遺憾。所以他晚年時自刻閒章「野翰林」，正是自書寄託。我們每在高陽的歷史小說中看到他對人情世故的熟練，像胡雪巖系列、像慈禧系列，但若仔細評判，與其說他的歷史小說中表現出了人情練達的一面，不如說是他對官場宦途的熟稔，這可是許氏家族長期陪伴君側、累積數代對官場生態的深刻體悟，這也難怪，許多高層官員將《胡雪巖》、《慈禧全傳》視爲升官發財的教本。如是說來，高陽才學兼得的配備，並非爲了寫作歷史小說而準備，他的理想應是同祖上一樣可以做大官、做大事的。然而，人生際遇總有不稱人意之時，這也難怪，高陽已在歷史小說的版圖上可謂名利雙收，卻仍對學界是否肯定，耿耿於懷。

還好，高陽還有一位文學前輩可以見賢思齊，那就是曹雪芹。他熱衷於《紅樓夢斷》系列的書寫，將曹雪芹閱盡繁華之後，發憤著書的心路歷程敷衍成書，不能說沒有自況的意味在內。高陽道：

> 對一個文藝工作者來說，曹雪芹如何創造賈寶玉這個典型，比曹雪芹是不是賈寶玉這個問題，更來得有興趣。「字字看來皆是血，十年辛苦不尋常」，此中艱難曲折的過程，莫非不值得寫小說？[79]

這當然是高陽所以寫「紅樓夢斷」系列最初的想法。

因此，他在《秣陵春》中處理了「遺簪」、「更衣」兩大塊《紅樓夢》原本刪去的情節，在《延陵劍》處理震二奶奶（擬仿鳳姐）爲造成曹家虧空事致使抄家而自盡；又或是《三春爭及初春景》寫他自己對曹、李兩家回京後處境的構想，這種種敷衍，都有高陽對《紅樓夢》原書構想的還原補寫用意在內。但是接下來的《大野龍蛇》、《曹雪芹別傳》中，這個「作者曹雪芹」，頂著曹頫——平郡王福彭的關係，成了一個聰明絕頂、智慧過人的諸葛神算，幫著乾隆朝處理了乾隆身世之謎、孝賢皇后暴卒之謎等事，行筆到此，這個曹雪芹和《紅樓夢》作者曹雪芹已經沒有關係了，他簡直已變成高陽的化身，遊走乾隆朝，爲他對清三代的眾多歷史懸案作破解、代言。許氏說道：

> 君威難恃、富貴無常；興衰之速、境遇之奇、人情之薄、悔恨之深，以及他目擊耳聞許多政治上的祕密、豪門貴族的內幕，在在構成爲文學上強烈而持久的創作慾。[80]

高陽對曹雪芹是有深情的，他的《紅樓夢》研究早於一九六〇年即已開始（包括〈曹雪芹對《紅樓夢》的最後構想〉、〈我看紅樓〉、〈曹雪芹年齡與生父新考〉），如果我們將主角由曹雪芹改成自許氏家族一脈延伸下來的許晏駢（也就是高陽），上文所引這段的這段話，正可說明高陽書寫歷史小說的創作力所以強烈而持久的一個注腳。好友宋瑞於〈在現實生活中寂寞的高陽〉一文寫道：

> 文壇人士中有比擬高陽爲巴爾扎克或大仲馬者，他大概不以爲然。倒是曹雪芹的影子頗符合他的身世背景，與性情品味。出身世家子弟，總有擺脫不了的紈褲習氣。雖說富不過三代，然縱令家道中落，浸潤在閥閱門第的大家風範中，那些生活上已不能更改的慣習，早已耳濡目染，根深蒂固。此所以曹雪芹之爲曹雪芹，亦所以高陽之爲高陽；而《紅樓夢》非曹雪芹不能撰者，高陽的歷史小說亦然，皆是不作第二人想的。至於高陽之寫曹雪芹，更不用說是天造地設的人選了。[81]

對於高陽與曹雪芹的連結關係，這段話頗得箇中三昧。長期富貴榮顯的世家背景，對高陽而言是層層疊疊、密密羅織，無從割去的身世記憶；當他選擇了以歷史小說書寫作爲演出的舞台，給了他強烈的理由與條件，將這些知識系譜予以擴充、爬梳。歷史知識對他而言，不僅是積壓底層的身世，更成爲安身立業的材料。種種條件的因緣際會下，高陽成爲書寫歷史小說的不二人選，如同只有閱盡繁華的曹雪芹，才寫得出《紅樓夢》一樣。

我們不妨再用高陽歷史小說中的一個主角，來觀看高陽這種學、官兩不成的抑鬱心態。《丁香花》的主角龔自珍（字定庵），爲清道光年間的名士，家學淵源，父親曾入上海道，外祖父爲聲韻名家段玉裁。一生才華洋溢，少年即有文名，卻遲至三十七歲方得進士；善金石圖譜，爲人豪放不羈，有狂名。龔自珍與高陽家族爲舊識，這樣的一個人物典型，許氏對他頗有相惜之意。《丁香花》中，高陽對於龔自珍每被斥爲玩物喪志、狂放不羈的行爲，代他發言，說道：

> 龔定庵之好玩金石古玩，實在是有托而逃。他之成爲名士，復又被視作狂士，都是被激而成，因爲表面上看他玩世不恭，不中繩墨，不是個能在功名事業上，卓然有所表現的人，其實他不僅有一片自道「平生哀樂過於人」的至情至性，而且有一番經世致用的大志，自許爲班超、張騫一流人物，如果不能開疆拓土，建立邊功；在朝希望申明制度，昌大文治，但這都需要遭逢聖君賢相，才有一展抱負的機會，但當今道光皇帝的作爲，儘教志士喪氣，龔定庵鬱鬱不得志，才激成個動輒如灌夫罵座的脾氣。[82]

或者我們也可以將高陽動輒與人筆戰、罵史學界之淡漠，或是他的輕視對手、不屑與之討論的態度，視爲一種徵候，他在解釋龔自珍狂傲行徑時，說道：

> 這也是懷才不遇，才弄成他這種詭異的狂態。[83]

胡正群提到：「高陽對書、畫、雅玩的鑑定，功夫有獨到之處，當年蔡家國泰美術館庋藏頗豐，有不少珍品都是由高陽參與鑑定的。」[84]在這些部份，許氏與龔自珍眞有許多相似之處。我們或者也可以用這個角度來看待高陽，相對於歷史小說領域內的成就，許氏顯然仍另有所期，然而，終其一生，這個期望顯然未能實現，因此，他的狂態，或是某種抑鬱落寞，正是因爲懷「才」不遇吧。

二、瓊漿玉饌

飲食之精潔，須有人提倡。提倡美食，殊非易事，要有錢、有閒、有地位、有興趣。四「有」缺一，資格不備。

有錢不必說；還要肯花。捨得花錢，還要有閒工夫；因爲有閒工夫才有此閒情逸致。85

——高陽

如此「四有」的條件，不知道高陽認爲自己具備多少，就朋友口中描述，這四個條件，不管齊不齊備，「肯花錢、捨得花錢」的他，在生活享受這等事上，從不委屈自己。

高陽於《聯合報》專屬時期的工作夥伴兼好友蘇偉貞提到一件往事，很能看出他處理生活享受的欲望以至金錢的一個模式。高陽好享美食、佳釀、買大車、著華服，唯一欠缺的是從未有過自己的房子，後期居住的房子皆由王愓吾提供。有一次，剛搬進王所提供辛亥路公寓時，屋內空無一物，除了一張餐桌，甚至沒有餐椅，王愓吾給了他十萬元，足夠添購一屋子家具的金額。蘇偉貞回憶，就是隔天，他到《聯合報》時，腳上穿著一雙簇新的鞋子，看得出是極好的材質。她問高陽，怎麼回事！原來前一天高陽拿著十萬元準備去買家具，才走進一家店，就看到一張材質甚佳的進口單人座沙發，特好的牛皮，七萬元。「他老兄二話不說，數了七萬元現金就付了，後來又看到這雙皮鞋，一萬多元，就這樣，十萬塊去了八萬多，家裡就只多了一張單人沙發。」這顯示許氏對於金錢並無概念？或者，欲望總是戰勝理智？郝天俠也曾說過：「他總是十個子當一個子用！」對於高陽來說，錢眞是身外之物，但錢來錢去，他卻被這身外之物困擾一世。

在此，我們不妨回頭講述高陽的家世，它的確提供了某些理解高陽的路徑。他回憶老家一到冬至燒紙，「大廳上用四張特大號的八仙桌拼在一起，桌腳與桌腳縛緊，桌上除了「錫五供」以外，祭品分兩種，一種是用五寸口徑的高級錫盤，陳列各種黍米乾果，不知是四十八樣，還是六十四樣，反正沿著桌邊密密麻麻擺滿了，如爲這張「超級」大方桌鑲了一道花邊。另一種便是『豬頭三牲』，……」[86]一代穿衣，三代吃飯，許氏家族累世爲官，高陽直至二十六歲前往空軍官校之前，都是在杭州許家的官宦模式下生活，對於許多穿衣吃飯上的精緻已視爲理所當然，但是，一但脫離家族庇蔭，且無法割捨口腹之欲、物質享用，文職軍官的微薄收入顯然便無從支撐。因此，許多朋友都談到許氏自童年時期養成的口腹之欲，成了他一生重大的累贅，甚至是他一生經濟大亂、生活失序的主要病根。如莊練即說道：

> 橫河橋許家在晚清時期出過許多翰林、進士與尚書、宰相，可以稱得上是「簪纓世家」。世家子弟難免有其不同於平民百姓之處，家教嚴格而又能讀書上進的，當然是知書達禮又恂恂儒雅的一路。但即使如此，生長於鐘鳴鼎食之家的權門子弟依然不免因生活富裕而養尊處優之故，在不知不覺中養成了他們錦衣玉食的富人性格，即使讀書有成，仍不免好逸惡勞、耽溺於口腹之奉的紈褲習尚。……童年時代所養成的生活習慣與口腹之奉，卻成了他此後一生的重大累贅，在艱難困苦的環境中備受折磨，終且種下後來的種種不幸苦果，則亦是無可諱言的事實。[87]

高陽空軍官校時期朋友在他逝世後的悼念文章中，都不約而同提到，許氏此一時期爲打牙祭以致入不敷出的經濟窘態。這種窘態不因離開高雄岡山時，朋友代償了千元而解除；也未曾因王惕吾代爲清理高達二百一十萬元的債務而解除，它幾乎成爲高陽生命中每隔一段時間必然出現的狀態。宋瑞說：「凡與之相熟者，大概無一不是他的債主。」他且描述了一段許氏急於借貸的情形：

當他忽然出現在你面前，總必是爲了應付「三點半」急須調頭寸時，殆爲俗話「無事不登三寶殿」的最好註腳。他大而化之，什麼都不在乎，但眼前當下個人的享受卻絕不可省略。倘若稍諳理財之道，與其在台不作第二人想的多產作家之豐厚稿費、版稅收入，成爲箇中首富當屬順理成章之事；而他在它們尚未到手之前便已花用掉。88

高陽處理金錢的模式，似乎從空軍官校時期便已經成形。

筆者於聯經出版公司見到一只公文夾，裡面約莫幾十張的借據，全是高陽所簽，這正是王惕吾代高陽償還欠款的單據。他用各種名目各種方式向不同的朋友借錢、簽下借據，其中最常使用的一種名目，便是使用自己的故事作爲抵押的物資。郝天俠即表示，高陽常常爲了趕三點半，緊急找到出版社的朋友，告訴他，「我有一個某某背景的故事大綱，寫出來之後交由你們出版……」。就此將尚未寫出的書即刻賣斷，只是爲了五、六萬元的周轉金，因此，在郝天俠手中，我們見到許多合約書，內容標定的，都是「所有權」的出讓，而非「出版權」的同意書，所以，當書集結出版之後，無論它造成了多大的暢銷，或是熱賣，與他本人一點關係都沒有。而對於這一點，高陽是一點也不後悔，他總是認爲自己永遠可以寫出更好的作品，他的眼光總是看著明天。

當然，高陽這種借貸——煮字療飢——借貸的方式，一但形成模式，也可以簡單的一言以蔽之。但是，當我們見到高陽親筆寫下的借據時，心裡還是會浮起一些最不願去使用的字眼，例如作小伏低，又或者潦倒等，這些字眼和與人論戰時那個驕傲的高陽多麼不同，在這些借據裡出現的是一個不善打理自己生活的文人，一種窮途潦倒的景況，雖然他從未缺乏過什麼。然而，不斷的以各種方式欠下各種債務，不得已時，還是得低頭，還是得請求。如以下所舉第一張書信，是高陽於一九九一年春天首次大病初癒，返家後寫給劉國瑞先生，述明自己的景況，除感謝他向來的迴護之外，更表示自己於《大華晚報》之後，與《聯合報》的關係已是與專任無異。第二封信，則是透過蘇偉貞轉與劉國瑞，代爲借支稿費（《蘇州格格》）五萬元，想來高陽是不願自己開口，以他與劉國瑞每日見面的交情，恐怕仍有一些文人的矜持，讓他選擇使用書面方式，透過他人轉達借支的意思。內容如下：

國瑞吾兄：

「水龍吟」全部稿費，均已領收無誤。弟於上月廿七日出院，雖在家調養，而開銷甚大，僅使用進口之營養牛奶，每天六罐即須二四〇元，水龍吟稿費對弟之幫助甚大，按照約定此款本應扣還欠款，惟數年來所扣款數無幾，此皆　兄體念弟之境遇，格外迴護斡旋所致，感何可言。弟自《大華晚報》停刊後，即專爲《聯合報》系寫稿，雖無專屬專家之名，而有其實。今後仍當爲此，聯副新稿，已在籌備之中，前請代借清皇室譜，並請費心爲感。專此敬頌

雙福

弟高陽拜四月十七日民國八十年

偉貞：

新稿已完成前置作業，並已開始撰寫，此爲大病初起後的一次重大考驗，當全以赴，俾能證明體力雖不如前，腦筋未出問題，惟目前筆底較爲生澀，檢審較爲吃力，尤不耐久坐，故進度稍慢，預計七月五日可交第一批稿，總須有二萬字始發刊，較爲保險。

經濟情況有出無進，早形竭蹶，但開長篇不比等閒，若無把握，不敢輕筆妄動，因而不擬開口借支稿費，以目前情況而言，已無問題，所欠者安心寫作而已。請代陳明主任及總編輯，准予借支稿費五萬元爲感。附上借條一張，乞檢收，種種費心感不盡言。順頌

雙福

弟高陽拜　四月廿六日

那年新年，高陽一人獨自在新開幕的台北凱悅飯店過年，蘇偉貞回憶：

那天在凱悅他將菜叫到房間用，在等吃飯時，他又吟了一遍詩，其中二句特別傷感也勾畫他當時窘境：「客中作客殊無奈，錢上滾錢別有人。」[89]後來菜送來，我藉酒向他拜年，年的興味才濃了些，當然我知道未來的日子，照他的脾味，恐怕不會好過，我當時心底想的當然也並不強健有力，卻是我所知道高陽生活憑藉唯一的底了：還好創辦人在。

高陽一生總是陷在缺錢、借錢，到無可了結之時，再借高利貸以還前債；然後再陷入更大的債務中。他的不善理財，除了將生活弄得一團亂，當然也影響到婚姻狀況，當年仍有票據法的時候，高陽爲了軋支票、趕三點半，將妻子父親留予的永康街房子抵押與人合建，並且承諾妻子，等有錢再還給她，當然，這都是空頭支票了。郝天俠亦曾感嘆地說：「說出來別人都不相信，議今（高陽獨

生女）在幼稚園時，就曾因爲付不出學費而休學！」他們的婚姻因爲經濟的問題，在十年之後宣告結束。郝天俠在二〇〇三年的清明節前夕，還夢見高陽急著問她說，有一張支票就要到期了，該怎麼辦？這當然是一個茶餘飯後的閑話，但也可以想見許氏的經濟亂象，對他本人或是身邊人而言，是多大的一個夢魘。因此，我們看到上述這段引文時，心裡不免感慨，高陽直至去世前一年的新年，人在凱悅飯店過年，心中抒發的興嘆，還是「錢上滾錢別有人」，眞正是爲錢困擾一生！

到底是哪些花費使得高陽始終無法脫離債務的糾纏，以致寫了一輩子，也窮了一輩子呢？熟悉高陽的人給了答案：美食、菸酒，是兩個主要因素，以下分別敘述：

美食饗宴

同樣是高陽在凱悅飯店過年的場景，當日的菜單是他擬給餐館特調的：鮑魚生菜、冬筍豆腐五花肉、香菇麵筋、清燉牛腩、醋鮭魚、濃湯啤酒腸、拌粉絲，並交代廚子，「粉絲不宜爛、務須調油，色亮且不黏也」，可見高陽即使在身體景況不佳的情況下，老饕食客的興味仍是絲毫不減。第二次住院期間，《聯合報》報導高陽住院的小方塊文章〈走進高陽書房〉中寫著：「書房的主人住院去了。……書桌較遠一角有兩本食譜：《美食世界》、《飲食月刊》。」[90]這些美食食譜在高陽第一次住院時，也曾發揮極大功效，當時因肺疾住進榮總的他，三月不能進食，爲了解饞和增加求生意志，他不斷請求拿大量食譜給他看。另一個例子，可能更可以看出美食在高陽生活中的重要性：許氏生命中主要的兩位女性，都曾有過開餐館的經歷。他的妻子，出身世家，與高陽結婚之初，連用電鍋煮飯都不會，但在與其相處，耳濡目染、一番調教之下，竟成爲廚藝高手，紅燒獅子頭等江浙名菜，在開餐館時是有名的佳餚。另一位高陽晚年的伴侶吳菊芬，則是因爲一道「烤麩」，許氏初嚐覺得美味，進而認識，成爲男女朋友。高陽曾在〈美食在明朝〉中說道：

> 譬如江蘇常熟有個周四麻子，創製食蟹新法，名爲「爆蟹」。將蟹蒸熟，置炭火上烤，一面烤，一面淋以甜酒、麻油。不一會，殼浮欲脫；只聽「畢卜」數聲，二螯八足，骨皆爆裂；蟹內臍脅，亦揭開解，用筷微撥，蟹肉應手而落，加薑醋快啖，雖百螯片刻可盡。世上快事，恐怕無逾於此了。[91]

高陽說：「世上快事，恐怕無逾於此了。」讀者觀之，也能感受到他對美食的讚嘆、滿足。如此類的對食譜、菜餚的製作與品嚐的描寫與論述，高陽在他的《古今食事》裡多有著墨，其中〈魚米之鄉〉一篇，尤其佳作，他在裡面寫道：「記得兒時，我家廚子常向一家大茶食店去買所謂『青魚肚腸』，全家除了先父外，沒人下箸。後來才知道，青魚的內臟，即是上海稱爲『本幫館子』中的『捲菜』；純用魚肺，稱爲『禿肺』，更爲珍貴。」[92]對於許氏而言，美食還結合著對家鄉故里的情感。

高陽對美食佳餚的精饗，除散見於他的雜文外，在他的歷史小說中也可以略見一二。只是，令人不解的是，怎麼吃美食，能吃到經濟崩盤的地步嗎？原來高陽的美食饗宴中，還夾帶著排場、場面。劉國瑞解釋，爲了要簽帳，太少了不好看，因此，每每就是一大桌菜餚，如此一來，每到年節前的結帳，就是一筆可觀的數額。這樣看來，高陽怎麼能不窮呢！

高陽舊酒徒

> 農曆的二、三月，在紹興正是楊柳枝綠，油菜花黃的時候。酒坊在煎酒，田野裡工作的人們遠望著裊裊炊煙，聞到陣陣酒香，眞會覺得「春意中人欲醉」。某年，舍親煎酒，門前來一乞丐，雖已給予錢米，仍倚門半日不肯離去，問他原因，竟說：「聞得你家酒香，四肢已癱瘓無力。如果不能喝到一碗酒，實在提不起腳步來了。」誠然，這乞丐一定是一個嗜酒鬼，但酒香的誘惑確實也夠厲害。
>
> ——高陽〈天之美祿〉93

如果說，美食之於高陽，是某種簪纓世家痕跡的遺留，是結合了排場與品鑑；那麼，酒之於高陽，眞正是一種癮頭。就如同上述的一段話，只消把乞丐的角色掉換一下，十足就是高陽的寫照了。

高陽說到，杭州附近有兩處盛產楊梅，到了夏天，則盛行喝楊梅燒。他說：

> 楊梅燒色呈殷紅，略帶酸甜；酒精爲楊梅吸收，所以酒味極淡，孺子亦能上口。我之好酒成癖，並非侍飲先君而來；是兒時與老僕盤桓，他吃燒楊梅，我喝楊梅燒，養成的癖好。94

如此看來，高陽的酒齡還眞是夠資深的。高陽從王壯爲處得一閑章，刻的是「酒子書妻」，就陪伴他身傍的時間長久而論，酒，自年幼、青春，至老，簡直到一刻不離的地步。從早期黑牌威士忌尚未進口時，許氏即頗好此味，尤其是其中一種名爲 J&B 的威士忌更是高陽的最愛。曾經聯合文學舉辦日本文學之旅，許氏首次造訪東京，即隨身帶了兩瓶威士忌、一瓶白蘭地，因此被戲稱爲「攜子覓妻」之旅；第二次到香港與兄長會面時，高陽爲等候兄長簽證，停留香港長達二十七天，「大多數日子無所事事，常在醉鄉」[95]。許氏敘述在香港期間，日日便與朋友以品評名酒佳餚、談論書畫名家爲無上樂事。筆者不禁在想，倘若不是迫於經濟，高陽眞正想過的生活，其實是埋首考據，品評美酒佳餚，論書論畫；高陽眞是晚生了一百年啊！否則，安逸於家族庇蔭下，做一個安樂公子，也許筆下能出幾部清史筆記。他曾在閱讀完《溥儀的後半生》時，大贊這段文字刻畫溥儀栩栩如生，說道：

「他爲了表示自己早已放下了皇帝架子，一早起床便去大門口掃地，掃著掃著轉了一個彎，他就找不到回去的路了。」此爲生活習慣使然，據我所知，溥心畬、陳散原都是一個人出門，便識不得回家的路的。但這些由出身背景、生活環境養成的習慣，如吃飯時「目中無人」、「沒有一點禮貌」，這在他自己不會知道，因爲他生來就是這樣。[96]

當然，高陽的情形類比於溥儀不一定全適，但是，許多自幼耳濡目染的習慣，已經將生活的規格定型，要想改變體質是極爲困難的事。於是，高陽爲生計而煮字療飢，一本一本的寫，對於讀者而言，當然大飽眼福。但是，龐大的壓力下，他更多時候是藉由大量飲酒，獲取慰藉與舒壓；雖然他總是慢慢啜飲，但是，大量的酒仍讓身體發出了警訊。

高陽飲酒的習慣到了後期，已經變成一種癮頭，非喝不可，不喝不行。蘇偉貞說高陽每天下五三點左右進到《聯合報》，多半是半醉狀態；一九八〇年秋天，高陽應陳英傑邀請至山東，爲泰山之顚的慈恩亭剪綵，之前因連日趕稿，熬夜喝酒，已有胃出血狀況，後又強登泰山，返台後果然病倒住院。劉國瑞回憶高陽第一次住院期間，掛了四十五天的紅牌（即危急狀態中），好不容易脫離危險，醫生囑咐再不能喝酒了，後來高陽為了讓病房內看不到酒瓶，於是將酒直接裝在茶壺裡飲用。出院後，許多朋友都勸他再不要碰酒了，可是，他回答：

人生幾何？對酒當歌。喝酒不盡興，那就沒有意思了。除非喝到不能喝的那一天……。[97]

張佛千也提到，這次的出院，眞是奇蹟。「醫生嚴重警告，如想活，必禁絕菸酒。後來他忍不住只抽一枝菸飲一杯酒。漸漸又是整包的抽，整瓶的喝。他嘆說：『無菸無酒，生而何歡？又何必生？』所以，他飲酒的心裡傾向，實在就是自殺的心理傾向。」[98]

果是如此，高陽於第二次住院、臨出門赴醫院前，仍要求喝了一杯 J&B 蘇格蘭威士忌，第二天，再度發病，陷入昏迷。依檢驗報告顯示，除肺結核外，再加上腎臟衰竭、酒精性肝衰竭，疑似敗血症，各個器官都孱弱不堪。[99] 郭嗣汾的〈君子之交〉裡說：「高陽一生有兩個仇人，一個仇人是錢，另一個仇人是他自己的身體。」[100] 高陽總是鬧窮，千方百計弄來了錢；然後，揮霍無度地將它花盡。這像是一種惡性循環，只是作為這個循環的中心，許氏於寫作之外的時間，如此恣意浪擲生命於享樂中，究竟心裡想些什麼。

大地出版社社長姚宜瑛的〈熊掌與灑金箋〉，記唐魯孫與高陽兩位曾經歷繁華世家子弟相交的情誼，她說：「高陽曾說過要印一種信紙，用很名貴的進口紙。信紙上灑金，全部用手工製作，我立刻記起幼時見到長輩用過這種玫紅、米白的灑金箋。他並說信封上的款是要親筆簽名，當然也是燙金的。」姚女士並說：

不知道後來高陽有沒有印這種豪華的信紙，我和唐先生一直沒有收到他寫在灑金箋上的信。

偶見高陽來信，還是順手拿來的稿紙或活頁紙。

也許灑金箋是他的一種懷舊；一種傳統文化中精美典雅的回憶，永遠不會回到他現代的生活裡了。[101]

對於許氏而言，美食佳釀等物質享受，都可能是某種仍能維持住他最後一點貴族氣的象徵，一種最後文人品味與尊嚴的聯想吧。

三、知識譜系

帝高陽之苗裔兮，朕皇考曰伯庸。

——屈原《離騷》

張大春在懷念高陽其人其書時，提及一次與他共飲的記憶，那天晚上，他的女伴在與高陽共舞一曲後對他說：「他好輕，好像不到四十公斤。」張大春表示：高陽之輕羸瘦弱緣乎一個酒字。而所以佐酒者，常是掌故、牢騷而已，因此論許氏還是得從掌故與牢騷二者說起。張大春說：

高陽對舊史——尤其是前朝；之情有獨鍾，其實別具深意。他顯然有一「於故紙堆中」紓解其牢騷的用心，這個用心可以從兩個層面來瞭解。一方面，高陽要以抽絲剝繭的尋繹窮究去洞察歷史推移的過程；之所以如此，簡單地說，就是爲了追蹤自己那「一肚皮不合時宜」的牢騷有何來歷以及如何確當。另一方面，高陽又不甘於歷史書寫拘牽於正統史官「立足本朝」的詮釋樊籠，並因之而放逐了大量「不合時宜」卻可能「信而有徵」的掌故材料；於是便藉著小說而大事「重塑歷史」。102

長時間以來，高陽寫作歷史小說的不立大綱，不打草稿，案頭不備參考資料的習慣，幾乎已被視爲神話，尤其是他同一時間手上有五個連載小說的紀錄。高陽說：「我是從來不訂綱要的。……不過，寫作之前，先將整個故事做一個構想：哪一部份需要強調？哪一部份可以省略？如何把握人物的性格，大致上有一個腹案，就可以動筆了。」[103]他說得如此輕鬆，可他歷史小說的時代背景上至春秋戰國時期，下至清代民國，各朝的典章制度、習俗文物，乃至於地理交通，尤其是不時出現的野史、掌故，在書中縱橫鋪排開來，這讓我們不禁好奇起他的知識系譜。高陽的歷史小說創作，當然一如張大春所言，大有「於故紙堆中」紓解其牢騷的用心，然而，他那「歷史偵探」式的考據癖，在一些雜文及考據文章中，更是凸顯其深究歷史的企圖，雖然其中也有些失之偏頗的結論，但他的考據癖對於許多歷史懸案的解決，的確提供了某些新的路徑；另外，他的歷史小說強調「中心勢力」等歷史重心的看法，表現了他創作歷史小說時，不同於他人的創作觀，這點對於他的歷史小說的成就有很大的決定作用。因此，以下擬就其知識譜系、考據癖作一探討。

知識譜系

在我，覺得最愜意的是，找個四面通風之處，躺在藤椅上看閒書、吃零嘴。閒書值得一記得是《紅雜誌》、《紅玫瑰》、《禮拜六》，此中作家，後來被封為「鴛鴦蝴蝶派」。這些雜誌的出生年份與我差不多，到我能看懂時，他們都已夭折；看得是我早逝的二哥留下來的舊雜誌。記得其中還有《語絲》，但作為小學生及初中學生的我，是不可能對《語絲》發生興趣的。

——高陽〈「橫橋吟館」圖憶〉

這段文字是許氏自述青少年時期在橫橋老家悠閒閱讀的記憶。他列舉的書單，大多是被稱爲「鴛鴦蝴蝶派」的刊物。在與桂文亞的訪談中，高陽則提到他「除了閱讀報章和聆聽掌故外，也飽覽中外文學名著。舊小說中《兒女英雄傳》、《水滸傳》、《西遊記》都爲他所喜愛；西洋文學作品，則偏愛歐亨利的短篇小說；至於寫作技巧，自認頗受張恨水的影響。」[104]高陽作爲一位備受肯定的歷史小說作家，從不諱言受到鴛鴦蝴蝶派的影響，也許正因爲自己的作品深具市場肯定，因此更能體會通俗文學的魅力所在。然而，高陽作品又具備一般通俗讀物較爲欠缺的「專業性」，這特點使得他的作品除了「處處井水說高陽」的市場力之外，更顯其作品的文學感染力量與歷史考據深度。

如果我們將許氏所以能寫作好的歷史小說的原因，都上溯於家學淵源，未免有些一廂情願；雖然，在討論高陽家世時，我們的確借由高陽高祖許庚身爲恭王進言一事，肯定他家學中的實學體質。但是，高陽並非自幼即立志做一位歷史小說家，家學的確給了他豐沃優質的養成教育，然而，他對歷史考據的熱情與能量，才是成功的關鍵。

以他的第一本歷史小說《李娃》爲例，曾永莉的採訪稿寫道：

> 他摒絕一切雜務、全心全意研究唐代的科舉制度、社會風俗和官制。《李娃》傳之中描寫兩家殯儀店老闆舉行輓歌競賽一節，特別令高陽感興趣。他研讀許多有關唐朝的史料，得知在中唐盛世，民生富裕，百姓樂觀開明，喪禮的種種儀式，也被視爲地方娛樂之一。因此，兩家老闆各推一名代表比賽輓歌，四面八方的百姓得到消息，都競相趕來觀看，造成萬人空巷的盛況。高陽花費數月的時間，把詳細的史料研究清楚，這才謹慎下筆，寫成他的第一部歷史小說《李娃》。[105]

這段話是有意義的，因爲許氏在早期幾部作品，包括《李娃》、《荊軻》、《少年遊》、《風塵三俠》、《緹縈》等，看到他是如何嘗試並鍛鍊歷史小說書寫技藝。此種富含豐富歷史知識與時代骨架的書寫模式一經確立後，他便將同時期名爲歷史小說、卻跟歷史關係薄弱的言情小說遠遠拋開，闖出名號，打下江山。之後，高陽開始寫他鍾情的清代，第一個題材就是慈禧。至此，高陽傳奇出現了：不立大綱、不打草稿、不備資料，神乎其技地，他像是一部活歷史百科，更像一部自動生產歷史小說的絕妙機器。

難能可貴地，由國家圖書館提供的一份「高陽藏書捐贈國立中央圖書館目錄」中，我們得以透過高陽的藏書目錄，大膽抓出高陽知識的譜系脈絡。劉國瑞曾經提到，高陽是一個用書的人，而不是一個收藏書的人。（他提到高陽的一個習慣，有時，高陽到他家用餐，餐後，有的人正圍坐方城之戰，高陽依例的坐於一旁看他書架上的書，手中肯定有杯黑牌威士忌。高陽喝到微醺，離開他家時，酒帶走，書也帶走了。而他當晚所看的書，經常在隔日的連載小說中就出現。）正因爲他是個用書的人，因此，他的藏書更有可看性，因爲，它們正是對高陽有用的書。

> 高陽歷史小說之所以出類拔萃，正因爲他的寫作資源特別豐富。他不但不斷向傳統汲取，而更重要的，從思想史層面上說，他自身就是兩個傳統——考證與筆記——的匯聚集成之處。[106]

這份藏書目錄，包括高陽作品全集在內，共一三四〇冊，尚不包括當日家屬將他時常翻閱的書留作紀念，未曾捐出的《北平風俗類徵》、《翁同龢日記排印本》、《佩文韻府》、《中國歷史圖說》、《世界地圖集．第一冊．東亞諸國》、《世界地圖集．第三冊．中國北部》、《世界地圖集．第四冊．中國南部》、《兩千年中西曆對照表》、《哈佛燕京學社引得12．增校清朝進士題名碑錄附引得》、《三才圖會》、《中國書法大字典》、《藝術大辭海》、《花隨人聖盦摭憶全編》、《大漢和辭典》十一卷等書[107]。類別以文史類居多，藏書性質大致可分爲幾類，一是古典詩文集子與小說；二是《紅樓夢》相關書籍；三是前人筆記與傳記；四是史料性質書籍。此四類書籍中，又以後兩者冊數最多。

以《紅樓夢》相關書籍爲例，高陽藏書中有：

《石頭渡海》	康來新	台北：漢光	一九八五
《我讀紅樓夢》	巴金	天津：天津人民	一九八二
《李煦奏摺》	李煦	台北：里仁	一九八五
《紅樓解夢》	霍國玲、霍紀平	北京：燕山	一九八九
《紅樓夢：迷人的藝術世界》	周中明	台北：貫雅	一九八九
《紅樓夢卷》	一粟	北京：中華書局	一九六三
《紅樓夢版本研究》	王三慶	台北：撰者	一九八〇
《紅樓夢的兩個世界》	余英時	台北：聯經	一九七八
《紅樓夢研究文選》	郭豫適	上海：華東師範大學	一九八八
《紅樓夢研究專刊》		香港：新亞書院中文系	一九六七
《紅樓夢研究彙編》	吳宏一	台北：巨浪	一九七四
《紅樓夢研究新編》	趙岡、陳鍾毅	台北：聯經	一九七五
《紅樓夢探討》	袁維冠	花蓮：撰者	一九七八

《紅樓夢敘錄》	田于	台北：漢苑	一九七六
《紅樓夢悲金悼玉實考》	杜世傑	台中：撰者	一九七一
《紅樓夢新補》	張之	太原：山西人民	一九八四
《紅樓夢論集》	趙岡	台北：志文	一九七五
《紅樓夢學刊》	中國藝術研究紅樓夢學刊編輯委員會	天津：百花文藝	一九八一
《紅樓夢辨》	俞平伯	台北：河洛	一九七九
《紅樓夢藝術論》	王國維等著	台北：里仁	一九八四
《香港所見紅樓夢研究資料展覽（目錄）》	香港中文大學	中國文件研究所文物館印行	一九七二
《曹雪芹家世紅樓夢文物圖錄》	馮其庸	台北：里仁	一九八五
《曹雪芹與紅樓夢》	姜哲甫	台北：華嚴	初版
《散論紅樓夢》	吳世昌	台北：蒲公英	一九八四

由此可以看到高陽手中並沒有一些罕見的版本，甚至連一般常見的甲戌本，或其他脂批本都沒有，相驗於他的《紅樓夢》研究，版本沿革與續書問題原不是高陽關注的焦點，在他的藏書中就看到這個趨勢。反倒是其《紅樓夢斷》一開始，以「秦可卿淫喪天香樓」的遺簪、更衣兩個情節，還原主角爲李煦非禮兒媳的情節，在他的書目中，就有《李煦奏摺》一書。其他的《紅樓夢》書籍，有些爲資料彙編或是圖錄，有些則可能爲他人所贈紅學書籍。

較爲有意思的是與史料相關的書籍，列舉如下：

《九一八事變史述》	梁敬錞	台北：世界書局	一九六八
《人物風俗制度叢談》	瞿兌之	香港：龍門	一九六八
《十二朝東華錄》	（清）王先謙	台北：文海	一九六三
《三國史話》	呂思勉	台北：臺灣開明	一九五四
《三國志》	（晉）陳壽	台北：二十五史編刊館	一九五五初版
《上海抗日敵後行動》	陳恭澍	台北：傳記文學	一九八四初版
《上海研究資料及續集》	上海通社編	台北：中國	一九七三
《大明一統文武諸司衙門官制》	明人，撰者不詳（據國家圖書館藏明嘉靖二十年焦璉刊本影印）	台北：台灣學生	一九七〇
《大東亞戰爭全史》	服部卓四郎．國防部計劃局編譯室	台北：譯者	一九五六
《大唐西域記史地研究叢稿》	周連寬	北京：中華書局	一九八四
《大清仁宗睿（嘉慶）皇帝實錄》	清道光四年（一八二四）敕撰	一九三七年偽滿國務院影印本	
《大清宣宗成（道光）皇帝實錄》	清咸豐六年（一八五六）敕撰	一九三七年偽滿國務院影印本	
《工商史料》	中國人民政治協商會議全國委員會文史資料研究委員會編	北京：文史資料	一九八〇～一九八一

《中國上古史八論》	黎東方	台北：中華文化	一九五七
《中國民族史》	林惠祥	上海：商務	一九三七
《中國年曆簡譜》	董作賓	台北：藝文	一九六〇
《中國典當業資料兩種》	楊肇遇	台北：學海	一九七二
《中國服裝史綱》	王宇清	台北：中華大典編印會	一九七五
《中國法律發達史》	楊鴻烈	台北：台灣商務	一九六七
《中國近代史》	李鼎聲	上海：上海書局	一九九一
《中國近代史》	段昌國	台北：大中國	一九七五
《中國近代史四講》	左舜生	香港九龍：友聯	一九六二
《中國近代史話》	左舜生	台北：文星	一九六六
《中國近百年史資料》	左舜生	台北：台灣中華	一九五八
《中國宰相制度》	李俊	台北：臺灣商務	一九八九
《中國國民黨宣言集》	獨立出版社編輯	〔出版地不詳〕：獨立	一九三八
《中國娼妓史》	王書奴	上海：生活書店	一九三四
《中國現代史料叢書》	岑春煊		
《中國現代史話》	葉蔭民	台北：中華日報	一九七四

《中國通史趣談》	賴榕祥	台南：撰者：大華總經銷	一九六七
《中國歷代都城宮苑》	閻崇年	北京：紫禁城	一九八七
《中國歷史大事編年》	朱學西、張紹勛、張習孔	台北：黎明文化	
《中國歷史地圖集》	程光裕、徐聖謨	台北：中華文化出版事業委員會	一九五五
《中國歷史紀年表》	萬國鼎編	台北：鼎文	一九七五
《中國歷史辭彙》	周木齋	台北：希代	一九七八
《中國錢莊概要》	潘君豪	台北：學海	一九七〇
《中國禪宗史》	釋印順	上海：上海書店	一九九二
《中華全國風俗志》	胡樸安	台北：啟新	一九六八
《太平天國資料彙編》		南京：太平天國博物館	
《少林寺資料集・續編》	無谷，姚遠	北京：書目文獻	一九八四
《廿四史傳目引得》	梁啟雄編	台北：台灣中華	一九七三
《日下舊聞考》	（清）于敏中等編纂	北京：北京古籍出版社	一九八一
《日本古中國》	向多耐志邁		
《日本史綱》	陶振譽	台北：中國文化研究所出版：	一九六四
		國防研究院發行	

《日本的無條件投降》	劉守堅		
《日本近百年史》	包滄瀾	台北：藝文	一九六六
《日本無條件投降祕史》	安慶濬	台北：公論報	一九六二
《北平史表長編》	瞿宜穎撰	台北：古亭書屋	一九六九
《北京經濟史話》	楊洪運、趙筠秋	北京：北京	一九八四
《北京歷史風土叢書》	不著輯者	台北：古亭書屋	一九六九
《北洋軍閥史話》	丁中江	台北：春秋雜誌社	一九六五
《北洋軍閥統治時期史話》	陶菊隱	台北：蒲公英	一九八六
《古史考述》	趙鐵寒	台北：正中書局	一九六五
《史迪威事件》	梁敬錞	台北：臺灣商務	一九七一
《台灣史事概說》	郭廷以	台北：正中書局	一九五四
《戊戌政變記》	梁啟超	台北縣：文海	一九七三
《戊戌變法文獻彙編》	楊家駱主編	台北：鼎文	一九七三
《末代皇帝祕聞》	潘際坰		
《民國大事日誌》	劉紹唐主編	台北：傳記文學	一九八八初版
《民國政治人物第一集》	吳相湘	台北：傳記文學	一九六九初版

《光緒皇帝的收場》	陳存仁	台北：新亞	一九七〇
《先秦諸子繫年》	錢穆	香港：香港大學	一九五六增訂初版
《多爾袞徵女朝鮮史事》	李光濤	台北：中央研究院歷史語言研究所	一九七〇
《江蘇文史資料選輯》	中國人民政治協商會議江蘇省委員會文史資料研究委員會	南京：江蘇古籍	一九八七
《考古雜記》	王家廣	北京：紫禁城	一九八八
《西太后》	俞炳坤等	北京：紫禁城	一九八五
《何應欽將軍中日關係言論選輯》	中日文化經濟協會輯		一九六四
《宋代興亡史》	張孟倫	台北：臺灣商務	一九六五
《宋史紀事本末》	（明）陳邦瞻、張溥原編	上海：商務	一九三六
《宋哲元與七七抗戰》	李雲漢	台北：傳記文學	一九七三
《抗戰後期反間工作》	陳恭澍	台北：傳記文學	一九八六
《抗戰後期反間活動》	陳恭澍	台北：傳記文學	一九八六
《京師坊巷志》	朱一新、繆荃孫、劉承幹	台北：成文	一九六九
《京華感舊錄・風土篇》	周簡段	香港：南粵	一九八七
《京劇兩百年歷史——平劇史料叢刊・第二輯》	波多野乾一撰	台北：傳記文學	一九七四

《庚子西行記》	唐晏、劉承幹	台北：新文豐	一九八九
《庚子西狩叢談》	吳永	台北：文星	一九六五
《明代史》	孟森	台北：中華叢書委員會	一九五七
《明代宗教》	陶希聖	台北：臺灣學生書局	一九六八
《明史》	（清）張廷玉等奉敕撰	台北：藝文	一九五六
《明末紀事本末（上下）》	（清）谷應泰編	台北：三民	一九五六
《東北地方沿革及其民族》	文德修	台北：開明	一九六九
《東北軍事史略》	王鐵漢	台北：傳記文學	一九七二
《林則徐集奏稿（上中下）》	中山大學歷史系編		
《近代中國外交史資料輯要》	蔣廷黻	台北：台灣商務	一九五八
《近代史料考釋二、三集》	沈雲龍	台北：傳記文學	一九六九
《近代京華史蹟》	林克光	北京：中國人民大學	一九八五
《後漢書》	范曄	台北：二十五史編刊館	一九五六
《故都紀念集四種》	朱偰、程演生著、輯	台北：進學	一九七〇
《故都風物》	陳鴻年	台北：正中書局	一九七〇
《故都變遷記略》	余棨昌	台北：古亭書屋	

《春申舊聞》	陳定山	台北：晨光月刊	一九六四
《范仲淹史料新編》	周鴻度	瀋陽：瀋陽	一九八九
《倭變事略》	（明）采九德	台北：廣文	一九六四
《唐代政教史》	劉伯驥	台北：臺灣中華	一九五四
《唐代留華外國人生活考述》	謝海平	台北：臺灣商務	一九七八
《恭王府考：紅樓夢背景素材探討》	周汝昌	上海：上海古籍	一九八〇
《殷代地理簡論》	李學勤	台北：木鐸	一九八二
《海南島史》	小葉田淳	台北：學海	一九七九
《翁文恭軍機處日記》	（清）翁同龢	台北：臺灣學生	一九六六
《翁同龢與戊戌維新》	蕭公權等	台北：聯經	一九八三
《袁世凱竊國記》	臺灣中華書局編輯部	台北：臺灣中華	一九五四
《國史大綱》	錢穆	台北：國立編譯館	一九七四修訂版
《國史年表》	（清）齊召南等撰	台北：世界書局	一九六五
《國朝宮史正》	（清）于敏中	台北：文海	一九七〇
《張學良的政治生涯：一位民族英雄的悲劇》	（美）傅虹霖	遼寧：遼寧大學	一九八八
《晚清宮廷生活見聞》	中國人民政治協商會議全國委員會文史資料研究委員會	北京：文史資料	一九八二

《晚清宮廷實紀》	吳相湘	台北：正中書局	一九七二
《晚清宮廷與人物》	吳相湘	台北：傳記文學	一九七〇
《清代史》	孟森、吳相湘	台北：正中書局	一九六〇
《清代兩淮鹽場的研究》	徐泓	台北：嘉新水泥文化基金會	一九七二
《清代帝王后妃傳》	滿學研究會	北京：中國華僑	一九八九
《清代軍機處組織及職掌之研究》	傅宗懋	台北：嘉新水泥公司文化基金會	一九六七
《清代絲織工業的發展》	施敏雄	台北：中國學術著作獎助委員會	一九七〇
《清代鼎甲錄》	朱沛蓮	台北：中華	一九六八
《清代幕府人事制度》	繆全吉	台北：中國人事行政月刊社	一九七一
《清代燕都梨園史料》	張次溪	北京：中國戲劇	一九八八
《清史年表》	何步超	台北：華聯總經銷	一九六六
《清史研究資料叢編（上中下）》		出版地不詳：學海	一九三五
《清史紀事本末》	黃鴻壽	台北：三民	一九五九
《清史述論》	孫甄陶	香港：亞州	一九五七
《清史資料》	中國社會學院歷史研究所清史研究室	北京：中華書局	一九八四
《清史稿》	趙爾巽等撰	台北：新文豐	一九八一

《清末民初雲煙錄》	申君	四川：四川人民	一九八四
《清末海軍史料》	張俠等編	北京：海洋	一九八二
《清季一個京官的生活》	張德昌	香港：中文大學	一九七〇
《清季外交史料選輯》	（清）王彥威、台灣銀行經濟研究室	台北：台灣銀行	一九六四
《清初流人開發東北史》	謝國楨	台北：臺灣開明	一九六九
《清門考源》	陳國屏	台北：皖江總經銷 不詳（據一九四六年第三版影印）	
《清祕述聞（上中下）》	法式善、錢維福	台北：文海	一九六七初版
《清朝野史大觀》	小橫香室主人	台北：臺灣中華	一九五九
《清會典》	崑岡	台北：臺灣商務	一九五八
《盛京皇宮》	姜相順、佟悅等	北京：紫禁城	一九八七
《湘軍兵志》	羅爾綱	永和：文海	一九八三
《越南通鑑》	郭壽華	台北：幼獅	一九六一
《鈞窯史話》	普佩章		
《黃河志（氣象篇）》	胡煥庸	台北：文海	一九七一
《資治通鑑》	司馬光	台北：文化圖書	一九六五
《嘉慶猝死之謎》	旭宇	石家莊：花山文藝	一九八七

《遜清皇室軼事》	秦國經	北京：紫禁城	一九八五
《鼻煙壺史話》	朱培初、夏更起	北京：紫禁城	一九九二二刷
《增批歷代通鑑輯覽》	（清）高宗敕撰	出版地不詳：通元書局	一九二〇
《澎湖通史》	蔡平立	台北：聯鳴	一九八七
《歷代名人年里碑傳總表》	姜亮夫	台北：臺灣商務	一九六五
《歷代地理志韻編今釋》	李兆洛	上海：商務	一九三七
《歷代帝王世系圖：上古至元》	龔士炯、王之樞	台北：世界	一九七四
《歷代職官表》	（清）黃本驥編	台北：史學	一九七四
《燕都鄉土記》	鄭云鄉		
《燕都叢考》	陳宗蕃	台北：進學	一九六九
《鮑羅廷與武漢政權》	蔣永敬	台北：傳記文學	一九七二
《舊上海三百六十行》	夏林根	上海：華東師範大學	一九八九
《舊上海茶館酒樓》	吳承聯	上海：華東師範大學	一九八九
《關於江寧織造曹家檔案史料》	九思文化事業公司編	台北：九思	一九七七

羅列書目，由篇幅上即可看出高陽重視史料的程度，這些史料在高陽的歷史小說中，占有很大作用，我們可以說它們就是高陽歷史小說的骨架。進一步觀察這份書單，可以與其歷史小說作一有機的連結：如《中國錢莊概要》、《清代絲織工業的發展》、《江蘇文史資料選輯》、《太平天國資料彙編》、《工商史料》、《清代兩淮鹽場研究》、《中國典當業資料兩種》等，便勾勒出《胡雪巖》系列中主角由發跡，到如何達到紅頂商人的高峰，以致沒落的結局。幾個相關的焦點，幾乎就不出錢莊、絲織、太平天國之亂等幾個重點；又如藏書中由翁同龢、光緒、戊戌變法等幾個關鍵字，可以看出慈禧系列的背景。因此，這份參考書目的出現，使長期以來面目不清、甚至顯得莫測高深的高陽知識系譜，出現可以追蹤的脈絡，由此出發，更可以看出幾個現象：

一、高陽寫作時，運用的工具書甚多，如歷史編年、歷史地圖、帝王世系表、歷代職官表等，這些工具書可以說是保證歷史小說編年敘述正確的屏障。

二、清代仍是高陽最感興趣的朝代。書目中與清代有關的書籍占了大部分，以史料為例，幾乎從清史、清代野史、清代官制、宮廷實錄、幕府制度，到清遜帝的生活等無所不包。其次，則是唐代、明代史等。

三、作為明清以來，政治的中心，「北平」（故都、燕京），高陽有特別的掌握，在藏書中與之相關的書籍，即有故都變遷、歷史風工、生活費之分析、鄉土叢考、史蹟等面向的圖書，加上他時常翻查的《北平風俗類徵》。難怪許氏雖遲至一九八九年才第一次到北京紫禁城，但是，對於故都的一切，卻瞭然於胸，寫出許多以北京作為主要活動場景的歷史小說。

四、高陽曾應當時任職故宮副院長的昌彼得之邀，為翁同龢的《松禪老人尺牘墨跡》編次訂序；將書信日期標示不明的原書重新釐清次序，更見高陽考據的功力。在他的藏書中，也可以看到《翁同龢與戊戌維新》、《翁文恭軍機處日記》等書，想必它們在考證翁同龢尺牘過程中曾發揮不少功用。

五、藏書中與京劇或梨園相關的書籍，除作爲參考書目外，不確定是否爲高陽個人興趣所在。

六、郝天俠及高陽友人胡正群都曾提過，高陽曾有意寫作以張學良爲主角的《張氏父子》一書，胡曾說道：

> 可能是他有次榮蒙　蔣公召見，詢及他的寫作，老先生當時提到「西安事變」的事，也認爲是件關係歷史的大事，期勉高陽「好好寫出來」，老先生還表示可以提供一些檔案資料。
>
> 高陽爲這部作品訂名爲「張氏父子」。
>
> 當時我很天眞，居然請他給「大華」的副刊連載。
>
> 他摸摸嘴，大聲的「哈」了一聲說：「你姓胡，眞糊塗。這種東西，就算寫好了，也不是馬上可以發表的……」[108]

當然，在高陽生前，我們始終未能見到這部《張氏父子》，但是，從高陽的藏書中，筆者注意到幾本書，如《北洋軍閥統治時期史話》、《北洋軍閥史話》、《九一八事變史跡》，及與日本侵華有關的書，這些史料的時間落點距離高陽的《八大胡同》、《粉墨春秋》的背景——民國初年——爲晚，因此，極有可能，高陽一直爲寫《張氏父子》作準備。然而以他後期的生活型態，總是爲了經濟狀況爬格子以應所需的情形看來，並不允許他有時間來寫出這本未可立即出版的書，這當然是一大遺憾。

由藏書還看到一個現象，筆記、年譜、野史、傳記，是爲數頗多的一類。高陽曾說：「寫歷史小說的一個先決條件是：必須對中國歷史有一個通盤性的了解，尤其對各朝代政治、經濟、文化等制度上的變遷，所影響於社會者，更不能不下點工夫。」[109]這正是高陽歷史小說所以特出於他人的一個關鍵，參照於他的藏書，正與此創作觀不謀而合。一般論者所討論高陽小說中跑野馬的現象，在他的藏書書目裡也可以看到資料的來源與所據，這些所謂的「挾泥沙」、「生枝蔓」、「跑野馬」的現象正展現了其嫻熟史料的功力，它們都並非憑空揑造，全來自許氏的廣泛閱讀，我們在此書目中得到了清楚的佐證。

考據癖

在〈「橫橋吟館」圖憶〉中，高陽回憶老家橫河橋老屋的地理環境時說：「南宋的地名，清初的老屋，實在很能滿足我的考據癖。」[110]我們很開心從高陽自己的口中說出這三個字，因爲只有這三個字能妥貼傳達出高陽所以埋首故紙、窮經解題，重現出一個又一個歷史現場，那個非常人所能有的原動力來自何處。「考據癖」三個字，顯然提供了一個極佳的觀看角度。

陳蕙如在其論文《高陽清代歷史小說研究》中說：

> 出於對歷史的高度興趣，在許多方面可以發現高陽往往將歷史放在首位，而以小說次之。譬如，作爲一名小說家，高陽討論歷史的文章數量極多，相較之下談及小說創作的文章出奇的少；又譬如，在訪談或座談中高陽亟欲表明的往往是歷史考據心得而非關於小說的見解，以這

個角度再回頭看高陽對自己作品的虛實之辨，十之八九可以視爲作者爲自己小說眞實性所作的剖白，言之諄諄彷彿畏人誚之曰「小說家之言耳」。[111]

的確如此，高陽對於小說創作觀的發言，總不如他對歷史考據的心得感想來得多。他的《紅樓夢》考據文章早在一九六〇年即已出現，而他第一本歷史小說還遲至四年後才出現。他對考據文章的興趣很早就啓蒙，而他日後的歷史小說創作的成功，有大半的功勞即在於他的考據癖，也因此，康來新稱高陽是「兩跨考據與創作」，大致不錯。

張大春回憶他與許氏第一次見面的情景，高陽問他：「《紅樓夢》第五回賈寶玉神遊太虛幻境的時候翻看了一本《金陵十二金釵》，冊子裡有一幅畫畫的是一張弓，那是什麼道理？」，他登時語塞，高陽一皺眉、一拍腿，仰身連嘆氣，將他評議了一番，直說不行不行；第二次的碰面，高陽熱烈的與他談論李商隱與小姨子間的曖昧情事，張大春告知他以前即曾以〈錦瑟〉詩爲題，斷言此詩爲偷情之作。許氏又是大樂。張大春說：

> 高陽對人的喜怒好惡，常繫於彼等是否能和他那交織著牢騷和掌故的歷史知識網絡搭線掛鉤，但凡有一得之見、一隅之知者，便可以引爲知交，睞以青眼；相對地，倘若不嫻典籍、不通文墨者，便可以斥爲謬人，睨以白眼——其寬也若是、其嚴也若是，端在他全付的生命情調已然是挹注於歷史之中的。他在歷史中尋找朋友，也在朋友的身上覓求歷史的氣息。[112]

張大春認爲高陽將全副的生命情調已然挹注於歷史之中。高陽亦曾表示：「我從不寫自己不喜歡的題材，因爲不喜歡就不可能有興趣；我也絕不寫自己不熟悉的事物，這樣只會吃力不討好。」[113]所謂的喜歡，或感興趣、熟悉的題材事物，其辨識條件就在高陽的歷史考據興趣上。所以，在某方面看來，高陽以歷史小說寫作作爲職業，是何其幸福的一件事，因爲，並非所有的研究工作者都有一枝小說家的筆，能將理論的成果實踐於小說創作上，能將二者巧妙結合是多麼美好的一件事。另一方面看來，高陽的考據工作和小說創作的材料都是歷史，他的生命可說是被「歷史」給全面覆蓋。

我們在高陽的歷史小說中看他還原歷史事件本末，在他雜文美食佳釀時，看到他考其源流變化；他除了正式的論文發表外，在《聯合報》繽紛版的方塊文章中，我們還看到他討論起孔子的生卒年、紫禁城蒐密、香妃面目等歷史懸案；連到南京參觀，還寫了一篇〈楓橋夜泊詩碑〉的考證文章，我們不禁要嘆聲，高陽眞是無處不考呀！他的獨生女懷念父親生前點滴，回憶起初三時，讀到了杜甫〈出塞作〉，許議今說父親對國文課本中的注釋起了疑，「竟認眞的作起他的考據，我在一旁看著，只見他忙進忙出，東拿一本，西抓一冊，隨後叫我找出《杜詩箋註》，只是爲了查證其中一個地名方位罷了，但我一直記得他的神情，和他在寫稿時的態度一樣，那麼專心。」[114]由此可見，高陽已考據成了習慣。

高陽曾說：「對於歷史的研究，我只是一個未窺門徑的『羊毛』，但我對歷史一直具有濃厚的興趣，並曾以虔敬的心情，徒步去朝拜歷史的殿堂。」他又說：

> 我的無法去追求歷史興趣的滿足，是由於我無法捨棄小說的寫作。在我著迷於曹雪芹身世考證的時期，對於小說的構想，變得異常低能。胡適之先生的「拿證據來」這句話，支配了我的下意識，以致變得沒有事實的階石在面前，想像的足步便跨不去。小說是我的志業，既然與考據工作發生了衝突，那麼我唯一所能做的事，便是從故紙堆中鑽了出來。

不過，放棄歷史的研究，並不等於失卻歷史的興趣。桓溫、唐太宗、劉仁軌、范仲淹、戚繼光、清世宗、胡林翼、喻培倫等等，常會出現在我的腦中。因此，我一直想嘗試著寫一寫歷史小說。這是一種想得兼魚與熊掌的奢望。[115]

高陽在歷史小說的創作中找到了魚與熊掌兼得的滿足，於是一頭鑽進了故紙堆中。張佛千稱讚他對歷史小說所作的考據，「是工夫不是天才。但在眾多資料中，從紛歧中認定，從隱晦中分析，從零亂中貫串，這都要靠天才，再加上小說家的想像力，組織之、潤飾之、擴充之，這更要靠天才。」[116]王震邦則說：「高陽小說與一般稗官野史不同處在於，該當考據的地方，他一定考證的鞭辟入裡，即使創造人物，他也強調這個人必須活在那個時代那個社會裡。」[117]這當然都是對他考據工夫的肯定與美譽。

但就在高陽自稱「我作這些考據，如傅斯年先生之所謂『上窮碧落下黃泉，動手動腳找東西』，所列舉的證據，有正面的『立』，也有反面的『破』，我衷心希望有人來駁倒我，而史學界的反應，異常冷淡」[118]的同時，我們也看到高陽正面的「立」之外的偏頗與固執。如他曾對孔子生年的問題，花過不少工夫作考據，他據孔繼汾的《闕里文獻考》，認爲孔子生年當爲《公羊》、《穀梁》二書所載的周靈王二十年，而非司馬遷《史記》所寫的二十一年。高陽且義正詞嚴地說：

孔繼汾的考訂孔子生於魯襄公二十一年，爲突破司馬遷以來，一千八百餘年陳陳相因、固結不解的謬誤，就學術的觀點而言，眞是值得浮一大白的快事。可惜，這份非凡的成就，竟因帝制的淫毒而埋沒不彰，直至民國四十一年，帝制早不存在，而猶不得昭雪，受到應有的珍視，令人扼腕三嘆！[119]

高陽如此言之咄咄、胸有成竹，卻被傅杰評爲是小說家強爲考據之學。傅杰說：「小說家與考據家終究是很難合二爲一的。寫慣了小說，作考據時也難免逞才使氣。」傅杰認爲高陽對於此爭論的偏頗便在於，將手頭可見的影印本《闕里文獻考》當作唯一祕本，而以爲奇貨可居、深信不疑。[120]

同樣的，高陽的《秣陵春》一書，以《紅樓夢》刪去的「遺簪」與「更衣」兩個情節爲主，運用考據，大寫李煦與年輕媳婦亂倫事件。在高陽藏書目錄中，就有《李煦奏摺》一書，高陽在〈紅樓傾談〉酬答趙岡一文中說道：

> 我以爲如寧國府影射李煦一家，則新臺之醜的男主角，應是李煦，女主角應是李鼎之妻。

高陽並引用《李煦奏摺》三七四，及三八八兩則，推論李鼎離家在外的時間，來作實了李煦即賈珍的看法。這裡便有疑問產生了，是因爲高陽未能見到王利器的《李士楨李煦父子年譜》中，李果爲李煦所寫的「行狀」或是趙執信的哀悼詩。因此，不能辨明李煦爲人，而忽略了奏摺中李煦幾番熱切推薦兒子李鼎，盼君上能留於身傍的殷切期望，而康熙聖主始終未將李鼎正式留用的情形[121]；或者，高陽的考據常是先有論斷再行考據，反造成了偏頗或囿限呢！《秣陵春》一書雖說是高陽對曹雪芹創作《紅樓夢》過程的大膽假設，但是，當意念大於史實根據時，便出現了考據牽著小說情節走的現象。張大春說高陽「毋寧先假設自己的牢騷既有來歷、又因之而誠屬確當，然後再勾稽文獻、蒐求墳典，爲他所羅織的歷史『拿捏』證據，所以高陽自成一派的『索隱』、『考據』遂多見『發明』。」[122]《秣陵春》就是一個極顯明的例子。

許氏在一篇〈談三百年前的一次大地震〉的文章中，敘述距今三百多年前時康熙十八年夏季的一次大地震，先引用《清史稿》的記載，隨即發揮其考據長才，陳列五條詩稿來糾正《清史稿》所寫大地震發生時間的錯誤[123]，再次凸顯其考據癖。他應昌彼得先生之邀，爲翁同龢《松禪老人尺牘墨跡》一書作時間的考訂，也可以看出高陽爲考據所下的工夫，這些工夫在他的《翁同龢》一書，當然也適當的發揮了。我們可以說，高陽的考據癖來自他對歷史的濃厚興趣，他在《李娃》完書時，仍念念不忘歷史與虛構的問題，在他的歷史小說實驗中，顯然找到了良好的磨合方式。由此，他的考據心得便大方地在小說中敷演開來，其中當然包括了他引爲自豪的滿清十大疑案，甚至《紅樓夢》諸書。姑且不論考據的正確與否，高陽的確找到了安置自己「考據癖」的最佳處所。

四、高陽的交遊

> 惕老賜鑒 國瑞兄宣示
> 德意銘心刻骨，以
> 恩惠忒重，殊有恐懼不勝之感，以故數日躊躇，至今始肅泐叩謝，語云：國士待我，國士報之，晚
> 不敢妄自菲薄也，敬申微忱並請
> 崇安
>
> 晚許晏駢叩六月七日

康來新論高陽的《紅樓夢》系列作品時，曾提到一個觀察許氏作品的角度，即高陽在他的歷史小說中，經常大量地加入「幕僚」角色。此爲其歷史小說的一大特色，他在書中主線情節以外的「跑野馬」、「挾泥沙」時，動輒草灰蛇線般，其線索舖陳，多半由某某師爺，或某某清客來引動，這些人物往往幫助他們的主子，天機神算地巧妙度過各種難關。由於對於歷史掌故的嫻熟、官場文化的應酬答對，這類幕僚人員，顯得較主子來得通透，行事拿捏更爲技巧適當。康來新就說：

> 「江湖」氣濃，脂粉氣自然相對降低，尤有甚者，高陽大量加入幕僚角色，正好是賈雨村、詹光、單聘仁之流的鬍眉濁物，但高陽卻讓他們大顯身手，正好見識他的「知識份子」論。高陽的

「知識份子」其實是傳統的讀書人，並非十九世紀以降，西方觀念具有「異議」「批判」特質的知識份子。古典小說幕僚典型的理想人選，當首推劉鶚《老殘遊記》的老殘，但老殘已具備「科技」官僚、「專家」學者的「現代」特質，和文書爲主的舊式幕僚已有不同。高陽也曾長期任職祕書，所以特別認同這類人物。高陽筆下的他們，博聞強記，才學兼具，足智多謀，與人忠，執事敬，且知情識趣，隱惡揚善，可說是匿身的高陽，化身的老殘，代表作者高度的理想。124

康來新細膩的觀察，她說這類幕僚典型可以說是匿身的高陽，也頗爲貼切；檢視許氏作品，如胡雪巖、被塑造爲恭勤述事的恭王，或《紅樓夢》系列中的曹雪芹，他們的上面多半還有一個賞識他們的「上位者」存在。而現實世界中的高陽也有這麼一位，爲他清償債務，提供住所的賞識者存在，這個賞識者在現代社會裡，是商業機構、媒體事業的老闆，但就高陽的體系來看，許氏將其直比爲春申、信陵之人。因此，在前引的信中，高陽感動地說：「國士待我，國士報之。」

在《胡雪巖》中，稽鶴齡有次告訴胡雪巖說，你不可以所有事都攬在自己身上，你要學戰國策裡的人物，要能養士。以高陽的韜略天下，他的讀者甚至將《胡雪巖》作爲商戰祕笈必讀手冊，將慈禧系列作爲爲官從政的參考寶典，他的書中所呈現的人情世故，如此嫻熟而實戰，高陽本人的「國士」自許的企圖，希望被人賞識，爲人謀、爲國謀事的期望，在書裡充分展露。而終其一生，生命中也有一位賞識者——王惕吾存在，王惕吾赤誠待他，使得高陽在《聯合報》也擁有一個極清貴的位置。但證之實際歷程，高陽始終沒有在王惕吾的報業體系中成爲一個眞正的幕僚或要將。他的未做官、未進學院，致使他始終是個個體戶，從未能將他的配備實踐在現實生活中；反而是他的小說中大量書寫這類傳奇故事，藉此作爲他酬換金錢的工具。

我們可以從三個面向來觀看高陽的交遊情形，即上位的賞識者，王愓吾與高陽的關係；第二部份，是看高陽與平輩的交遊；第三，高陽與晚輩的關係。藉此，或能更靠近高陽的交遊情形。

藝術家與供養者——王愓吾、王新衡

百笑生的〈高陽酒徒舊因緣〉文中說，一次他正牢騷著「文人無一用」，高陽隨手即接著寫下「知遇有二王」一句，百笑生說二王所指爲高陽軍旅時期的舊長官王叔岷將軍和王愓吾。但是，仔細比對高陽生平，王叔岷將軍的影響實在不如高陽生命中的另一位貴人，王新衡，來得深刻。在與劉國瑞的訪談中，他也認爲高陽所指的二王，當然是指王新衡和王愓吾。王新衡是當時的立法委員，他是杜月笙「恆社」的中堅，不僅與許多國之大老相從甚密，與張學良先生甚至蔣經國先生，都有特殊情誼。高陽曾戲將杜甫詩：「天下軍儲不自供」改爲「有酒高陽不自供」，說的就是大有供酒者（王新衡）之意。許氏曾爲詩一首賀王新衡生日，原文如下：

燕九明朝，虔祝長春、共賀嘉辰。
喜綠野堂開，門迎紫氣，年年此日、巷陌轔轔，接蓋新知，盍簪舊雨、介壽同傾北海樽。
斟須滿，且常思蛤蠣、莫問鱸魨。
情眞，最重斯文，忒愛士憐才亦親。
羨餘姚政事，山陰書法、廟堂蕭散、翰墨常新、鄴架琳瑯、郇廚馥郁、餔餟風流孰與倫？
身常健，信神仙眷屬，富貴閒人。[125]

這是難得少見的高陽面貌，該詩喜慶笙華，絕無一點隱喻或自嘆，更無牢騷和酸腐，高陽自言：「高陽浪得浮名，薄有成就，主要的是得自少數幾位長者的鼓勵與支持；新公便是其中之一。」對高陽而言，面對王新衡的壽誕，爲詩祝禱，從中就可以看出高陽的謹慎與鄭重。《聯合報》王惕吾的憐才愛才，與王新衡的疼愛高陽亦有連帶關係，高陽之與張學良的因緣，也是從王新衡而來，高陽所說的「知遇有二王」由此可見。

當然，對高陽幫助最直接的，還是王惕吾，他與高陽，就像藝術家與供養者。高陽與《聯合報》淵源極早，他刊登於《聯合報》的第一篇歷史小說《李娃》，是他躋身歷史小說版圖的第一砲巨響，從而開啓他報刊連載盛況的序幕，此後二十年間，高陽諸部重要歷史小說幾乎都在《聯合報》系發表，一九八六年自《中華日報》退休後，更成爲《聯合報》的專屬作家。張大春說：

> 高陽晚年自封「野翰林」，以他對有清一代的「用情之深」，大約不無遺憾之意——倘若高陽早生半個世紀，以其身世家學，何愁無一國朝名器？不過，倘若他晚生半個世紀（甚至四分之一個世紀）而未及於尚可慷慨據志、孜矻書學之年趕上報紙副刊的黃金時代，那遺憾恐怕還要大得多。[126]

的確如此，《聯合報》以高陽爲連載名家，在解嚴後的報紙的適應階段，造就了銷量與讀者群；但許氏若無《聯合報》長期提供一個穩定的發表園地，他的歷史小說大業也不一定能這樣快地風靡中文閱讀市場。因此，二者之間魚水互幫的微妙襯托，達到了最佳的成效。高陽與《聯合報》穩定而堅強的關係，當然與王惕吾對高陽的賞識有關。其間，劉國瑞長期在兩人之間傳遞折衝，也起相當作用。他曾說：「王惕老就是愛才，就是想著如何讓高陽安定下來，他認爲應該讓他有很安定的環境來寫稿，所以不斷資助他。因爲他在外欠了很多錢，（許多人放高利貸給他，三分利），他的稿子尚未發表便預支稿費，然後花光了。」

一九八二年，高陽在外欠債兩百多萬元，欠《聯合報》稿費七十幾萬元，於是，王惕吾與王新衡兩人開始打算該如何解決高陽的難題。原先構想出錢讓高陽出全集，然而，一轉念又擔心，只怕錢拿去以後就又沒有了。因此王先生決定幫他還債，讓他自己下定決心，重新來過。王惕吾問高陽到底欠多少錢，包括私人、銀行等各處的總和，由劉國瑞經手把債還掉。之後，王惕吾並邀請高陽的朋友，在台北的松竹樓餐會，席間告知大家，高陽已是無債之身（重點當然是要朋友們以後不要再借錢給他）。於是，才有本節開始的那封信，高陽說自此而後，他當好好寫稿，絕對不辜負二老的期望。

這個舉動，對許氏而言，是解除了長期的困窘，對王惕吾而言，則是示範了一個舊中國式愛才憐士的典範。對所有創作者而言，能得遇一個賞識者，爲他清償龐大債務，給他居所，供他創作，直至今日，這仍是台灣文壇的一個神話。高陽幾番涕淚，其感動可想而知。一九九一年初，許氏第一次住院。當時，王惕吾住樓上，高陽住樓下，劉國瑞說，他印象很深刻，那一年是過年之前，他到醫院去看惕老，惕老眼睛都沒睜開來，在加護病房，第一句話就問「高陽住在樓下怎麼樣」，有沒有什麼問題，照顧的好不好，自己病重才剛恢復，從加護病房出來，第一句話就問高陽的狀況，且爲高陽請了三班特別看護，之後的醫藥費全數由《聯合報》支付，其愛護可見一斑。王惕吾每天工作再忙，打開報紙，一定要看高陽的文章。有時，看他文章寫的好，就發了紅包。蘇偉貞回憶，蔣經國先生去世的那一天，高陽寫了一篇文章，惕老一看，寫得極好，就給了一個紅包（好像五萬元）。諸如此類的事，過年時候也是，惕老先交代了一個紅包，要劉國瑞轉交高陽，以應付年節的花用；年三十，高陽說是給董事長辭歲，走到王惕老辦公室，他又拿了一個紅包，說是給小孩過年的，他就是這樣待高陽。

因此，高陽在〈高陽病中手記〉中說：

> 少年狂妄曾有句詩：「生成傲骨難諧俗，養就雄心不受憐。」，惕老之憐我，不是恤老憐貧之憐，乃是憐才愛士之憐。興念及此，熱淚盈眶，也知道病好以後，如何去報答惕老對我的苦心。[127]

高陽說：國士待我，國士報之。我們可以說，高陽理想國中的「士—在上位者」這個舊官僚體系是消失了，但它轉型成現代商業的形式，高陽在這個現代社會中，遇到王惕吾，透過書寫的方式，將這個士爲知己者死的價值在他的歷史小說中不斷呈現，可說是他們倆人共同譜寫了美事一樁。

一九八八年四月，高陽寫了一首詩，作爲自己六十六歲的題詩。名爲〈六六初度漫賦〉：

> 一枝鷦借鳳城東，小硯長瓶花數叢。
> 筆下常慚名不稱，書中眞覺味無窮。
> 慚銷劍氣簫心日，猶鬥詩腸酒勝雄。
> 倘問餘生何所願？環瀛萬里補遊蹤。

張大春回憶當日觥籌交錯之際，許氏將已裱裝的這首詩，持交座中的聯合文學發行人張寶琴〈王惕吾兒媳〉，請代轉王惕吾。首句借莊子〈逍遙遊〉典故，原文中許由推辭堯舜之讓天下，因此說：「鷦鷯巢於深林，不過一枝；鼴鼠飲河，不過滿腹。歸休乎君，予無所用天下爲。」高陽棲身台北，住的是王惕吾提供的房舍，文章發表，藉的是王惕吾的《聯合報》，文中灑脫自負，大有已適己志之意。但就在這自謙、自負之中，這個當代第一的歷史小說家，還是難掩其落拓寂寞！

知己——劉國瑞、周棄子

高陽第二次入院，進到醫院時，寫了三個名字，請求護士代爲連絡這三個朋友，其中一位即劉國瑞。劉國瑞，安徽人，曾主持台灣學生書局多年，並先後任職《聯合報》系所屬報業，爲一資深報人，現爲聯經出版事業公司之發行人。他與高陽結識於後者的《少年遊》時期，除《聯合報》的副刊連載外，高陽的《明朝的皇帝》與《花隨人聖盦摭憶全編》則出版於劉先生主持學生書局聯經出版公司時期。兩人的友誼，有部份是植根於長期的合作關係裏。

能當面跟高陽說「你是既不通宦情也不通人情」的人恐怕不多，劉國瑞與高陽就有這樣的交情。前面討論過王惕吾先生對高陽的愛才憐士，對他的要求總是盡量滿足，但是，高陽一介書生，有時不免還是有他不便開口的地方，因此，所有的折衝轉圜，都有賴於劉國瑞。劉國瑞之於王惕吾，在聯合報業系統是一個最得力的左右手。高陽小說中，對於這類幕僚角色常給予極高的肯定，他對劉國瑞亦有同樣的感情。

一九九一年春天，高陽第一次病癒出院，在醫院期間，他即強烈表達想出大全集的意願，他一再說，有一天我死後，你們一定會出版我的全集，不如在我的有生之年，讓我看到自己的全集。高陽的意願可以理解，但是，他忽略了自己的版權有多麼複雜；高陽作品的版權幾乎沒有一本在他手上，今日可見的高陽與出版社簽訂的合約書，全是所有權的出讓書。因此，他出版大全集的心願，中間夾雜種種問題，全靠幾個出版社的成人之美，才有實現的可能。這中間，又是仰賴劉國瑞的多方協調。

但是，就在三大出版社（聯經出版公司、皇冠出版公司、風雲時代出版公司）同意集合手頭上的版本，完成高陽大全集心願時，他的奇想又出現了。對於自己的大全集，突發的有了諸多構思，包括港澳版權的擁有、發行，大陸版權的經營、精裝本的構思、如何增加全集的價值等，高陽洋洋灑灑地寫了幾點聲明。這些聲明，對於已作讓步的出版社而言，許氏無疑又顯露了他天眞的一面。這個天眞看在資深出版人劉國瑞眼中，當然知道其困難。因此，我們在高陽傳交《聯合報》副刊關於新書《水龍吟》構想所附的另一封信上，我們可以看到許氏已經改變想法，他說：

國瑞兄：

上週快晤，談及拙作全集事，前函所陳，誠如尊見，問題複雜、不切實際，有負鑫濤兄及諸兄之好意，殊覺非是，弟特鄭重聲明，一切照兄等商定原則辦理可也。至於細節部份，容與瘂弦、偉貞細談，有結果後，另行函陳。順頌

儷綏

弟高陽拜上九・十

高陽所以改變想法，可能與劉國瑞的說服有關，否則，不會在給他的信上，這樣低伏地說，「一切照兄等商定之原則辦理行也」。由此，也可以見到許氏對劉國瑞的信服。

另一個例子，高陽在第一次出院後，《聯合報》付給他長篇《水龍吟》的稿費，高陽特地寫了封信謝謝劉國瑞，想來是因爲《水龍吟》的稿費早已爲許氏預支，因此，高陽寫道：

按照約定此款本應扣還欠款，惟數年來所扣款數無幾，此皆　兄體念弟之境遇，格外迴護斡旋

所致，感何可言。

劉國瑞以朋友知交，曾經感嘆過，並且對許氏說：「高陽，你當年寫的《李娃》、《少年遊》、《荊軻》，爲什麼寫得那樣好呢，沒有一點枝蔓龐雜，通書結構嚴謹？」高陽回答：因爲當時要「闖名號」。對於後來已經被視爲歷史小說大師的高陽而言，可能只有面對最無須遮攔、最知己的朋友，才會回答得這樣直接。劉國瑞說：「胡雪巖又會做生意又會做官又會做人情，高陽不能實踐，他不是不懂，只是不懂在生活中實踐，如果不是這樣的生活方式，他也許會創作更多、更好。」這是一個好朋友對高陽發自內心的感慨。

宋瑞曾說：「凡是高陽的朋友，也是高陽的債主。」其中唯有一個例外，就是周棄子。周棄子早逝，高陽爲文懷念兩人亦師亦友的關係時，稱周棄子爲「被公認爲台灣首席詩人」[128]並且十分肯定地說：詩人在台灣首席，就是全國首席，亦就是中國人中的首席，因爲今日大陸是沒有詩的世界。可見他對周棄子的尊崇。據說許氏詩作受周棄子的啓發與指導很多，周棄子對高陽極爲嚴格，對於作品的讚譽或批評，絲毫不受高陽盛名影響，難怪高陽稱爲師友之間。高陽四處欠債，而唯一一位欠高陽錢的，是周棄子。周棄子的鬧窮，更甚於高陽，年關所需，尤爲大數。張佛千提到，有次過年，高陽還沒送錢到周棄子家，張佛千問說，要不要我幫你催催他。周棄子說：「我不催他，他已爲我著急。何況他的年關也年年難過。」[129]這兩人之間的關係，和古之游俠相較，眞無二致。周棄子死後，高陽爲他的詩篇作校訂，並發文紀念。由此可見高陽與平輩朋友相交的另一種誠篤。

忘年之交——蘇偉貞、張大春、龔鵬程

從高陽與長上或平輩相往的情形，我們感受到的是一個十分緊繃的高陽；這個高陽在晚輩面前，則往往露出疲態或孩子氣的一面，這個面向，這當然是觀察高陽爲人，另外一個很好的角度。

蘇偉貞，一九四五年生，廣東番禺人，政治作戰學校影劇系畢業。曾任職中央電台、《聯合報》副刊等。著有小說集《陪他一段》等十餘部，是一位非常優秀的小說創作者，由於出身軍中，對於高陽，她總有她特別的感受。高陽在《聯合報》專屬時期，蘇偉貞正是副刊的編輯，由於家中靠近高陽住所，她與先生常在夜深時，被高陽的電話喚出。經常地，不是有什麼事要談，高陽只是要找人聽他說說話，只是不想一個人在家。蘇偉貞記憶中的高陽，常常是光環之後的，通常是極落寞的。她說：

> 我有時候進到辦公室，開了燈，才發現他一個人半躺在沙發上睡著了，通常是喝得太晚了，就將就在報社打個盹，大部分原因是回家也是一個人，他受不了。完全一副單身漢習性。

在訪談中，蘇偉貞也提到，那個年代流行MTV，高陽就常常在看錄影片的包廂中獨自一人，就睡在那兒。高陽逝世後，有關他的實錄報導，幾乎全數出自蘇偉貞筆下，那麼眞切又貼近的描述，包括高陽最後的十五日、高陽書房或是連蘇偉貞自己都忘記了是在什麼心情下，寫下的手札，文字中的高陽身影如此落寞與孤寂，是因爲她在現實世界中屢屢撞見這個高陽吧！

她提到另一段往事：

有一次，我比較晚下班，在大廳看見他，我問他這麼晚還在報社有事？他說和女兒約好了見面。我心想大約是在調錢，否則這時間未免不合理。我站在大廳裡陪他聊了會兒，進來一個小女孩，頭髮剪得很短，高陽要她叫人，又十分不滿意女兒的頭髮，嫌太長。我說這還長？高陽說頭髮是人的精神，太長，把腦力都消耗光，人就笨了：「女兒就是一個例子！」我說怪不得你老人家每回頭理得這麼短。高陽提起女兒今年考中高中，功課發展不均衡，高中沒考好，他希望五專能上世界新專，但是分數好像在分發的邊緣，他說要找惕老給說說情，將來女兒畢業了到《聯合報》上班，回饋惕老，而且父女可以好好聚聚。我第一次看高陽在「兒女私情」上如此忘我，雖然他在平常也不時說些不著邊際的話，高陽要把女兒託付給對他有恩的惕老，不是因爲名利，而是因爲知遇之恩。他但願以這樣方式回報。

她回憶，之後至少有二個月，她經常見到高陽，他的頭髮一直也就非常短，他仍然提到女兒與世新與報社，她也在偶然的機會見到許議今，頭髮更短。她於是對高陽說：「惕老頭髮也理得很短，但是都沒有你專制到要管別人的頭髮。大約是這話發生了很自然的『化學』作用，後來許議今就有頭髮權了。」這個記憶，補寫了高陽爲人父親的另一個面向。

蘇偉貞在高陽生命的最後十年，因爲工作的關係，看到他生活與工作上的許多實景，例如，高陽偷偷地喜歡某一個女子，卻不敢開口；高陽孩子似要賴要錢；高陽的任性，不管身在何處，一通電話，報社便人仰馬翻的把錢匯到他的所在地。許氏辭世後，她在手札裡寫著：

他的有求必應，在某個角度看來如同神話；也像一個人在現實人生中全然不會表達自己情感的孤兒的實驗劇：小說裡他有一個多麼龐大複雜幻想的人情世界，在那個世界的每一個人都長於世故、運作、演繹，那個腳本，高陽沒有帶到現實生活來。

這是筆者見過形容高陽最富情感也最貼近的一段話。

在許多次筆戰中，每每眼睛一翻，給人白眼的高陽，有兩位他極爲稱讚的晚輩，他們是龔鵬程和張大春，他們倆人有一些共同的特徵，就是在古典文學的涵養，相較於他們的同輩，獨具慧眼；再者，兩人對歷史小說的淵源背景都十分熟稔。龔鵬程，高陽與他談《紅樓夢》，談滿清十大疑案，簡直陶醉忘我；而張大春，高陽更是幾次想傳爲門人。由他們二人與高陽相交的情形，看到了一生鍾情歷史的高陽面向。

張大春，輔仁大學中國文學碩士，著有《雞翎圖》、《公寓導遊》等小說集十餘部，並有評論作品多部，爲影響九〇年代台灣文學的重要作家。

筆者於訪談時，曾試探著問他，據說高陽幾次想收他作傳人，是眞有其事嗎？張大春說，當然是。還曾經在公開的場合，高陽就要他行跪拜禮了。筆者又問，那又爲什麼沒有成此美事呢。張大春回答：當然，其一是自己認爲自己的所學不足；再者（他大笑），如果做了弟子，我可能會破產。這是句玩笑話！張大春對現代小說的創作企圖，恐怕才是他未接受高陽提議的主因。而在高陽散見於報紙方塊中的一些短文，可以看到，他對於與張大春的情誼，是十分珍惜的。例如：〈神往神田〉一文中，高陽文氣愉悅地寫著他和張大春在大阪舊書店，巧遇一名頭戴軍帽，綴飾紅星的日本人，兩人譏爲解放軍，高陽說，此人簡直是出洋相。兩人就像一老一小兩個頑童一般；這是其他地方少見的輕快的高陽。

龔鵬程，淡江大學中國文學系畢業，台灣師範大學國文研究所碩士、博士。作品有《思想與文化》、《文學與美學》等數十種。

高陽與龔鵬程的相處，則比較像兩個認眞對弈於歷史棋盤的對手，龔鵬程的博學強記，有目共睹；高陽曾邀他參與他所鍾情的「滿清十大疑案」史料輯撰工作，龔鵬程說，許氏非能營生者，由此表露無遺。他並曾舉他與他相處的一段記憶，來敘述高陽的多情，及某種率性的言行：

> 如他去一餐廳，女主人殷勤招呼，他立刻牽連到歷史感，撰一聯云：「秀色可餐猶其餘事，蘭陵買醉捨此何求」，且寫成一軸攜往。不料這次招待較爲簡慢，並無李白「但使主人能醉客，不知何處是他鄉」之感，主人亦不嫻史乘文墨。乃大怒，取回書軸，怏怏以去。其他事，或類於此。意氣感激的生命，因歷史知識烹煉醞釀而愈趨濃滯，因事觸情，一發不能已。[130]

這幾位高陽的晚輩，在自己的專業領域內都有一席位置，但是，他們選擇面對他的態度，都是溫柔而謙遜，甚至像讓個任性小孩那樣的寵他。我想是因爲他們在高陽身上看到他對歷史的迷戀，所散射而出的某種光華吧。

五、感情世界

上節所述高陽的交遊，偏向高陽的男性情誼與關係，本節的情感世界，則擬從高陽的個人情感，特別是其情愛對象，包括他為期僅十年的婚姻狀況，晚年的女朋友、還有就是他與獨生女許議今之間的情感互動。這個部份，對於縱橫議事、人情世故的高陽而言，始終游離、也始終脫序。他雖然有過婚姻、有過女兒，甚至是女友，但是，感覺上，他始終像個單身漢。

莊練、魏子雲與張佛千都曾不約而同地回憶到，高陽於李翰祥的「國聯」影視公司任祕書、兼寫劇本的時期，曾經有意遷出「羅漢堂」，成家立業，離開單身生活，原因是他愛上了國聯旗下一名青春玉女。據說高陽此時不僅購置名車，且投注了滿腔眞情，而結果是虛擲了金錢與感情。直到一九八〇年，高陽五十八歲，方開始他的婚姻生活，他生命中唯一一次的婚姻紀錄。結婚的對象是郝天俠，那年，她才二十二歲。郝天俠回憶她跟高陽第一回碰面，在一次的飯局上，她稱他為許大哥，後來經人說明他即是高陽時，她還笑說：你是寫武俠小說的吧！因為名字很熟悉。人生就是有些巧合或因緣，郝天俠的祖籍是河北高陽，正與高陽筆名相合，她的父親郝中和，是抗戰勝利後首位來台的海軍總司令，台灣北中南第一批的眷村，都出自他的規劃與興建。高陽空軍行伍出身，認識郝天俠時已有不小的文名，因此，後來甚至有些傳言說，郝天俠是國民黨派在高陽身邊的間諜，這些無稽之談，可能就是因為倆人的一些巧合，所引起的聯想。

魏子雲稱兩人是「世家子與世家女」的結合，兩人的婚姻亦曾有過王子與公主般幸福美滿的階段。在郝天俠的回憶中，高陽是很體貼的，在他們認識之初，郝天俠想要有一個作伴的人，他就在報紙上幫他登了一個廣告「非下女」，結果也眞的徵了人來。比如說，郝天俠很喜歡看煙火，每年國慶，他一定到世紀飯店頂樓訂一桌筵席（其可貴處在於高陽有些懼高），讓郝天俠和朋友能在淡水河畔從高空看煙火；生議今那年的母親節，高陽提了一雙法國的黃色麂皮的高跟鞋回來，郝天俠說：「你知道，他就是會買這樣不實用的東西。」然而，兩人的婚姻關係在一次高陽親手揉搓麵糰，做蓮蓉小包而將結婚戒指弄個不知去處時，就已經埋下預言。這段期間，郝天俠從來不知道高陽在外究竟有多少欠債，爲了怕犯票據法，高陽商借妻子父親贈與的麗水街房子，與人合建以抵債務；家中不時有人等著要錢，這種種高陽困擾一生的金錢問題，也同樣困擾著他們的婚姻生活。

一九七八、七九年開始，郝天俠有了離婚的提議，直至一九八一年，兩人的婚姻終告結束。郝天俠女士說道，高陽迷上子平之術，就是在這段時間，他曾經告訴妻子，如果不是遇到她，他可能就會一輩子單身；高陽算自己的八字四柱，也算妻子的（有意思的是，郝天俠也會算子平，她笑說：「夫妻倆，就這樣你算計我，我算計你。」），他不僅自批子平，也零星爲他人批命；高陽後期的清代考據與紅學論證，子平之術佔有重要地位。一部份原因是他發現到清代君臣之間的爲政爲官之術，子平之術常居關鍵，另一方面，他同意離婚，極可能也和「認命」有關。

然而，即使離婚，郝天俠從來沒有眞正地走出高陽的生命，即便她後來也有了第二次婚姻，兩人之間始終有一種微妙的情感，原因不僅僅止於她是高陽獨生女的母親。她和高陽，以及他後來的女朋友三人之間總有信息電話的往來，她仍然爲高陽處理一些債務問題，高陽兩次住院期間，她依然燉煮菜餚讓女兒送去；甚至高陽死後入殮的時刻，因沖到屬虎的議今，唯一在場的親人，只有郝天俠。她感嘆地說：「高陽那樣愛穿好看衣服的人，入殮的壽衣，才長至小腿，根本沒有人爲他打理。」筆者採訪郝天俠時，她住在出生時的泰安街官舍，一進門處，高陽手拿枝菸、斂目微笑的照片就在牆上，筆者心裡想，不只是郝天俠從未走出高陽的生命，一方面，高陽也從未走出郝天俠的生命。

對於高陽暮年的女朋友吳菊芬的相關資料，記載最多的是林青《高陽的歷史風雲》。林青曾在一九八八年時採訪過前往上海的吳菊芬，許多她與高陽的相處情事，可能都來自吳菊芬的敘述。林青筆帶煽情地描寫了她與高陽相遇的過程，說是高陽在餐廳中吃了一道烤麩（書中寫烤腐），便詢問這道菜出自哪位高廚手藝，文中寫道：

> 那位小姐到後面的廚房裡喚來那位坐烤麩的高手，並介紹給高陽。
>
> 高陽抬起醉眼，心中怦然一動，一位體態豐腴、眉目清秀的少婦站在眼前，含笑不語。她自我介紹名叫吳菊芬。說完坐下爲高陽斟酒，陪坐著說話。……
>
> 喝著酒，聊著天，「鎖上家門不怕餓死小板凳」的高陽不禁唏噓感嘆，白居易的兩句名詩悄然浮上心頭：「同是天涯淪落人，相逢何必曾相識？」
>
> 何以解憂，唯有杜康。高陽又執杯呷了一口酒。二盤濃油赤醬的烤麩在夾箸間幾近風捲殘雲了。高陽抬起頭又看了吳菊芬一眼，正好與含羞偷覷高陽的吳菊芬的眼光對個正著。那時，吳菊芬名義上有丈夫，但兩人因爲情感不合，已經分居多年。這位感到自己婚姻生活並不如意的少婦，亦已注意到面前這位鬢髮蓬鬆的文人食客了。[131]

這一年，一九八三年，高陽六十一歲，直到他七十歲過世，兩人在一起長達九年的時間，據筆者採訪得知，高陽與吳菊芬的確因爲一道烤麩而結識，其過程或有上述的婉轉情思。高陽起初提議，請吳菊芬到他家任管家職務，月薪兩萬元，後來，兩人則同居於《聯合報》名下的公寓頂樓，直至高陽過世爲止，吳仍未結束之前的婚姻，與高陽也未正式結婚。因此，外界總以高陽的紅粉知己稱呼吳女士。然而，吳菊芬在高陽生命中的角色，恐怕不是高陽書中貌美、廚藝甚佳的船娘或解語花的角色，吳女士與文化圈沒有一點淵源，對於高陽的著作或才華完全不了解，高陽將她帶回家，外出從不帶她一道，兩人分分合合多次，吳菊芬有時亦向高陽朋友，如蘇偉貞，甚至郝天俠抱怨，說高陽從不給她一個名分，他們並非可談書論畫的伴侶，高陽需要的，是一個照顧他的人。

這個時期，高陽酗酒的狀況已經很嚴重，他有時在《聯合報》寫完稿子，就等著編輯們下班，一起吃飯，如常地，他總是吃得少而喝的多。經常地，已近子夜，還找人出去喝酒。蘇偉貞回憶，那時，高陽家辛亥路口開了一家類似KTV的店，專門讓人看電影片的，他就常常自己一個人在那兒，睡一晚；不然，就是自己在家喝酒、看大量的錄影帶。內心的孤寂可想而知。

高陽逝世後的一年一個月，吳菊芬以自殺結束自己的生命，是殉情嗎？只知道高陽生前，吳女士在外就有多筆債務，高陽走後，她在上海與人投資餐廳，合夥人在餐廳開幕一個月後，將資金全數捲走，使得吳女士的財務狀況陷入谷底。在高陽身後，吳菊芬曾存留有不少高陽的未刊稿、高陽墨跡及他人贈與高陽的諸多圖章，在她身後，據說這些東西轉由她的兩個兒子保管，今日則不知所終。

高陽的成功似乎都展現在讀者眼前了！他把生活過得雜沓失序。結束了一次婚姻，第二次的情感也處理得無甚精彩。稍稍可記的，是他與女兒相處的一些畫面片段。

一九七四年，高陽長女出生，按祖譜排行，爲「以」字輩。高陽剛開始，將女兒取名雙雙（以雙），據郝天俠女士回憶，這是高陽非常堅持而且喜歡的一個名字（也算是高陽早期寫作文藝愛情小說階段的一個痕跡）。年過半百才得一女的高陽，很喜歡逗弄女兒，一次，女兒一歲多時，玩鬧間他將女兒高高拋起，但是，一個閃神，竟未順勢接住女兒，只見小娃兒高摔至地，血流滿面，高陽登時痛哭出來。有了這次的意外，郝天俠於是堅持「以雙」兩字的筆畫不好，要求高陽另取一名，因此，有了後來的議今一名，高陽說：「議古非今，會成大事。」許氏和女兒的相處時間並不是太長，他對女兒的期望，和一般父母並無兩樣。高陽逝世前兩個月，曾在世貿大樓三十三樓的頂層俱樂部宴請李嘉伉儷，他特地要女兒下課後趕來，並要她用英語向在座報告她寒假的歐洲之旅，張佛千說：「高陽要她用英語向李嘉伉儷報告一遍，清晰流暢，合席讚美。我看高陽的表情，十分憐愛、十分得意。」[132]高陽二次入院時，女兒在加護病房外守了近十天，仍未能等到父親清醒過來。一九九二年的八月，許議今與母親，將高陽生前的藏書及此許手稿，交由中央圖書館收藏，總數共一千三百餘冊，這個舉動無疑是將高陽完整地留給公共領域與讀者。

　　高陽於第一次訪問東京時，曾三度拜訪李嘉先生在東京的處所，臨別時親筆寫了一幅楹聯相贈。內容如下：

書似青山常亂疊

燈如紅豆最相思

這是許氏伯高祖許滇生與仁和葛秋生合作的對聯，左款題聯款中則寫：

丁卯正月薄遊扶桑，嘉兄梁孟邀飲於潭第，覺其況味與此聯近似；青山紅豆，同偕白首，可羨可賀。[133]

李嘉說道：「我知高陽深，『可羨可賀』一語中該有一抹孤獨、寂寞之感。」此詩此言，作爲高陽情感生活的結語，最是恰當不過。

註釋

67 張佛千：〈懷念高陽〉，《聯合報》，一九九二年七月二十日。
68《聯合晚報》，一九九二年六月七日，記者李玉玲報導。
69 曾永莉：〈說部巨擘數高陽〉，《中央日報》，一九八七年五月二十一日。
70 同上。
71 張大春：〈搖落深知宋玉悲——悼高陽兼及其人其書其憂憤〉，《聯合文學》第八卷第九期，頁一六七。
72 語見夏鐵肩：〈高陽枉自負高名〉一文，（《中央日報》，一九九二年七月十九日）文中提到：「二十多年前，歷史小說紅極一時，佔去報紙副刊很多重要篇幅，鋒頭之健，足與武俠小說抗衡。有人不滿，寫文章指歷史小說根本不能算文學創作，最毒的一句批評，指歷史小說作者「專門替古時候的女人脫褲子」。
73 高陽：〈我寫歷史小說的心路歷程〉，《聯合報》，一九九二年六月七日。與劉國瑞的訪談中，他也證實了這段往事。
74 同上。
75 同上。
76 龔鵬程：〈歷史的偵探〉，《中央日報》，一九九二年六月八日。
77 同上。
78 高陽：〈我的老家「橫橋吟館」〉，《高陽雜文》，台北：風雲時代，一九九〇年，頁四四。

79 高陽：〈我寫〈紅樓夢斷〉〉，《高陽說曹雪芹》，台北：聯經，一九八三年初版，頁六四。

80 高陽：〈橫看成嶺側成峰〉，《高陽說曹雪芹》，台北：聯經，一九八三年初版，頁七二。

81 宋瑞：〈在現實生活中寂寞的高陽〉，《中華日報》，一九九二年六月二十日。

82 高陽：《丁香花》，台北：皇冠，一九八六年初版，頁二六二。

83 同上。頁二八九。

84 胡正群：〈後無來者話高陽——幾件無法彌補的憾事〉，《中央日報》，一九九二年七月二十日。文中提到國泰蔡家，高陽曾爲蔡辰男批了一張子平，可見高陽與蔡家的確有所往來。

85 高陽：〈美食在明朝〉，《高陽雜文》，台北：風雲時代，一九九〇年，頁五九。

86 高陽：〈我的老家「橫橋吟館」〉，《高陽雜文》，台北：風雲時代，一九九〇年，頁五九。

87 莊練：〈我與高陽在空軍官校的日子〉，《中央日報》，一九九二年六月八日。

88 宋瑞：〈文債未還完，高陽竟然撒手而去！〉，《中央日報》，一九九二年六月七日。

89 該詩全文爲：「維何歧路亡羊泣？幾輩沐猴冠帶新。客中作客殊無奈，錢上滾錢別有人。不死酒仍日暮醉，餘生筆非歲朝春，飲半尋思誰可語，神荼鬱壘兩門神。」

90 蘇偉貞：〈走進高陽書房〉，《聯合報》，一九九二年六月四日。

91 高陽：〈美食在明朝〉，《古今食事》，台北：皇冠，一九八三年，頁六五。

92 高陽：〈魚米之鄉〉，《古今食事》，台北：皇冠，一九八三年，頁三二。

93 高陽：〈天之美祿〉，《古今食事》，台北：皇冠，一九八三年，頁一七一。

94 同上，頁一七四。

95 高陽：〈白蘭地V.S.威士忌〉，《聯合報．繽紛版》，一九八九年三月六日。

96 高陽：〈命中註定作傀儡的溥儀〉，《大故事》，瀋陽：遼寧教育，二〇〇〇年一月，頁一八〇。
97 陳來奇：〈傷逝——懷念高陽〉，《聯合報》，一九九二年六月二十七日。
98 張佛千：〈懷念高陽〉，《聯合報》，一九九二年七月二十日。
99 參見蘇偉貞：〈記高陽最後半月〉，《聯合報》，一九九二年六月七日。
100 郭嗣汾：〈君子之交——兼懷棄子先生〉，《中華日報》，一九九二年七月二十日。
101 姚宜瑛：〈熊掌與灑金箋〉，《聯合報》，一九九三年三月三十一日。
102 張大春：〈搖落深知宋玉悲——悼高陽兼及其人其書其憂憤〉，《聯合文學》第八卷第九期，頁一六五。
103 桂文亞：〈歷史與小說——高陽先生訪問記〉，《聯合報》第二十八版，一九七七年十二月二十日。
104 同上。
105 曾永莉：〈說部巨擘數高陽〉，《中央日報》，一九八七年五月二十日。
106 楊照：〈歷史小說與歷史民族誌〉，《高陽小說研究》，台北：聯合文學，一九九三年，頁一三六。
107 這些書目前仍由郝天俠保管，其中《花隨人聖盦摭憶全編》爲高陽早年應劉國瑞邀請，爲聯經出版社編校之書，據郝天俠說，此書爲高陽最常翻看的書，從該書所夾標籤及紙片，仍看得出高陽翻查的痕跡。
108 胡正群：〈後無來者話高陽——幾件無法彌補的憾事〉，《中央日報》，一九九二年七月二十日。這件往事，在求證於許氏有人的過程中，都並未得證，因此，仍有爭議。
109 桂文亞：〈歷史與小說——高陽先生訪問記〉，《聯合報》，一九七七年十二月二十日。
110 高陽：〈「橫橋吟館」圖憶〉，《高陽小說研究》台北：聯合文學，一九九三年，頁一七〇。
111 陳蕙如：《高陽清代歷史小說研究》，中國文化大學中國文學研究所博士論文，二〇〇一年六月，頁一八〇。
112 張大春：〈搖落深知宋玉悲——悼高陽兼及其人其書其憂憤〉，《聯合文學》第八卷第九期，頁一六六。

113 楊明：〈秦漢明月今世情——高陽和他的歷史小說〉，《文訊雜誌》革新號第三三期，頁一二〇。
114 許議今：〈懷念和感謝〉，《民生報》，一九九二年九月四日。
115 高陽：〈歷史・小說・歷史小說〉，《李娃》，台北：皇冠，一九六六年二月初版，頁六。
116 張佛千：〈懷念高陽〉，《聯合報》第二十五版，一九九二年七月二十日。
117 王震邦：〈出入於歷史與小說間〉，《聯合報》第二十五版，一九八八年四月三日。
118 高陽：〈我寫歷史小說的心路歷程〉，《聯合報》第二十五版，一九九二年六月七日。
119 高陽：〈天下第一家〉，《聯合報》繽紛版，一九八八年十一月十七日。
120 有關孔子生年問題的這番辨證，參考高陽：《大故事》一書的「本書說明」。瀋陽：遼寧，二〇〇〇年。
121 關於李煦、李鼎父子行事，參見皮述民：〈「秦可卿淫喪天香樓」史事探源〉，《蘇州李家與紅樓夢》，台北：新文豐，一九九六年。
122 張大春：〈搖落深知宋玉悲——悼高陽兼及其人其書其憂憤〉，《聯合文學》第八卷第九期，第一六五頁。
123 高陽：〈談三百年前的一次大地震〉，《聯合報》第二十五版，一九八六年十一月十九日。
124 康來新：〈新世界的舊傳統〉，《高陽小說研究》，台北：聯合文學，一九九三年，頁四九。
125 高陽：〈王新公與我〉，《高陽雜文》，台北：風雲時代，一九九〇年，頁三五。
126 張大春：〈謫書百卷匿仙蹤〉，《聯合報》，一九九六年十二月六日。
127 高陽：〈半囈錄——高陽病中手記〉，《聯合報》，一九九一年三月三日。
128 高陽：〈棄子先生詩話之什〉，《高陽雜文》，台北：風雲時代，一九九〇年，頁一三七。
129 張佛千：〈懷念高陽〉，《聯合報》第二十五版，一九九二年七月二十日。
130 龔鵬程：〈喪哉！高陽舊酒徒〉，《中國時報》，一九九二年六月七日。

131 林青：《高陽的歷史風雲》，台北：知書房，一九九八年，頁一七二。

132 張佛千：〈懷念高陽〉，《聯合報》，一九九二年七月二十日。

133 李嘉：〈一幅楹聯兩首詩〉，《聯合文學》，第三卷第七期。

高陽的小說創作

高陽一生就創作量而言，可以說是既豐且碩。以下參考謝海濤的分期，將高陽的人生歷程分為四個時期。就作品內容來看，則明顯劃分為早期的文藝愛情小說與歷史小說兩類。以作品的屬性看來，後一階段清晰確定；前一階段的作品，以小說而言，有長篇、短篇，內容則以愛情小說為主；其他則間有文論、短評與雜文等。因此，或可將此一階段稱為文藝愛情階段。

後文即以高陽的第一本歷史小說《李娃》（一九六四年），作為分割點，分別敘述。

一、高陽的文藝愛情小說

高陽的小說創作，始於他的軍旅時期。這個階段許氏寫了許多短評，主要是文藝相關的議題，他對《紅樓夢》的意見，如〈曹雪芹對《紅樓夢》的最後構想〉、〈我看紅樓〉、〈曹雪芹年齡與生父新考〉等短篇論文，在這個時期就已經出現。而小說則主要發表在《作品》雜誌，包括〈魚的喜劇〉、〈鄧通能通〉、〈失落的筆記本〉等短篇，及長篇的《避情港》、《凌霄曲》、《花開花落》、《紅塵》、《桐花鳳》、《淡江紅》、《金色的夢》等。其中《淡江紅》、《金色的夢》雖然出版在《李娃》之後，但因作品屬性仍接續著前期，所以，在此仍將它們歸於文藝愛情小說。

高陽這類的作品，相較於他歷史小說受到的注目，可以說是從未被提及與討論，就連他的朋友，最多只說了一句：「寫的不好」，就帶過了；甚至多數提到這類文藝愛情小說時，都是拿來肯定他後期的歷史小說，其低貶之意，十分明顯。然而，就觀察一位小說創作者的創作歷程來看，高陽前期的作品充分溢現出「許晏駢」的個人色彩，他的空軍生活、他的愛情觀、他的文藝腔調、他的諜匪交鋒……都在此成爲創作的題材。相較於後期的「高陽」之爲作者，幾乎已是歷史小說的代名詞，已經和歷史小說相混難辨，好像高陽生來就是寫歷史小說的人；反倒前期的作品中，作者的生氣血肉，清晰有趣。此處打算取樣《高陽作品集》中的四部長篇小說：《桐花鳳》、《避情港》、《紅塵》、《淡江紅》，以及一部短篇小說集《魚的喜劇》，作爲討論的對象，探看此一階段，高陽作品中的一些現象。

首先，將小說情節，分述如下：

《桐花鳳》主要情節：張永登，因妻子收人賄賂，被捕入獄。出獄後，原以爲妻子強悍性格與夫妻關係能獲得改善，卻在返家第一日，就發現妻子外遇、兒子離家的事實，只得避居朋友家。於是，他開始與外遇的妻子糾纏在離婚的談判中，與尋回的兒子重新找回家的親情的價值。其間，一個善體人意的女子朱行素，點燃他創作的興味，他因此成爲一位受肯定的作家。他是不是要重新開始一段婚姻呢！由於他的懦弱、恐懼婚姻，不肯承擔。最後，他與朱行素在談判過程中雙雙失足掉落湍急的河水中，結束了一切。

《避情港》主要情節：燕春與展成是夫妻，兩人平靜的生活因燕春昔日追求者的出現，而秩序大亂。燕春一方面想避免丈夫誤會，一方面希望昔日戀人能得到幸福，因此，強力促成表妹藝雲與他的結合。一次，前男友回僑居地之前，燕春與之短暫會晤，昔日戀人也答應回國後馬上向藝雲求婚的決定。燕春急向藝雲處告知，一到藝雲住處，卻發現她倒於血泊之中，早已氣絕身亡。燕春被捕下獄，前男友知曉後，速速回國爲其不在場證明作證。燕春獲釋，原本一家和樂團圓，丈夫展成卻無法諒解她與前男友的約會，提出離婚要求。燕春爲證明清白，於是，隻身前往基隆海邊，跳海自盡。

《紅塵》主要情節：楊育光與林雪明，爲舊時愛侶，大陸淪陷後，兩人分開八年，身隔兩地。楊育光居於新加坡，林雪明則輾轉逃離大陸，來到香港。由於林雪明的建議，楊育光來到香港，與林見面，並打算回到上海接出母親。不料，這一切全是林雪明所屬共方集團所設的陷阱，只待楊育光回上海，作爲僑胞回歸的樣板。在長時間的相處後，林雪明明白楊育光對她的眞情，因恐懼因爲自己的背景爲楊育光帶來不測，選擇呑服安眠藥自盡。所幸原來楊育光的朋友中有反間人員，早有預備，巧妙地將林的安眠藥多數換爲維他命，並在她陷入昏迷時，後送至可得政治庇護的所在，母親亦由情治人員接出，一切圓滿落幕。

《淡江紅》主要情節：章敬康，台大四年級學生。一次於零南公車中巧遇一名女子李幼文，深爲其美麗所吸引，萍水相逢後，章敬康百般尋查，發現該女子爲登記有案的不良少女，且家有病重母親。過程中，他愈加陷入對李的迷戀裡，兩人的愛情卻因李幼文所屬幫派老大阻攔，她只得避居南部。多年後，章敬康在舞廳中遇到已經下海的李幼文，他想重拾舊愛，並且救李離開火坑。一天傍晚兩人於淡水河邊約會，幫派老大出現，章敬康被刺身亡，李幼文則被當作幫派同夥，拘提下獄。

《魚的喜劇》，包括鄉野傳奇〈小城紀事〉，以及〈魚的喜劇〉、〈人海〉、〈失落的筆記本〉、〈月〉、〈金石盟〉、〈歸宿〉、〈心潮〉、〈太太的外套〉、〈紅葉之戀〉等愛情故事，及〈諸葛營房〉、〈愛和血的二重奏〉兩篇國軍義勇故事，和一篇與高利貸有關的金錢遊戲故事〈鄧通能通〉。

溫懦的男主角，以及墮落的女性

「男性中心社會，只有淫婦，沒有淫夫。」[134] 這是高陽《桐花鳳》裡兩個男人在討論女性紅杏出牆時的對話。男主角張永登遭友人指出他妻子外遇，並輕蔑地用淫婦來稱呼時，他氣極說道：「照你的意思看，男性結了婚也可以跟別的女性戀愛；那麼，有夫之婦跟別的男性談戀愛，是不是也容許呢？」看來頗能諒解妻子的行爲，或有爲她辯解的企圖，然而，友人反駁，「是女性侮辱了你！」他登時像個洩了氣的氣球，又像是被狠狠地打了一拳，再無回擊的能力。這就是高陽這類言情小說中多數的男主角形象，不敢愛不敢恨，是他們面對愛情的共同表現；懦弱、不敢與情敵正面交鋒，是他們面對眞相時一致的反應。《桐花鳳》裡的張永登是這樣，《避情港》裡的展成是這樣，《紅塵》裡的楊育光，還是這樣。小說家如此處理男性角色，故事發展的主動權則丟到女性身上去作文章。於是，這類故事中的女性角色，則出現兩個分歧：墮落者與堅貞者。前者使男人陷入痛苦的深淵，她們是紅杏出牆的妻子、巧設諜報陷阱的戀人，或是使男人死於非命的太妹。後者堅貞地奉獻家庭、乞求眞愛，卻因爲男人的多疑與懦弱，終得自盡收場。

《桐花鳳》裡，因妻子貪婪跋扈、收人賄款，而導致入獄的丈夫，出獄後，爲自己編織了一個美麗的夢，他想起讀過的一個小說作品，小說中深感婚姻過於平淡的夫妻，爲了調劑，於是，丈夫獨自一人外出旅行，旅次中藉由一封又一封的情書，思念妻子；家中的妻子則藉由收信與回信，來享受愛情的甜美。於是，高陽寫著：

> 三年半了！雖然在同一個城市，卻在兩個絕不相同的屋簷下，這也該算是久別了吧！透過時間的輕紗來看往日，往日出現了朦朧淒迷的美；濾過記憶的篩子來想她，她也曾有過旖旎溫柔的一面。展開心瓣，他朝寬處去想；然而他不知道這是對她的寬大，還是對自己的寬大？[135]

丈夫寬大爲懷，妻子卻紅杏出牆，立即坐實了淫婦的位置，再無情可訴、無理可講。《避情港》裡，誤會妻子與舊情人復燃戀情的丈夫，是這樣在思量妻子的，如：

> 他的心猛然往下一落，手心裡沁出冷汗。他一直拿春燕當作生命中唯一的支柱，而現在這根柱子似乎猝不及防地被抽掉了，肉體與靈魂一齊落入黑暗的深淵中；驚恐、憤怒、妒嫉，是那深淵中的蛇虺，正在向他作毫不容情的襲擊。[136]

於是，他像個杯弓蛇影的丈夫，時時疑心妻子不忠，甚至到了故事的結局，一切冰釋，他仍打從心裡不信任妻子，一付大派地說：「我們雖然不是因誤解而結合，但確需要因了解而分離。」[137] 逼得妻子跳海以誓忠貞。

角色性格過於一致，情愛關係僅在忠貞與否打轉，愛與不愛，流於高蹈。小說中的女性角色，簡單的只有善與惡兩種，惡的紅杏出牆，淪落風塵，男人卻愛多於恨；善的眞心付出，男人卻姿態高傲，好女人只能追著後面走，卻都自盡離場。

三角關係

如同前段所說高陽這類小說的角色與人物性格，過於簡單與粗糙，情節設計也一樣出現這樣的問題。三角關係是慣常的模式，《桐花鳳》裡，前妻與女朋友雖然沒有直接衝突，但是前者對婚姻造成的危害，是張永登無法再次進入婚姻的主因；《避情港》中，展成因爲懷疑妻子的與前男友的關係，在小說中，情敵間多次交鋒；《紅塵》的楊育光陷在兩名女子的爭奪戰裡，後來的抉擇關鍵，不在於他愛哪個多一點，而在於那一個先下手爲強，使生米主成熟飯；《淡江紅》，章敬康深愛小太妹李幼文，卻無法明確地拒絕富家千金的求愛，多次接受富家千金的幫助，使得三角的張力始終存在，直到章敬康被亂刀砍死，李幼文被捕下獄，富家千金還要發表一個感言，說道：

> 我今天早上看到報紙，看到敬康慘死的消息，我心裡難過，很傷心。但是我的傷心並不是全爲敬康而發的；我也爲李幼文悲哀，因爲她死得比章敬康更早。雖然敬康現在停屍在殯儀館裡，

可是李幼文的任性與驕狂，卻早已使她淪入心獄，而心獄，正是人類所能沈淪得最悲慘的境界，它比十八層地獄更深一層。[138]

《紅塵》的男主角糾纏在舊愛與新歡間，舊愛爲達成上級交代的任務，及挽回男友的心，激亢地說：

「我對葆霞什麼都可以讓步，只有這件事不能。愛情可以退讓，不是眞正的愛情。如果我失去了你，死都不能閉眼睛。因此，我只好對不起葆霞了。當然從第三者的角度看，也許是葆霞對不起我，準備從我手裡把你搶走。但不管怎麼樣，現在我是很得意的人。得意的人應該替失意的人著想，你說是不！」

這番侃侃而談，透徹明達，也是楊育光所意料不到的。他不但對她更加深了愛意，而且有了肅然起敬之感。[139]

高陽對於三角關係的處理，並不是陷入情感或恩義的兩難，完全是男性作爲主體的好惡或需要的思考，高陽這類作品深度的侷限也就可見一斑。

自殺作為救贖

這是一個讓人猜不透、摸不清的宿命結果，爲什麼高陽的文藝愛情小說裡，一遇到關卡，或男主角意志不堅、懦弱無能時，女人往往用自殺來結束生命，也結束故事。作爲小說的故事結構與情節構思，「自殺」像是一道符咒，更像是萬靈丹，出現比例之高，簡直到了令人匪夷所思的地步。

《桐花鳳》、《避情港》的女主角都死於自殺；《紅塵》的女主角自殺未遂；《魚的喜劇》裡的極短篇〈失落的筆記本〉，太太爲了證明清白，還是自殺結束一切。高陽且讓她發表了一番對自殺該不該留下遺書的高論，如下：

一個人自殺到底要不要留遺書？既然願意自己結束自己的生命，那就表示自己對這個世界再無留戀的必要；既無留戀的必要，何必要留下遺書，拖下一個多餘的尾巴？譬如說到某一處地方去玩，覺得沒有什麼好玩，還不是揚長而去，難道還要題壁一番嗎？140

對於遺書的留與不留，高陽是說得有所創見的。然而，他的言情小說中，動輒用自殺來作爲故事的結局卻大有問題。一是自殺者都是女性；再者，自殺者的動機，都在對男性角色表示忠貞，見證自己的清白，或證實自己對愛情的堅貞。但這種情節設計一再出現，則未免偏狹。

共匪（黨）不除，何以家為

高陽早期的幾篇作品，如《紅塵》裡的諜對諜，共產黨被全面地描繪成邪惡、骯髒的一方；另一個對比，則是美麗的自由中國。小說裡的共匪爲了讓僑人回歸，不惜設下諸多陷阱；女主角爲了留在自由的香港，不惜出賣肉體，成爲上級的情婦，而後陷於眞愛與任務之間，難以抉擇。故事的解套，在於「我方」人員的營救，然而，這個我方人員，在故事進行中，以一個不同步於匪類的仁慈與關愛出現在女主角身邊，痕跡早露。短篇的〈諸葛營房〉、〈愛和血的二重奏〉兩篇更是反共小說的典型。前者敘述一次戰役，我軍的英勇，如天降神兵；後者則參入一段愛情故事，男主角遲遲不肯接受女主角的愛情，不願承諾婚姻。在女主角以言行證明其堅貞之後，他答應了，並宣告女主角「比他想像的要堅強」。緊接而來的一場戰役，男主角以身殉國，留下一封遺書。寫著：

我應該特別告訴所有關心我的人，我是在快樂中死去的。事實確是如此，現在圍繞在我四周的同志們，可以替我作證。遺憾的是你們無法分享我現在的快樂，……

關於我親愛的妻——秀梅，她是經得起任何打擊何考驗的。她對她自己可以作任何決定，我無不贊成：套用你的一句話，她的任何決定都是對的！我只請你告訴她一句話：我欠她的太多的愛，已用另一種她必然會讚許的方式償還。……

我的血早已自誓貢獻給國家，現在分贈你們一滴，我的所有要說而沒有機會說的話，都包含在這一滴血裡面。

我的骨灰，請你帶回大陸去，埋葬或揚散在任何地方。方便嗎？[141]

看到這樣的文字，我們腦中自然浮現一些字眼，例如反共、鐵幕、黑暗等。高陽列名於民國五〇年代的軍中作家，其來有自，只是相較於更爲純粹的反共小說作家，他「在比較專門的領域寫出了大量較有影響的作品」[142]。因爲他在歷史小說上的盛名，容易使我們忽略了他所處的時代與文學環境，這幾個短篇可以說是印證了時代特色。

古典詩詞、文藝腔調

高陽每每在歷史小說中「跑野馬」、「挾泥沙」，信手拈來，就是掌故、軼聞，或典章儀節，喜歡歷史知識的讀者讀來，往往成爲閱讀主線情節之外的一大樂趣。然而，在他的文藝愛情小說中，當「跑野馬」形式所挾帶的是說教與刻板的文藝腔調時，就成爲閱讀時極大的障礙與苦痛。例如《避情港》裡的男主角對人言說分析妻子的心理，說道：

「愛情到底是什麼東西？實在很難瞭解，」展成又說，「大部分的人，只是爲了滿足占有慾，表現自己的力量，希望把不可能變成可能，表示自己確是比別人行。他們全然沒有想到應該尊重對方的願望。所以，『只要這一個人所做的事，確能使他的愛人感受到眞正的快樂』這句話，確是至理名言。」[143]

同一部小說中，另一名男主角與舊情人談話時，突然長篇大論起特權的可怖，如下：

「特權這個可憎的名詞，依然存在。」他略顯激動地說，「譬如：有辦法的，取得一項獨占性的買賣，在法律保護之下，可以坐享其成，他唯一要做的事，只是交際、應酬。經濟政策有著嚴重的矛盾——至少在執行方面，有些人高呼節約、有些人鼓勵消費，結果節無可節的人還得節約；而眞正需要節約的人，消費的水準不低於美國、西德或者日本。政府機關的職權也欠分明，管生產的人熱中於國際貿易；以致於管國際貿易的人不能注意生產的數字，這些現象看起來滑稽，想起來痛心！」[144]

這樣的對話插置在談情說愛的調情過程，難免形成「浪漫傳奇」閱讀情境之中斷。這類刻板無趣的文藝腔調，在小說裡俯拾皆是，高陽動不動就讓書中角色擺起歌劇的動作與腔調，說著：「道德是什麼？是愛，眞正的愛，只想貢獻於他人的愛。」[145]或者：「現在，你已經長起了花『紋』美麗的

『羽』毛，你應該飛到光明的地方去！」[146]這些流於僵硬的對白，讓小說的藝術性大打折扣。

倒是有一個值得注意的現象，高陽這類言情小說和當時流行的文藝愛情故事一樣，都喜歡引古典詩詞入小說，以增加行文的典雅與表象的風雅。如《桐花鳳》裡，首尾使用的詞：

> 郎是桐花，妾是桐花鳳。
>
> ——清．王漁洋〈蝶戀花〉

《紅塵》裡男女主角相擁而眠時，得有詩爲證一番，說出「但使兩心相照，無燈無月何妨？」[147]周蕾在論鴛鴦蝴蝶派小說時，說道：

> 傳統中國文學中的女性形象爲何如此的被固定，爲何如此缺乏眞正的勇氣對生活作出個人反抗的原因。到處可見的是習以爲常的寫作方式，包括悲劇的引發和收場。我們可以看到的並不是革命性的顛覆，而是一次又一次的對儒家文化進行保守的肯定。作者所採取的形式一般是通過悲慘的「自由戀愛」的故事，給讀者一個教訓以達到其明顯的道德意圖。[148]

高陽此時的作品，不折不扣是鴛鴦蝴蝶派的遺緒。這些作品，可以找到一些時代的痕跡，但是，它既未在形式風格上有所建樹，又未有美好的文學藝術表現，很容易就被時間汰流而去。難怪，高陽這類小說，總被掩蓋在它的歷史小說光環之下，鮮爲人所論道。

野翰林

二、高陽的歷史小說

高陽歷史小說的分期，以及各個時期作品的主題與內容，在曹靜如的碩士論文《文化遺民的興寄與懷抱——高陽歷史小說研究》，有十分詳盡的分析與敘述。一般說來，才子佳人的愛情、宮闈政治、英雄豪俠之傳奇、官場與商場、文學家創作歷程、刑獄公案幾大項，通常是論者對高陽歷史小說所做的分類大項[149]。本處則不贅述。

一九六四年四月二十八日，高陽的第一部歷史小說《李娃》將於三天後在《聯合報》開始連載，高陽寫了一篇〈歷史、小說、歷史小說——寫在《李娃》及其他前面〉作爲開場白，他寫道：

我終於要來嘗試一下了。[150]

他在文中說明自己對歷史考據與小說創作之間的看法，在這篇短文裡我們看到高陽摩拳擦掌準備放手一搏的情狀，這是高陽歷史小說事業的一個起始宣言。

《李娃》之後，高陽接著寫了《風塵三俠》、《少年遊》、《荊軻》，與《緹縈》。這幾部初試啼聲之作，成功之處在於擷取傳統史傳敘事優勢，用流利的白話文書寫出現代意義的歷史小說，並結合了報刊連載的形式，做了最好的呈現。

以《風塵三俠》、《荊軻》爲例，這些原就載於史傳與唐傳奇的故事，小說所示現的俠的氣節與行徑，顯然亦深深撼動著高陽，因而在改寫的過程中，原書精神被因襲的多而更動的少。高陽以其書寫魅力，在《風塵三俠》中特意描寫虬髯客的識人大量、成人之美，與紅拂女張出塵眞摯的兄妹之情，當然還有隋末群雄逐鹿天下的大勢，和成王敗寇的微妙易位；又如《荊軻》書中除因襲《史記》荊軻事外，更爲荊軻添一紅粉知己——太子丹之妹夷姞，讓荊軻在游俠風骨外，更糾纏著兒女情長。除此之外，高陽更屢用史筆，寫荊軻爲太子獻策，而太子丹爲一己之私，捨上策就下策，根本上便已註定了刺秦大業的絕對失敗。

高陽書寫的企圖在於一個更大的歷史史觀的推演與建立，而不僅僅止於述說一個完整故事，這也就是他即使繼承了史傳或傳奇故事中的豪俠類型故事，卻在一個分岔口上和以敘述江湖俠士爲主體的「武俠小說」徹底分道揚鑣，原因就是他所迷戀者，在於歷史史觀的建立、歷史場景的重建，亦是更細微的人情世故的琢磨。也因此，他這個時期的小說雖然極度仿寫傳統史傳，卻仍能閃耀出異樣的光澤。

當我們一頁頁閱讀著高陽手書的浩瀚卷帙時，不難感受到高陽「重塑」歷史的企圖[151]。在這個重塑的過程中，他無時無刻對筆下的時代、人物做品評檢查的工作。於是我們看到他字裡行間的褒貶臧否。這些刻意或者不經意流露的褒貶臧否正是高陽不同以往、不合於流的史觀。對於「英雄」的定義，高陽顯然有話要說。高陽對於荊軻刺秦一事的失敗賦予極高同情。他甚至說：「他跟燕太子丹在一起，就註定了要失敗。」[152]簡簡單單一句話，把千古以來易水送別的悲壯美感削弱不少，荊軻入秦的慷慨也因此露出窘態，值得嗎？高陽在小說中不斷發問。當燕太子丹不耐煩於久等聶政，一意暗示以秦舞陽取而代之時，荊軻按捺住心裡的憤怒，並安撫自己：

要諒解他報仇心切；要諒解他見識不夠；要諒解他偏愛秦舞陽。[153]

當荊軻人已經到了秦國，刺殺嬴政一事已如箭在弦上，他仍然不改初衷地想著：

回想最初爲太子丹劃策，預先聲明：下策「祇設謀，不與其事」，到頭來，還是不能脫卸仔肩。以今日的情形來看，秦庭一擊，十之八九可以成功；但流血五步，震動天下，固然快意，實際上如能與倉海君、黃石公、蓋公共事，把那論百萬計的心怨腹誹、志在反秦的人民，凝成一體，善加利用，更可以發揮自己的才具，有益於整個抗秦的大業。可見得當初的想法，絲毫無錯，應該堅持不改的。（頁四二二）

當然，歷史的眞實是無法改變的，荊軻註定成爲悲劇英雄，所有的喟嘆只能是如果……當初！但高陽對荊軻眞是無限同情，他說荊軻的死「是一種招喚，告訴後人，莫因他的失敗而卻步；祇爲了叫此獨夫亡頭，其事不難。」（頁四七七）甚至將荊軻刺秦一事當作是一葉知秋，是一聲驚動天地的春雷。高陽不曾討論到荊軻奇差的劍術，不曾討論到荊軻對燕太子丹私欲的姑息，直直以荊軻慷慨赴義、不畏不懼的舉止，塑造出了一個不得不然、無可奈何的英雄形象，這當然是高陽的侷限了。

另一方面，高陽筆下還曾塑造了另一位革命英雄——孫中山先生。小說家在故事背景差池千年的「虯髯客」故事中，借虯髯客之口來闡揚「天下者，天下人之天下」這樣的民主思想；並且預言「也許千年之後，才有位大智慧、大魄力的豪傑之士，能做此石破天驚的大舉動！」[154]有趣的是，高陽這一個相隔千年的預言，不僅僅將時間間隔千年，且人物塑形差異極大的虯髯客和孫中山先生連結在一起，甚至是將孫中山先生和先秦以來的眾多豪氣俠客做了一個直線而下的串連。成王敗寇，除高陽外，恐怕沒有人會做這樣的連結。

我們可以將前期這些以史傳爲主的歷史小說，視爲高陽歷史小說創作歷程中的熱身運動。一九六八年七月，高陽的《慈禧前傳》開始在《聯合報》連載，從此開始了他的歷史小說霸業，在接續而來的《玉座珠簾》、《胡雪巖》、《紅頂商人》、《母子君臣》之後，達到高峰。「高陽」二字，已然成爲歷史小說的代名詞，直至最後一部作品《蘇州格格》，他的歷史小說始終享有盛名。

楊照說：

> 一是後期的一般總比前期的好；二是清朝的比其他時期的都好。統合這兩條準則的就是高陽對小說中故事發生的那個社會微末細節到底瞭解到什麼程度。155

這大抵是評斷高陽作品的一條準則。然而高陽歷史小說所以能吸引眾多讀者，還在於其充分掌握了通俗劇，小說述說普遍人性特質的原則；再者，他的精於爬梳歷史材料，以達重塑歷史人物的目的；以及他藉由報刊連載形式，巧妙運用每日一千字上下的篇幅，達到高潮與懸疑的效果，都是所以吸引讀者的原因所在，以下分別陳述：

通俗劇特質的展現

高陽的歷史小說嚴格說起來，還是在通俗文學的範疇裡。通俗文學所捍衛的通常是最保守的，而且是最主流、以及某一個特定文化範圍之內的傳統。這個文化傳統，簡單的說，有中國傳統的人情世故及其內在的倫理情感。這顯然是高陽極力在捍衛的。所以高陽的作品跟新文藝之間有一個細縫是塡不起來的，沒辦法做一個橋連接起來，眞正的原因是什麼呢？他其實不適於現代文學所標榜的或者是所揭櫫的那一些屬於現代性的價值，他的整個體系都是中國的。這是高陽的歷史小說在一九四九年，大批隨政府後撤的中國人的讀者，以及大多數的華人市場，能得到普遍認同的原因。

爬梳歷史材料，重塑歷史人物

如果說歷史小說是根據歷史，加以演繹與杜撰，那這個說法就沒有辦法解釋高陽曾經在《李娃》序中所說：「歷史除了人名地名都是假的。小說除了人名地名都是眞的。」這段話。這段話後來不斷被許許多多寫歷史小說的人或讀歷史小說的人拿來用，因爲它聽起來很機智。因此，他寫歷史小說，像是要以彼之眞救己之假；他拿小說對人情現實的描述細節，讓人信以爲眞，使得歷史除了人云亦云的部分就更可信。歷史小說使得歷史加入了小說的成分後變得可信，所以歷史小說就從這個地方展現它的力量。什麼是歷史眞相？高陽一直在打造一個滿清史話、打造一個慈禧政權，他的目的是什麼？在他筆下的慈禧形象英明，如不是慈禧，大清早就亡了。這在當時，在他書寫的時代背景來說，這是非常稀有的輿論。慈禧作爲晚清政權的主導者，蓋頤和園、阻止光緒變法，慈禧幾乎成爲邪惡的象徵，但是，高陽筆下花了長篇浩帙寫《慈禧前傳》、《玉座珠簾》，以及後來的《母子君臣》、《瀛臺落日》，一脈而下，那麼長的篇幅力氣，將近十一年的時間，爬梳出這些史料，他重新對歷史人物評價的企圖是十分明顯的。

善於利用副刊連載的特質

平鑫濤，是高陽於《聯合報》連載《李娃》時的副刊主編，他說：

五十三年四月，高陽的《李娃》在聯副推出，從此，高陽一部接一部的為聯副撰寫，三十年未間斷，其中最重要的作品，當推《慈禧前傳》，從民國五十七年七月開始連載，到六十二年四月刊完，前後將近五年，可說是報業史上最長的連載。

高陽是個很有才氣的作家，他可以同時在五、六家報連載，而且每天結尾都有個小高潮，引得讀者欲罷不能，他對自己的作品很負責，這是讓老編最放心的地方。156

高陽本人善於把握副刊連載的形式，是他個人成功的原因之一。張大春說道：

究其實況，曾經在聯副發表長篇小說的作者，何止百數十家？從瓊瑤到蕭麗紅、自金庸而古龍，無論是「整存零付」（書稿完成後始行刊登）或者「且存且付」（書稿未完已先行刊登），大致上作品總有一個以情節為導向的完整事構。在編者「完美的構想」裡，逐日刊出的千把字內容最好是「常行於所常行，止於不可不止」；換言之：連載小說非但要能夠吸引當日的讀者，最好還能夠釣得明日的讀者。於是，（據說）早年一些熟練而細膩的老編會琢磨：該如何調整每日刊登的作品篇幅，使之能收束在一個足令讀者記憶深刻、興味不減而又好奇大發的段落上。157

這種因應副刊連載而對篇幅及情節巧妙安排的結構方式，通常會與全書整體有所衝突；但是，高陽對這些細節的掌握，是頗見天才的。他即使不立大綱、不打草稿，在連載形式上卻總能吊住讀者胃口。蘇偉貞就說，高陽的小說總在報社需要讀者訂報時開始連載，只要有他的連載，就保證銷量。

高陽筆下擇取的小說時代，自戰國以迄民國，時間跨度長達千年以上，書寫的文字更超過一千萬字。早年的高陽，對於記者問到寫作歷史小說的要點時，回答說：

> 寫歷史小說的一個先決條件是：必須對中國歷史有一個通盤性的瞭解，其對各朝代政治、經濟、文化等制度上的變遷，所影響於社會者，更不能不下點工夫。[158]

由各朝政治、經濟、文化、地理等社會骨幹，再輔以人情、人性的掌握，密織出高陽歷史小說獨特的面貌；也使得讀者不止於掌握故事，也在掌握歷史。然而，寫了三十多年歷史小說的高陽，他在遺作〈我寫歷史小說的心路歷程〉中，則自述：

> 然則是什麼力量驅使我終年負重亙三十餘年之久呢？仔細一想，不外三個因素，第一、寫作是我的職業，煮字療飢，不寫不可；第二、在小說創作過程中，有一種必須多寫、多想才可能出現的境界，那就是把自己創造的人物寫活了，書中人有他或她自己的生命、思想、情感與語言，根本就不受作者的驅遣。那是小說作家的「極樂世界」。……不過「療飢」不一定要「煮字」；而「極樂世界」亦難得出現，能刺激我的創作欲歷久不衰的，是另一個客觀的因素；在寫完「紅樓夢斷」四部曲時，我做了一首詩：「夢斷紅樓說四陵，疑真疑幻不分明，倘能搦比娛人意，老眼猶挑午夜燈。」有時實在懶得寫，但只要一想到「聯副」編輯部告訴我，一斷稿必有讀者打電話來問，我就自然而然地會坐到寫字檯前鋪紙提筆了。[159]

這篇短文，原是高陽打算放在自己大全集之前的序文，文中提到了他的歷史小說所創造出的兩個美好境地，一是作者自己從寫作中，得到的快感，創造出自己滿意的小說及人物，那是媲美於極樂的幸福；其二，是讀者得到的快樂。「家家井水說高陽」，高陽的歷史小說陪伴了多少喜愛歷史，或有歷史想像渴望的讀者，它不同於枯燥的史料，高陽那一枝兼具考據與創作的筆，滿足了讀者的閱讀期望，這是他歷史小說的成就。

註釋

134 高陽：《桐花鳳》，台北：風雲時代，一九九〇年，頁三三一。
135 同上，頁六。
136 高陽：《避情港》，台北：風雲時代，一九九〇年，頁四十。
137 同上，頁二三五。
138 高陽：《淡江紅》，台北：皇冠，一九九〇年，第四版，頁三〇七。
139 高陽：《紅塵》，台北：風雲時代，一九九〇年，頁一〇二。
140 同上，頁二二三。
141 高陽：《魚的喜劇》，台北：皇冠，一九九〇年，第五版，頁二三八。
142 古繼堂：《台灣小說發展史》，台北：文史哲，一九九二年，初版二刷，頁一五五。
143 高陽：《避情港》，台北：風雲時代，一九九〇年，頁九八。
144 同上，頁一五五。
145 同上，頁一六五。

146高陽：《淡江紅》，台北：皇冠，一九八八年，第四版，頁一九〇。
147高陽：《紅塵》，台北：風雲時代，一九八八年，頁三一九。
148周蕾：〈鴛鴦蝴蝶派——通俗文學的一種解讀〉，《婦女與中國現代性：東西之間閱讀記》，台北：麥田，一九八五年，頁一一八。
149參考曹靜如：《文化遺民的興寄與懷抱——高陽歷史小說研究》，國立暨南大學中國語文系碩士論文，二〇〇〇年。另外一本以分類作爲行文主幹的論集，是江少川的《解讀八面人生——評高陽歷史小說》台北：黎明文化，一九九九年二月，書中將高陽的歷史小說分爲：宮廷作品系列、商賈作品系列、官場作品系列、「紅曹」作品系列、名士佳人作品系列、俠士作品系列，大致涵蓋了高陽歷史小說的題材。
150高陽：〈歷史、小說、歷史小說——寫在《李娃及其他前面》〉，《聯合報》，一九六四年四月二十八日。
151語見張大春：〈以小說造史〉，《高陽小說研究》，台北：聯合文學，一九九三年二七月初版，頁六五一六八。
152高陽：《荊軻》台北：皇冠，一九九〇年七月，第九版，頁四七六。
153同上，頁三六三。
154高陽：《風塵三俠》，台北：皇冠，一九八九年五月，第十一版，頁四一八。
155楊照：〈歷史小說與歷史民族誌〉，《高陽小說研究》，台北：聯合文學，一九九三年，頁一三八。
156平鑫濤語，參見《民生報》，一九九二年六月七日。
157張大春：〈謫書百卷匿仙蹤〉，《聯合報》，一九九六年十二月六日。
158桂文亞：〈歷史與小說——高陽先生訪問記〉，《聯合報》，一九七七年十二月二十日。
159高陽：〈我寫歷史小說的心路歷程〉，《聯合報》，一九九二年六月七日。

高陽歷史小說對中國傳統文學的因襲與創新

中國傳統文學中，「講史」、「演義」一類從「說話」技藝及話本發展開始，其起源與史傳傳統有極大的關連；而在發展的過程中，尤其是《三國演義》成書之後，「歷史小說」這個名詞，可以說是成為一個專門門類，其創作數量及讀者群都非常可觀。

然而，晚清與民國的文學革新運動，中國傳統文學的體質發生巨大改變，歷史小說在晚清一度面臨沒落的困境，因此，高陽在民國六〇年代大量創作的情勢，就像是歷史小說的異軍突起。在經過時間與空間的變易後，高陽的歷史小說傳承了傳統歷史小說的哪些部份？又有哪些改變？

一、歷史敘述與演義

——文人與民間的歷史意識

中國的歷史記述始於帝王的記述，這是毋庸置疑的。以《春秋》到《左傳》爲例，清楚的紀年，自魯隱公元年（西元前七二二年）開始，至哀公十四年（西元前四八一年），當代大事，一一條列；《春秋》記以大骨架，推衍而出的《左氏春秋傳》則綴補君臣關係，所重者在於歷史的線性與連貫性。史官被賦予「實錄」的權力，但書寫的內容從疆土戰事至天子朝儀，就整個中國的人口比例而言，是爲數極少的官僚體系。史官記史的目的，在使道統明——堯舜禹湯文武周公，有德者得天下，桀紂暴亡而失天下。這樣的史，記錄內容屬少數階層，文字直樸，言簡事賅，並不做多餘的描述。除了少數以此爲業的世襲史官與士紳階級，這類史書大多數人不需也不必閱讀。

漢代司馬遷著《史記》，是歷史敘述與文學書寫的一大突破。司馬遷在《史記》〈高祖功臣侯者年表第六〉中以「太史公曰」說道：

> 居今之世，志古之道，所以自鏡也，未必盡同。帝王者各殊禮而異務，要以成功爲統紀，豈可緄乎？觀所以得尊寵及所以廢辱，亦當世得失之林也，何必舊聞？[160]

「何必舊聞」一句，深刻道出太史公的觀點。作爲一個歷史的敘述者，他清楚地知道，歷史的書寫記錄，不僅僅在記錄出供後人「以古爲鏡」的實錄，更重要的是如何「存活古人的存活」，並使其不朽。[161]因此，在《史記》中，司馬遷一改過往僅有實錄職責的史官位置，藉「太史公曰」大量抒發他對前人的臧否議論，甚至包括帝王；於行文間更能模擬古人情境，寫其處境與心情，如親見親聞。

司馬遷不拘泥於前代史錄的章法，獨創「紀傳」的體例，不獨爲勝王帝胄作傳，處境堪憐的項羽，司馬遷亦爲之作傳，且將其置於本紀；而非官方階層的刺客、顏淵、伯夷等人，亦存錄於書，使其不朽。史書的書寫不再僅是朝代興亡的結局記錄，存活的苦思，亦在反省之列。

在〈伯夷列傳〉中，司馬遷寫道：

> 或曰：「天道無親，常與善人。」若伯夷、叔齊，可謂善人者非耶？積仁絜行如此而餓死！且七十子之徒，仲尼獨薦顏淵爲好學。然回也屢空，糟糠不厭，而卒蚤夭。天之報施善人，其何如哉！盜蹠日殺不辜，肝人之肉，暴戾恣睢，聚黨數千人，橫行天下，竟以壽終。是遵何德哉！若至近世，操行不軌，專犯忌諱，而終身逸樂，富厚累世不絕。或擇地而蹈之，時然後出言，行不由徑，非公正不發憤，而遇禍災者，不可勝數也。余甚惑焉，儻所謂天道，是耶非耶？[162]

他的觀點，不惟與前朝史書專記官方的、當朝的觀點有極大的不同，書寫於他不僅是記史，甚至可以論史。其獨特的史觀，不只侷限在傳主有無世間的功動，更將其人其事、值得採入歷史之處加以直書。因此，《史記》可以說是用「史」作爲「形式」，「書寫出一個令古人再次存活／不朽的歷史世界」[163]

《史記》特出的的書寫形式，在中國的史學與文學領域裡，同時開闢出了兩條元素相同，形式卻大異的路徑：一是紀傳體例爲後世史家沿襲遵從，臧否亦隨之相習；二是其洗鍊生動的文字，與述情繪景的魅力，令人讀史如觀看傳奇故事，人事興衰，人情淒喜，全包含其中，史載與小說的界限在此模糊不清。《史記》對後世講史演義的影響，可謂大矣。甚至在經過講史、演義，歷史小說千年的演化後，我們在高陽的小說中仍清楚看到司馬遷《史記》的痕跡。如《史記》〈刺客列傳〉寫荊軻爲太子丹所感，獻計入秦刺殺贏政，欲借秦國來降將軍樊於期首級，以爲入秦台階，於是，荊軻面見樊於期，並以言語相激。原文如下：

> 荊軻知太子不忍，乃遂私見樊於期曰：「秦之遇將軍可謂深矣，父母宗族皆爲戮沒。今聞購將軍首千金，邑萬家，將奈何？」於期仰天太息流涕曰：「於期每念之，常痛於骨髓，顧計不知所出耳！」荊軻曰：「今有一言可以解燕國之患，報將軍之仇者，何如？」於期乃前曰：「爲之奈何？」荊軻曰：「願得將軍之首以獻秦王，秦王必喜而見臣，臣左手把其袖，右手揕其胸，然則將軍之仇報而燕見陵之愧除矣。將軍豈有意？」樊於期偏袒搤捥而進曰：「此臣之日夜切齒腐心也，乃今得聞教！」遂自刎。[164]

司馬遷言游俠之「其行雖不軌於正義，然其言必信，其行必果，己諾必誠」，荊軻之承諾於燕太子丹，欲救燕國於水火，並以同樣的信念相激於樊於期，此等行徑說是言行必果，倒不如說是荊軻以一種游俠心氣與樊於期相激盪，而這種激盪所必須付出的性命代價，可能爲世人所不解，卻正是俠之所以爲俠的支點所在。

此等俠行顯然也爲高陽所欣賞，高陽《荊軻》書中同樣描述了這段情節，且大有因襲摹寫之狀，如下：

> 於是，他硬一硬心腸說：「贏政購將軍的首級，金千斤，邑萬家，而燕國收容將軍，奉為上客，此明明是與秦為敵。雖有督亢地圖，何足以取信於人？」
>
> 「不錯，一點不錯！」樊於期朗然相答，同時臉上出現了極堅毅、欣慰的神色；兩手一擄葛衫的袖子，露出枯瘦的手臂，用左手不斷摩挲著右腕，依舊是雄風猶昔、躍躍欲試的勇者的姿態。
>
> 荊軻心中又安慰、又淒惶！他知道的，只要他一句話，或是一個暗示，樊於期立刻會有所動作。這一刻間，可判生死，關係太重大了，他必須作一次最後的考慮，看看此舉是不是必要的？
>
> 就在荊軻這思前想後，茫然莫辨善惡是非之際，樊於期卻等不得了，身子往上長了長，再恭恭敬敬地拜了下去，以蒼勁沉著的聲音，徐徐說道：「倦鳥知還，落葉歸根，樊某該走了；就此告別吧！」[165]

高陽曾自言寫作風格受《史記》、《漢書》、《三國志》、《新五代史》、《明史》的影響，吸收這五部史書的手法主要在於「刻劃人物，各有面目」。[166]身為一個出色的歷史小說家，高陽顯然頗能掌握《史記》敘人敘事精華的個中三昧，《史記》之開後世講史演義先河，亦極顯見。

班固《漢書．司馬遷傳贊》裡稱司馬遷的《史記》是「善序事理，辨而不華，直而不俚。其文直，其事核，不虛美，不隱惡，故謂之實錄。」[167]實錄記史，仍是史官的第一職志，司馬遷著《史記》雖別開蹊徑，然而，對於非文人，甚至是識字程度頗為有限的更多數人而言，即使是已然質樸的「列傳」，仍有不夠「白」，不夠「俚俗」的問題存在，更何況是根本不識字的廣大階層。然而，這些民族共同的歷史素材，他們記錄著共同的興替記憶，一樣的情感機制，原本是最容易喚起閱讀興趣的，但是，當它以文人決定的形式出現，這樣的形式顯然只能是「歷史」，而非一般市民階層容易親近的方式。

「歷史」如何找到一個使人容易親近的方式？「歷史」要透過什麼樣的形式，能讓人們理解，甚至閱讀。

魯迅說：「俗文之興，當由二端，一為娛心，一為勸善。」[168]。百姓需要工作後的娛樂，這是通俗文學興起的原因，因此，口傳文學總有其傳播途徑。文學史上從來不忽略唐代敦煌變文對後代小說的影響，它可講可唱，正符合一般大眾的需求，它可白可文，且憑說者需要，這樣的說唱形式，以一種奇麗的想像與獨特文體吸引著聽者。於是，它一步步地走出寺院，甚至是佛教的範圍；故事內容亦不限於佛教教義（如〈降魔變文〉、〈目連變文〉等）；它的講述範圍擴大，更加入歷史故事，民間傳說等，如〈伍子胥變文〉、〈孟姜女變文〉等。

由此，可以肯定「歷史」在民間的共通性是很大的，它所欠缺的，是某種傳播的媒介，當限制被突破，講史故事便快速地在通俗小說的門類中占有一席之地。因此，當宋代瓦肆勾欄的說話技藝獲得興盛發展，當其他靈怪，或傳奇內容仍在找尋說故事的方式時，所謂「講史書講說前代書史傳興廢爭戰之事。最畏小說人，蓋小說者能以一朝一代故事頃刻間提破。」[169]（耐得翁《都城紀勝》）的講史故事便已成為專門一類；宋末元初羅燁的《醉翁談錄》記述了這段景況：

> 有靈怪、煙粉、傳奇、公案，兼朴刀、桿棒、妖術、神仙。……也說黃巢撥亂天下，也說趙正激怒京師。說征戰有劉項爭戰，論機謀有孫龐鬥智。新話說張、韓、劉、岳；史書講晉、宋、齊、梁。三國志諸葛亮雄才；收西夏說狄青大略。[170]

可知在當時，講史已成專門的門類。當印刷普及，又有適當的文人介入，提供較佳的閱讀文本時，《新編五代史平話》、《宣和遺事》、《武王伐紂書》、《樂毅圖七國春秋後集》、《秦併六國平話》、《平話前漢書續集》、《平話三國志》等平話書籍的出現。

由此史傳與講史的基礎，《三國演義》的出現，顯然標誌著歷史小說的發展到此已晉成熟。它文不甚深，言不甚俗；不像講史平話那樣存在口語的言辭鄙謬，人們容易閱讀，又有極高的文學價值，在明代中葉以後，帶動了一股歷史演義的風潮[171]，以漢末三國的歷史爲中心，上推至盤古開天，下至各朝各代，都有演義，甚至在民國初年，五四新文學運動已是風起雲湧之際，我們還能看到《兩晉演義》、《雲南野乘》、《洪秀全演義》、《吳三桂演義》等與古典演義小說無甚差別的本文，在通俗市場上流動。

明弘治年間人蔣大器，在〈三國志通俗演義序〉中曾經分析歷史與野史平話不如通俗演義的地方，他說：歷史著作「理微義奧」，故「往往舍而不顧者，由其不通乎眾人」；而「前代嘗以野史作爲平話，令瞽者演說，其間言辭鄙謬，又失之于野。士君子多厭之。」，因而比較出演義的優點，即在於「文不甚深，言不甚俗，事記其實，亦庶幾乎史。蓋欲讀誦者，人人得而知之，若《詩》所謂里巷歌謠之義也。」[172]明人袁宏道在蔡東帆所著的〈東西漢通俗演義序〉亦提到鄉里中有人「每檢十三經或十一史，一展卷即忽忽欲睡去。」[173]演義補平話之俗，又較嚴峻正史爲人所接受，這兩點的確是演義小說所以能迅速崛起的原因。

「對當代歷史的角度來說，大多數中國的正史都是枯燥難讀，不過如果就史料而言，這些卻都是非常優秀的史料。除中國以外，沒有任何國家能將這兩千多年來各掌權者的在位年月，大臣和重要官僚等人的事蹟，做如此詳盡的記錄。」[174]這些時間跨度長達千年的正史，不說今日來看較枯燥難懂，除非有專門興趣，在閱讀上亦較少趣味。如同麥克．史丹福（Michael Stanford）：《歷史研究導論》中所敘述：「史家將己身知識化爲文字或其他符號，以便將往昔轉成言語式的展現。但是切記，就描述一次戰役、一次航行、一回革命言，字句所能不及畫筆和顏料。字句不能表徵血液、洶湧海洋，或憤怒人群。因此言語式展現即需求讀者能有大量作爲。」[175]史料記錄了民族共同的生活經歷，一般的市民階層，正苦於不知如何讀史、懂史；講史、演義的出現，恰正提供人們一條親近歷史的路徑。演義將正史通俗化，趣味化。講史平話的說話人擁有舌粲蓮花的魅力，能講歷史恍如現世；歷史演義創作者將講史書面化，使得「歷史」有更佳的傳播途徑，不只能聽，也能看。從袁宏道話中，可以看出演義與講史是如何在市井與小民之間，將僵硬不易親近的歷史普遍化，如下：

> 今天下自衣冠以至村哥里婦，自七十老翁以至三尺童子，談起劉季起豐沛……光武中興等事，無不能悉數顛末，詳其姓氏里居；自朝而暮，自昏徹旦，幾忘食忘寢，聚誦之不倦。（〈東西漢通俗演義序〉）[176]

講史與演義在傳承過程中，配合聽者與觀者的需求，更動了歷史的某些本質性觀念與情節。透過這些更動，我們可看出文人載史的意圖與民間期望的不同。

以《三國演義》爲例，它繼承了宋元講史留下的底本《平話三國志》的框架，後者開宗明義寫了一則「司馬仲達斷獄」事：武帝時，一名秀才被請到陰間去審理西漢初年誅殺功臣的冤案，他斷韓信、彭越、英布轉世爲曹操、劉備、孫權，高祖、呂后則托生爲獻帝、伏后。（這個事也曾被收入馮夢龍的《古今小說》卷三十一）。它借用歷史巧合與因果報應之說等民間慣用解釋，來對歷史做了一次翻案文章，在當時的說書市場，可能頗爲流行。到了羅貫中手上，則將此一托生轉世說棄而不用，改爲一首卷頭調：古今多少事，都付笑談中。既融入了歷史的悲涼感，又演繹了一套「天下大勢，分久必合，合久必分」的哲學，於歷史的循環中加入天理運行，非人力所能左右的宿命論，一開始就將全書基調完全確定。再者，觀看位置的選擇，則將正史上獲得正統的曹魏一族，刻畫爲負面角色，而始終居於劣勢的劉備，則形塑其弱勢且悲劇的命運走向，不僅將天降神兵式的諸葛亮，並天下民心一併都派給了他。這種崇劉抑曹的態度，與歷史的正確，顯然有極大差距。蘇東坡的《東坡志林》曾記載了當時民間聽說書時的反應：「塗巷中小兒薄劣，其家所厭苦，輒與錢另坐聽說古話，至說三國事，聞劉玄德敗，顰蹙有出涕者，聞曹操敗，即喜唱快。以是知君子小人之澤，百世不斬。」可知當時民間講史評話之崇劉，與正史已有分別。這種敘事文本的出現，意味著民間對歷史的描寫有了眞相、或者說是焦點的轉移。陳壽的《三國志》共六十五卷，魏占三十卷，吳占二十卷，蜀僅得十五卷。到了《三國演義》中情形有了極大轉變，百二十回回目中的二百四十個對句，有一百四十個對句直接關係著蜀王、蜀將和蜀事，共占了全書比例百分之六十左右[177]。也就是說，從正史《三國志》到演義體的《三國演義》，從曹魏正統到三國鼎立，敘事中心的轉移，巧妙地更易了文人敘史的觀點，一部《三國演義》自元末迄於今日，民間對蜀國，對劉備悲劇宿命給予同情，從未改變。

《三國演義》更動正史之處，不僅僅是敘事中心的轉移；許多虛實情節的添加與渲染，更形成了對歷史眞相的直接干擾。如四十四回的「智激周瑜」，史卷未載。《三國演義》吸取元代平話的情節，加以渲染成蜀、吳兩國軍師鬥智的開端。書中寫諸葛亮欲使周瑜主動提出聯合抗曹的主張，便用曹操垂涎二喬美色，造「銅雀台」以待美人事相激，恐周瑜不信，又舉曹植所寫〈銅雀台賦〉

爲證，心高氣傲的周瑜果然大怒，結果全如諸葛亮所料。

這段情節突出了幾件事，一是諸葛亮之神算；二是淋漓盡致地創作出一個風流倜儻、才智雙全，卻氣量狹小的周瑜形象；三則是虛構了銅雀台藏二喬之事。根據史載，曹操於赤壁之戰後二年建銅雀台，其子曹植又建議於兩邊建造玉龍台和金風台，「更作兩條飛橋，横空而上」，爲此埋下該書援引的伏筆，加上諸葛亮以「橋」作爲喬的諧音，巧妙串連二事，使得讀者觀看時，只顧過癮叫好，並不會思考到有無違逆史實的問題。另舉一例，如四十六回的「草船借箭」。史卷亦無其事，元代的平話寫周瑜掛帥出兵，與曹操在江上相遇，曹軍放箭，周瑜軍隊藉機接滿箭枝而返。並非如《三國演義》所描寫，將草船借箭一事都涵括入諸葛與周瑜鬥智的謀略中。小說寫得行雲流水，使得情節印象深入民心，成爲寓意飽滿的單一情節，是否與正史相違，似乎也不是那麼重要的事了。

由以上三例來看，講史、平話、演義、歷史小說的出現，原本就承載了民間豐沛的生命力與想像力。因此，對於此類通俗小說的期望，自然與文人記錄歷史的態度不同。史家實錄的態度，是不容許他們朝演義虛構的方向靠近的；且中國文人強烈的使命感，在史家身上總表現得特別深刻。司馬遷即使身受宮刑，都未能改變他著史的決心。史家往往將「史」視爲他們上通於天地的表徵，因此，他們不須討好各有喜好的群眾，而是以有形的生命直接去面對歷史的浩瀚長河。他們儘可能留下的實錄，包括鉅細靡遺的眾多書、表、起居注、言行錄，甚至是大量的考古資料，對於後世的歷史小說家而言，無疑恰恰提供了一座「回溯」及「擬眞」的寶庫。高陽逝世後，家屬將其藏書捐贈國家圖書館，我們看到眾多史料相關書籍，這正是前代史家留給後人的無盡寶藏。

齊裕焜及歐陽健所主編的《中國歷史小說通史》一書，整理了「歷史小說」與「歷史」的不同處，可以作一個參考：

一、歷史演義應忠實於歷史，只是把歷史通俗化、條理化；並對歷史起演繹補充作用，增加其生動性，可讀性。

二、歷史小說傳播歷史知識，總結歷史經驗，但應當允許藝術虛構。[178]

歷史與歷史小說的反覆辨證，正是本文企圖做到的，二者之間的包裹、覆蓋關係也絕非上述一二條列可簡單敘述，但可以知道的是，歷史記載絕對是文人意識的呈現；而民間對於「歷史」的陳述，則往往加進了更多的天理循環、善惡昭彰等人性的情感因素，所以，在演義，在歷史小說中總不乏忠孝節義、英雄本色，這正是看盡陰晴圓缺，每日柴米油鹽，笑看歷史卻無力回天的老百姓，對「歷史」的需求與想像。

麥克．史丹福在其《歷史研究導論》中的一段話，頗能說出歷史演義的廣泛流傳，確在某種程度上使得「歷史」在民間廣泛流傳，進而存活了歷史，而非僅在史書中，如下：

傳統歷史教育要塞入兒童記憶的東西，即是視爲國史骨幹的基本事實，通常只是統治者、英雄人物，以及戰役的名單。這些事物是否能代表國史？即如晚近一位政治人物的辯詞，其中說每一個英國孩童都應當知悉一八八八年賣火柴女孩的罷工，而非知悉一八一五年的滑鐵盧戰役，難道這不是更重要嗎？他無需憂慮。除非歷史史實能置之於更見廣闊而深入的脈絡之中，否則，即會變得無意義，不久就會遭人遺忘！[179]

二、歷史敘述者的身份及位置

是誰在敘述歷史？

E.H.Carr曾強調：「史家必然無法自絕於自身時代的景況與利害。」他視歷史猶似一「移動中的遊行（moving procession），史家並非立於觀禮台上，而只是另一名不受注意的人物，沿著遊行隊伍另一部份漫步。當遊行隊伍蜿蜒前進，甚至迴轉時，其中不同部份間的關係都在不停轉變」。因此，「史家是歷史的一部份，他在遊行隊伍中站立的那一點，決定了他觀察往昔的視角。」[180]也就是說，幾乎所有人類舉動，無論是說、寫、畫，抑或構築某樣東西，都必有其所處時代及位置的影響，也必然有其意義。

以往，我們看待正史的角度，如前段文字所述，史官因爲所記錄的內容多半爲帝王的言行舉措，因此，我們看待正史也多半採用一個仰視的角度。這些史官沒有特出的姓名，或是特出的性格，他們似乎只是某朝某帝的附屬品。但是，《史記》的出現，讓人一新耳目。司馬遷特殊的人生際遇，以及他於《史記》中透露出的寄託感慨，我們清楚感受到史官作爲一個敘述歷史的人，他其實和他所記錄的人物一樣，有其人生起伏，他絕對不可能處於一個完全清明、完全中立，且毫無喜怒癖好的觀禮台上。更何況是「歷史」這個元素，在民間輾轉變化，民間的生命力、民間看待歷史的角度，必定與在位者有很大的不同。這些以歷史元素作爲創作題材的小說家，他們就如《文心雕龍．神思篇》所寫，是「身在江海之上，心在魏闕之下」，他們不僅僅是有識字基礎的百姓，倘若我們仔細比對其身世與作品，則會發現，他們多是於政治上未獲得賞識，有志難伸的苦悶文士。因此，這些歷史敘述者所記載的史，和統治階層立場有無二致？他們筆下所敘述的歷史通常較為邊緣，甚至是帶有抗議性質的敘述；當他們對歷史作敘述的同時，是不是不可避免地夾帶了許多自身的憤悶、認同或悲喜？這些於文本中可窺一二的情緒，又透露出這些記錄歷史或創作歷史小說的作者的什麼訊息？哪些意識，或表顯出什麼特殊的時代意義，以下分別敘述之。

歷史的撰述者

是誰在記述歷史，就官方制度而言，中國歷史的記述者，是史官，他們擁有文字的使用權，世代為業，實錄是他們的責任，所以我們看到如春秋戰國的諸侯國繁立，各國皆有史的記載，這類的史呈現什麼樣的現象？

司馬遷曾表白自己為什麼要寫《史記》？說是為了「究天人之際，通古今之變。」光是這個意念，就使得司馬遷自眾多面目模糊的史官中拔擢而出。他六歲隨父親誦讀於史官任上；二十歲至二十一歲時，遨遊大江南北；三十三歲開始，先後扈隨漢武帝出巡、封禪三次；四十二歲起著太史公書；四十八歲因李陵事受腐刑，於獄中仍繼續著太史公書；五十五歲，書成。從史書的繼承來看，司馬談、司馬遷父子修史的目的，是在承續孔子的志念。孔子修《春秋》不單只在整理史，更在藉此以寄託自己的政治抱負，並通過對史的褒貶來表達自己對各國政治的看法，史馬遷的《史記》則承襲了這個傳統。[181]

就觀察者的位置而言，《史記》作爲一本記史之書，最特別的地方，在於書中大量存在的「太史公曰」。作者藉此直接或間接地傳達自己的意念，透過這些文字，我們看到，司馬遷作爲一個長時期伴隨在君王身傍的史官，他筆下的歷史，充滿個人的意識，這些意識絕對不是平和的，司馬遷在〈魏豹彭越列傳贊〉及〈季布欒布列傳贊〉裡稱此等英雄因爲有更高的志向，故「受辱而不羞，欲有所用其未足也。」，盛譽其忍辱負重精神。司馬遷受李陵牽連，遭漢武帝處以腐刑，這對一個有氣節的士大夫而言，無疑是一個極大的恥辱，但他仍舊完成《史記》一書。其內心對於天道、權勢、善惡的反省，充滿了掙扎，甚至是憤怒、不平的。以〈屈原賈生列傳〉、〈太史公自序〉爲例，文字如下：

離騷者，猶離憂也。夫天者人之始也；父母者人之本也。人窮則反本，故勞苦倦極，未嘗不呼天也；疾痛慘怛，未嘗不呼父母也。屈平正道直行，竭忠盡知以事其君，讒人間之，可爲窮矣！信而見疑，忠而被謗，能無怨乎？屈平之作離騷，蓋自怨生也。（《史記．屈原賈生列傳》）

昔西伯拘羑里，演周易；孔子厄陳蔡，作春秋；屈原放逐，著離騷；左丘失明，厥有國語；孫子，而論兵法；不韋遷蜀，世傳呂覽；韓非囚秦，說難孤憤；抵聖賢發憤之所作爲作也：此人皆意有所鬱結，不得通其道也。（《史記．太史公自序》）

司馬遷之爲屈原抱屈，難道沒有自況的意味在內？他舉西伯侯，舉孔子、左丘明、呂不韋、韓非等，「皆意有所鬱結，不得通其道也」，難道沒有自比前賢的寓意在內？如果有怨、有所鬱結，他所怨的對象，當然是對在上位者。〈高祖本紀〉寫到：「秦政不改，反酷刑法，豈不謬乎？故漢興，承敝易變，使人不倦，得天統矣。」，至惠帝高后時，君臣休息無爲，故「天下晏然」，而漢興四十年，文帝「德至盛也」；國計民生出現未有的繁榮富庶景象，開創所謂的「文景之治」。但是，武帝後期，一切又重回秦末之亂象，原因何在？司馬遷對於漢武帝之窮兵黷武、濫用民力，使用酷吏、搜刮民財，顯然頗有非議。漢武帝以文治武功著稱於世，然而《史記．孝武本紀》對此隻字未提，更無頌揚，滿紙所書，皆是武帝迷戀鬼神、封禪的記錄，其不言之喻、不寫之寫，清楚可見。由此觀之，司馬遷作爲一個史官，他觀看上位者的眼光，是帶些批判，甚至怨懟的。發而爲文，《史記》較之前朝史書，顯得稜角四出，相對的，史書的面貌亦顯得立體特出。

倘若我們再對照一兩位歷史演義的創作者他們所站的社會位置，就可以清楚知道，一個敘述者的身分與位置不同時，其筆下會自動發出怎樣的意在言外的聲音。比如《三國志》作者陳壽與《三國演義》作者羅貫中。

羅貫中，生於元末明初，經歷過元末的社會動盪及現實的紛爭，自號「湖海散人」，一生雲遊四海，曾間歇地與「有志圖王」的起事霸主共事，但多無疾而終；一生以民間說話爲底本，創作出許多歷史演義，他的小說、戲劇作品多以「亂世」爲題材，中國歷史上有七個分裂的時代，在羅貫中作品裡，就出現了三個。他終其一生都在中下階層遊走，自述從事小說創作的目的，一方面「無過於洩憤一時，取快千載」；一方面，則是爲了改變當時話本的弊病，提供一個較佳的說話底本。因此，羅貫中稱得上是一位有意識從事歷史演義創作的文人，他的作品，與他的社會關懷結實相扣。從他的書裡，看不到一個高高在上，實體清楚的在位者，因爲他從不是一位技術官僚；在小說中，他明確主張尊劉抑曹，讚揚劉備的仁心仁政，相對的貶抑曹操之暴君暴政；但歷史的眞實明明是曹家天下，他所傾慕的世界顯然未能實現，因此，他發出如下感嘆：「紛紛世事無窮盡，天數茫茫不可逃。鼎足三分已成夢，後人憑弔空牢騷。」[182]這個感嘆與他自己在《三國演義》起頭，極大氣、極高闊的一番歷史流轉論，顯然產生了齟齬。《三國演義》一開頭的〈臨江仙〉說道：

> 滾滾長江東逝水，浪花淘盡英雄，是非成敗轉頭空。青山依舊在，幾度夕陽紅。
> 白髮漁樵江渚上，慣看秋月春風。一壺濁酒喜相逢。古今多少事，都付笑談中。[183]

什麼是天數？什麼是是非成敗？羅貫中說天下大勢，分久必合，合久必分。若是對於這些，他都了然於心，又何出「是非成敗轉頭空」這樣幻滅的喟嘆呢！成王敗寇，這是羅解釋不了的問題，所以只好說「古今多少事，都付笑談中」了。這其中，說羅貫中是以知識文人的位置來支援民間創作，倒不如說，《三國演義》書中充滿著民間意識。這是因爲身處在朝代與朝代接替的文人，在他們的亂世體質中，根本無法產生對某一君主的效忠或是恨鐵不成鋼的憤悶，原來這些認同，必須是在一個安定的政權下才會產生的。所以，羅貫中筆下顯露的是民間的處事哲學，民間的期待；書裡的英雄，是關羽，是張飛，是動亂頻傳的世局中渴望天降神兵的小老百姓心裡的期望。這和終日與帝王長相左右的史官，立足點完全不同。

《中國歷史小說的藝術流變》一書中，曾將歷史演義中描寫最多的議題，作一個整理，的確可以清楚地看到歷史小說家最關懷的焦點是什麼？

> 對歷史興亡的反思和喟嘆。
> 對忠奸爭鬥的感憤和憂患。
> 對家破國亡的哀痛和沈思。[184]

雖然該書的整理，並沒有準確的數據，但是，從《三國演義》到《楊家府演義》，從《隋唐演義》到《東周列國志》；從歷史演義的初興期，到歷史演義的衰蛻期[185]，作品中最常包含的元素，的確都少不了以上三項。但是，假若我們仔細察看這三個焦點，不難發現一個有趣的現象：即是，這是什麼人關心的焦點？就每日只顧吃飽穿暖的老百姓而言，農閒之餘、收工之餘，聽聽說書，講講各朝各代的黑臉白臉，和自己生活中遭遇的善惡訣詐相投射，可能會是有趣的事；而朝代興亡，各有物是人非的不同感受，的確也是共通的民族經歷。但是，對於「歷史興亡的反思和喟嘆」，和「家破國亡的哀痛和沉思」兩項，只怕文人的感受會遠遠超過庶民百姓。因爲，這兩樣其實是一而二的加成作用，身處國破家亡的歷史遽變中，便加深歷史興亡的感嘆。對於文人而言，一個改朝換代，意味著權力結構的全面性重組，既是權力結構的重組，便有得志、不得志的人生際遇。當一個不得志的文人，藉由民間說話的舞台（不論是講唱，或是書面創作），重新拾掇演出的曲目時，自己最熟稔的君臣互動、朝廷內鬥、閹宦黨爭、流寇竊國等，文人最關注的題材便以前朝前代的變貌出現了。只是，爲了顧全較廣泛的聽者閱者，書裡仍大量地使用簡單的敘事邏輯，民間的愛恨瞋癡，甚至是民間天理循環的宗教信仰，但是，文人的關懷與關注的焦點，還是無可避免。

倘若，我們將高陽眾多的歷史小說的題材，拿來詳加比對，是不是也可以看出，高陽作爲一個歷史小說的創作者，他關注的焦點何在？高陽世家出身的背景，先人累世爲官，家族成員任職於清代官僚體系可謂密密層疊，無疑是一個長期貼近統治階級的家族。在他的小說中，以清代爲題材的，即占有總數的一半以上，若再加上，以先秦爲題材的《荊軻》到民國的《小鳳仙》、《玉壘浮雲》，可以說是全數都脫不了官家色彩，即使是述情爲主的《緹縈》、《王昭君》、《李娃》等，亦是如此。作家身分和位置，強烈體現在作品題材上。筆者甚至認爲，高陽作品裡，即使也論及清幫、漕幫等民間幫會組織，但充其量不過是官僚系統的另一種延展，高陽作品裡明顯坍塌了一塊庶民階層，原因就在於他根本不熟悉這個階層。

歷史小說家借用歷史的方法之方式與目的

歷史演義的創作者在作品中流露出主觀意識，這個意識顯然不同於史載的官方說法。因此，在歷史演義作品裡，不只在意識上，夾揉了許多的民間的期待，在寫作手法上，和史書注重歷史因果、必記重大事件的編年紀事體例，亦有極大的不同。但是同樣以非史書方式來創作歷史小說，有的作家便能符合民間的閱讀模式，達到其寓教於樂的效果；也有一派作家，即使創作演義，也要求忠於「史鑒」，作品便呈現一種不類史又不通俗的面貌，以下分述。如前者在處理的手法上，便有以下幾項特色。

(1) 取悅聽衆

鄭樵《通志》卷四十九的《樂略》說，說書人「于史籍無其事，彼則肆爲出入。……顧彼亦豈欲爲誣罔之事乎？正爲彼之意向如此，不得不如此，不說無以暢其胸中也。」這段話說明了說書人「簡略地」引經據典，且隨意出入，用意恐怕不在於非如此，無以暢其胸中，最大的原因，還是在取悅其衣食父母——「觀眾」。所謂「一言而包盡良相之大功，一筆而揮全英雄之事蹟」[186] 爲了吸引聽眾，說書人不得不移接市井小民的期待，以簡略普及的歷史常識，加上未必詳實的野史、傳說、雜記，補以虛構、想像，生動活潑的完美演出。既顧全滿足聽者的娛樂需要，另一方面，又稍稍引經據典，增加敘史的眞實性，而究竟虛實比例如何分配，也就無法深究了。

⑵擷取精華的時期與人物來加以描寫，無暇顧全全史

說書人爲了吸引聽者，不可能給予聽者完整的歷史圖像，只得由某一朝某一時期中擇取最爲精華處，也就是最易於著力之點來加以描述。於是，「演周事則武王伐紂，前七國則樂毅圖齊，前漢則劉項爭雄、呂后斬韓信，後漢則王莽竄漢，光武中興，三國則側重蜀事，於魏吳之事，語焉不詳，新話則梁山泊聚義與岳家軍抗金，罕見有演全史以求完備者，多半都是以改朝換代爲背景，以興廢爭戰爲中心」[187]（大型的全史演義要到歷史演義發展極盛，且以書面流傳時方才出現）。大題小作，原是使焦點不致潰散的最佳良方。演義作家愛取材動亂時代，亦與其大可抒發歷史的蒼涼感，近則可述悲歡離合有關。但如同芸芸眾生一般，畢竟英雄屬於少數，歷史的精彩，亦非每頁皆是。長久發展下來，歷史演義關注的題材就不出三國，不出宮廷。時至今日，舉辦已經兩屆的「羅貫中歷史小說獎」，得獎名單中，仍是《莊子》、《洛神》、《桓溫》等[188]，大家耳熟能詳的著名歷史橋段。

⑶運用民間的道德觀念、是非善惡來褒貶歷史事件

歷史平話之「平」，大有評論的意味在。《大宋宣和遺事》開頭的一段話頗能表述這個現象，文字如下：

> 茫茫往古，繼繼來今，上下三千餘年，興廢百千萬事，大概光風霽月之時少，陰雨晦冥之時多；衣冠文物之時少，干戈爭戰之時多。看破治亂兩途，不出陰陽一理。中國也，君子也，天

> 理也，皆是陽類；夷狄也，小人也，人欲也，皆是陰類。陽陰用事底時節，中國奠安，君子在位，在天便有甘霖慶雲之瑞，在地便有醴泉芝草之祥，天下百姓享太平之治。陰濁用事底時節，夷狄陸梁，小人得志，在天便有彗星日蝕之災，在地便有蝗蟲飢饉之變，天下百姓有流離之厄。這個陰陽都關係著皇帝一人心術之正邪是也。189

作者起始，就用了大氣象，將繼往開來的三千年時光，輔以陰陽開闔之理，將百代興廢現象都涵括而進，彷彿筆下要有一番論評，但是，兜了半天，竟將陰陽治亂之理，都歸到皇帝一人身上。這樣簡單的邏輯推演，不論作者有無意識去比對民間慣用的思考模式，它都是一個符合「天子即天」萬民朝聖的政治社會現況的邏輯模式，因此，不須有複雜的說服過程，一般聽眾就能很快接收，並進入聽講程序。於是，所有的歷史都變得簡單了：商紂是壞人，武王是好人；秦始皇是獨夫，荊軻是英雄……。幾千年的中國歷史變成一套善惡黑白、可重複可輪迴的簡單敘事模式。

⑷自覺地使用市井眼光，描寫帝王將相

正史中一板一眼的帝王將相，在歷史演義中多半會帶有民間味（原是出身草莽、或民間的帝王將相更爲可親）。這類現象在講史平話中特別明顯，如諸葛亮在歷史上的記載，是「躬耕於野，不求聞達」，到了《三國志平話》，則被曹操、夏侯惇、孫權、周瑜等，動輒稱其爲村夫、牧牛村夫、諸葛村夫等，甚至同一陣營的張飛也挑釁：「牧牛村夫豈能爲軍令！」當然，這個形象在《三國志》及《三國演義》被修改成爲雍容儒雅的名士風度，但可想見，歷史上最機算神妙的諸葛孔明，被描述成村夫樣貌時，對於大多數的聽者而言，是如何的備覺可親，且必會期待自己「有志者亦若

是」，這是一種起而效尤的鼓勵作用。又如《五代史平話》裡的開國皇帝，他們在未發跡前，簡直是混跡下層的無賴、流氓。如後梁的朱溫，自小「不肯學習經書，專事遊手好閒，平常間吃粗酒，使大棒，交遊的是豪俠強徒，說的話是反叛歹事。」[190]多麼鮮活的地痞形象。後漢的開國皇帝劉知遠，更是無賴，他七歲父死母嫁，「頑劣不聽教誨，終日出外閒走，學習武藝，使槍使棒，喫酒賭錢，無所不作。」[191]這樣的小市民形象，很容易引起聽者共鳴，並生出勵志的效果，無怪《醉翁談錄》上說，當時的講史藝人，喜歡「發跡話，使寒門發憤」[192]。如此一來，帝王將相藉由講史演義的演出，不再高高在上，而是有血有肉，有生命的凡人。這完全是一種切合民間期待的方式。

(5) 善用跌宕起伏，驚險曲折的情節

《中國歷史小說的藝術流變》一書裡將平話《樂毅圖齊》慣用的句子整理出，如下：

1 怎生結束，看帝性命如何？
2 齊王性命如何？
3 看田文公子性命如何？
4 看齊愍王性命如何？
5 看勝敗如何？
6 看這兩個勝敗如何？
7 四國肯回兵麼？
8 看燕王捉得齊王麼？

9兵將是誰？
10來的兵將是誰家兵？
11未知齊王性命如何？
12救者是誰？
13孫子性命如何？
14看破得麼？
15看出得來麼？
16敗者是誰人？
17袁達趕得迭麼？
18看袁達怎生出得去？
19這回且看樂毅捉得袁達，袁達捉得樂毅？……[193]

只見得一字一句，都在勾引起聽眾的好奇心，當好奇心被引發時，再停頓片刻，復引起想像，如此一來，整個聽說書，或看平話的過程，便顯得偵探味十足。且說書人不只吊胃口，如上《樂毅圖齊》的焦點，全在兩軍征戰，雙方鬥法，說書人並將場面描述得刀光火影，驚心動魄，整場說書簡直熱鬧誇張得極富戲劇性。這些完全是通俗文學往觀眾靠攏的極致表現。

以上所說的是民間演義作家，既使用歷史素材，又向民間吸取生命力的種種方式。但是，也有一派歷史演義創作家，在創作時堅持忠於史實，且強調歷史編年的權威性。如蔡元放的〈東周列國志的讀法〉一文，評《列國志》是「有一件說一件，有一句說一句，連紀實事也記不了，哪裡還有功夫去添造。故讀《列國志》，全要把作正史看，莫作小說一例看了」[194]又如熊大木編寫《唐書志傳通俗演義》時，除少量材料取自民間的講史外，全按《資治通鑑》順序，編纂而成。且每卷的開頭，一定標明「按唐書史實節目」等字，行文中又加「按」、「按史」、「按唐史」等提示語，這樣的方式，說是將演義作爲傳播歷史的工具，其實是爲求史實，完全將歷史演義的通俗性抹煞而去，味同嚼蠟。

創作歷史小說的動機

爲什麼這麼多的創作者，孜孜矻矻於歷史小說的傳播歷史，或教化百姓的功能呢？紀德君在《中國歷史小說的藝術流變》裡特闢一章，寫「歷史演義小說家的創作思想」並不斷提問爲何如此熱衷創作這種汪洋百餘回的大部頭呢，難道僅僅是爲了賺錢嗎？」，他並歸納了小說家創作歷史小說的動機？如下：

一傳播歷史知識，牖啓「閭巷顓蒙」
二翊揚道德教化，鼓吹勸善懲惡
三抒泄憤悶不平，寄託政治理想
四還有一類歷史小說，根本是作者用來攻擊他人的工具。[195]

由這些動機來看，我們當然可以說，歷史演義作家所以如此孜孜矻矻於借歷史來向讀者灌輸想法的原因，在於他們的道德自覺及社會責任感。

因此，也可以得到一個論點，即越投合觀眾的，離史越遠的，其敘述歷史的神聖感越低，反之，則是越有其企圖的。但是，這個論點是不是也同樣的在告訴我們，這些從事歷史演義創作的小說家們，根本性地，未能徹底卸下自己知識份子的身分，即使不在政治的主流上，不是寫史，其瞻望的眼光還是朝著嚴肅地著書立業等不宿功業看齊，這是一個值得觀察的現象。知識份子自覺負有社會責任，這個現象一直到清末民國，都未曾改變。

為歷史調焦

魯迅在《中國小說的歷史的變遷》書中，說到：

> 傳奇小說，到唐亡時就絕了。至宋朝，雖然也有做傳奇的，但就大不相同。因爲唐人大抵描寫時事；而宋人則極多講古事。唐人小說少教訓；而宋則多教訓。大抵唐時講話自由些，雖寫時事，不至於得禍；而宋實則忌諱漸多，所以文人便設法迴避，去講古事。加以宋時理學極盛一時，因之把小說也多理學化了，以爲小說非含有教訓，便不足道。[196]

這裡提到了一個很重要的觀點，便是歷史小說的「調焦」作用。前文提到，歷史敘述者，若是爲在位者代言的史官，則敘述觀點，多與上位者一致。然而，是不是成爲一位歷史小說的創作者，其決定權與主動權，卻在小說家身上。因此，選擇敘事腔調，也全由自己決定。然而，不論創作目的是在寄託懷抱，或托言政治理想，恐怕小說家第一考慮的事，還在於以何種方式，既能寄身江海暢所欲言，又能全身遠禍。於是，歷史演義爲什麼總取材於前朝某代事，原因就在於此。

陳平原在〈「史傳」傳統與「詩騷」傳統〉一文中，描述清末民初的文人借重小說形式，去描寫歷史事件，他說：

> ……這一代人有幸身逢歷史巨變，甲午中日戰爭、戊戌維新變法、義和團運動、八國聯軍入侵、辛亥革命、以至袁世凱復辟，一次次激烈的社會動盪，明白無誤地提醒他們正處於歷史的轉折關頭。於是，在撫千載於一瞬感慨興亡之餘，作家紛紛執筆爲大時代留下一個很可能轉瞬即逝的歷史面影。如果說杜甫以下的歷代詩人更多借「詩史」表達他們面臨民族危機時的歷史意識和興亡感，晚清作家則更借重小說形式，詳細描繪這一場場驚心動魄的歷史事變——儘管往往只能側面著墨。[197]

確實如此，對於當代的感懷，詩人借大史詩形式，敘述顛沛情感，往往能動人心肺。但是，用小說形式，能擬情擬景，言談之間，入木三分，即使是朝綱已然解體的清末民初，作家還只能採用「側面著墨」；在思想或是政治氛圍仍箝制極嚴的時代，將興亡人事，寄言前代，恐怕還是較安全，且可以大肆評議的方式吧。因此，在歷史小說家的筆下，將人物換上明代的衣服，典章制度調回明代，生活環境調回明代，便可表達自己對歷史大事的通盤解析，就可以傳送自己的史觀；或是借著宋代的某人某事，但針砭的其實是古今皆同的貪官汙吏。這是歷史小說高明進出歷史的方法，也是它最方便的調焦功能。

筆者在訪錄高陽故舊時，曾聽其妻友提及，高陽生前曾與張學良先生會晤，二人約定高陽手寫「張氏父子」一書，且由少帥提供直接資料。然而，終高陽一生，我們都未能見到這本可能的巨作。就讀者而言，這當然是可惜又可惜的事。但是，就熟稔人情世故的歷史小說家而言，避寫當代事，恐怕是創作的第一原則，端看高陽的衆多作品，除了一本《梅丘生死摩耶夢》外，再沒有一本述及他的當代人，更何況，這本撰述張大千一生行事的傳略小說，亦在大千先生死後一年，方才成書。因此，歷史小說家不寫當代事，以高陽爲例，可以說是沒有例外。

在「雅」和「俗」之間

歷史演義小說的興起，從開始就沒有脫離過「雅」、「俗」的爭議。從明代開始是這樣，直到二十一世紀初的現在，依然如此。

毫無疑問地，歷史演義小說一開始，便是結合了繁榮的商業活動而出現，明代開國君主朱元璋出身低下階層，他曾在洪武十四年下令：「農民之家，許穿紬紗絹布；務賈之家，只許穿布；農民之家，但有一人爲商賈者，亦不許穿紬紗。」[198]就朱元璋的視角限制來看，還不能看到商業活動在十七世紀中國的必然性，這個禁令顯示明代初期絕對抑商的政策。但是，試問，農民之家有能力穿紬紗絹布嗎？除了從事商業活動的人家，非官宦之家，誰有能力在飽暖餘暇，再尋娛樂的可能呢。通俗小說的盛行，要等到明代成化以後，商業發達，民間書肆、書坊盛行，讀者群較穩定可觀，進而連官方書坊也刊印起小說戲曲，方成氣候。

優質文人加入創作行列，與讀者群數量的提高，加速了歷史小說的流行。但是，如前文所述，歷史演義作家受到本身的身分及位置影響，往往在創作時，無法脫去濃厚的載道意識，甚至於過分強調歷史小說的教化與承載歷史的功能。金榮華對雅俗文學的分別，分析得最爲透徹，他說道：

一、中國通俗文學的作者大多不用眞名。爲什麼呢？因爲歷代的政策是重農抑商。在士、農、工、商四民中，農僅次於士，而商在最後。所以，當一個意識到自己是一個「士」的文人要投身於商品市場時，也必然會感到是有點自降身分的，那麼不用眞名便不難理解了。事實上，不僅作者不用眞名，爲他寫序的文人也不用眞名的。

二、通俗文學的作者知道自己的作品是一個商品，卻常在序裡強調它的教化作用，以掩蓋其商業的本質，如凌濛初在他《二刻拍案驚奇》小引中，說自己的作品「意存勸戒，不爲風雅罪人」，但在故事中對男女情慾的過分描寫，即使是民國以後的出版商也要大幅刪除了再印行。199

對於通俗文學作者何以不用眞名發表，及通俗文學序言中不合時宜地宣化教義等現象，作者隱藏身分的心機，說的再清楚不過。就連《三國演義》這樣一本難得兼顧雅俗的歷史小說，仍不免受到責難。解弢在《小說話》中就曾批評：

或曰：「歷史小說不演正史，何以使歷史知識普及社會？」曰：「如求通俗，盡可多做白話歷史，只能更正史之結構，不可虛造一語，以蹈《三國演義》覆轍。」200

由此也可以知道，「歷史小說」與「歷史」絕不僅僅是文言與白話，或口語與經典的不同而已。歷史小說因應需要而產生，同時加入許多元素與產生變數，和所由出的「歷史」，完全是兩回事了。解弢一句：「如求通俗，盡可多做白話歷史」一句，道出歷史、歷史小說的不同。所以，歷史小說家書寫時勢必要在「雅」和「俗」之間不斷調適與拔河了。一如陳遼、曹惠民在〈雅俗調適：文類互動的推助〉所說，文學上的「雅」和「俗」兩股勢力，其實是在一種「對峙．互補．共存」的發展進程中201。

通俗的平話、演義需要文人來提升品質，而文人在寫這些通俗作品時，若底層心態上仍以知識份子自居，頗以爲從事通俗文學創作是不入流的，便會在創作理念上與實踐上產生扞格，甚至無法創作出符合市場需求的作品。文人強調作品的教化意義，在某種程度上其實是用來安慰自己，或者說，是對孔夫子交代用的。而事實上，既要通俗，又要堅持文人氣，二者之間實難兼得。以現代的類型書寫來看，金庸的武俠小說和高陽的歷史小說都在處理歷史的元素，金庸顯然因爲靠「讀者」的一方前進的多一些，書的銷售量直到今天仍十分驚人；反觀高陽，要重擬一個「似眞」的歷史小說，其所需的煩瑣考據與歷史細節的交代，作品中通俗成分相對降低。可惜的是，除了被當成「經商寶典」的胡雪巖系列外，高陽的歷史小說，其閱讀人口正在逐年下降。再比對來看大陸今日以《雍正王朝》一書締造銷售佳績的二月河，和羅貫中歷史小說獎的得獎作品也是一樣。他們所畫出的趨勢是：雅與俗的拔河，愈向俗的一方滑去，這個現象，在可預見的未來仍會持續。

三、從傳統到現代

——清末的文學環境與歷史小說發展的關連

從清朝到民國，就政治的演變來看，是政權的遞嬗；然而，就文化層面看，卻不只是新、舊，文言、白話等單一面向的某種改變，而是無從預見、無法想像的，一次全面且影響深遠的文化運動。像地殼的造山，從某個剖面上看，丘陵突起爲峻嶺叢山，某個剖面看去，更多的地上物卻一入海底，潛藏而去。王德威即以〈壓抑的現代性〉，試圖貼近此時期的諸多現象，他說：

> 擺盪於各種矛盾之間，如量／質、菁英理想／大眾趣味、古文／白話文、正統文類／邊緣文類、外來影響／本土傳統、啓示型理念／頹廢式欲望、暴露／假面、革新／成規、啓蒙／娛樂……，晚清小說由此呈現出一個多音的局面，其「眾聲喧譁」之勢足以呼應當時那個充滿爆發力的時代。都是在這個氛圍中首次浮現的。202

在晚清政治制度的更替，在革命與保皇之間游移的，不只是某種政治制度的選擇，而是一種始料未及的，自文化以至生活模式的重大改變。就政治觀點來看，自秦以來大一統帝國形式的形成，兩千年帝制解體所帶來的改變似乎只是民主與專制的不同；但是，根本上，固守民族生活思維的體制與倫理次序也同時解消。當經濟、文化沒有了依托，速簡的西方模式，塡充了各個層面，所謂的中國只剩下身體，其靈魂——文化中國——也就只能存在於學院裡，被歸類爲「古代」或「古典」等定義，再也不可能成爲文化的主體。

晚清政治與社會的諸多改變徹底地影響了文學。就「歷史小說」來看，也不可豁免地發生了至深且遠的變化：首當其衝的，歷史小說長期以來描述、書寫的統治階層以至社會結構，已然崩毀與消失，以往被稱善道惡的權力主宰者——帝王，不復存在，連帶的，仕紳階級不再成爲社會的主流。以往平民百姓透過講史類說書、或是歷史演義去了解帝王或官僚階層，這個需要與渴望也一併解除。世界一家的觀念已經進到中國，世事變化太快，每天不斷不斷有新的事物要接受或淘汰，閱讀報紙可能是更好的選擇。於是，報刊蓬勃發達，白話文取代了文言，歷史小說總在瞻望過去的魅力不再，同樣的寫實紀事、伸張公義的訴求，在俠義公案小說、譴責小說中有更好的表現，歷史小說的書寫，在此一時期，顯然是強弩之末。

然而，雖說此一時期的歷史小說並未能有突出的表現，但是，我們不妨將它視爲歷史小說從傳統演化到現代，必然存在、不能一躍而過的沉潛階段。因爲眾多改變歷史小說體質的因素，都在此時發生。例如，新的史學觀念、新的文化傳播方式、職業文人的出現等等，這些改變將影響現代歷史小說的創作，改變的契機，便在這個紛亂卻充滿實驗冒險趣味的現代中國產生。當然，一股流行的文人筆記、野史風潮的興起，也是及時雨露，它們在歷史小說沒落的階段出現，成爲文人或市井閱讀舊時代或新官僚的工具。這些筆記、野史，在此時雖然未能充分發展成歷史小說，但是，在多年之後，它們成爲高陽，甚至現代小說家創作歷史小說時最肥沃豐美的材料來源。以下即就清末的文學環境，及與歷史小說發展有關的現象，逐一討論。

「道」與傳統官僚系統的徹底消失

清末民初，連綿國祚長達兩個半世紀的清朝廷的傾覆，連帶改變的，是長達兩千年帝制制度下的思維模式與生活習慣。艾蒂安．白樂日（Etienne Balazs）在所撰述的《中國的文明與官僚主義》中提到，西方總將中國描繪成一個平靜、不變、微笑的國度，二十世紀初的革命則將其瞬間一變成爲熾烈燃燒的地獄。他說：

> 這幅理想化了的中國風景畫純屬捏造，也絕對不正確。它有幾分歷史眞實性。一個以相互牴觸的勢力爲動力的社會結構中的惰性力量，容易給人以先入的和諧印象。當張力被置於強制的控制之下，就趨於相互抵消，所以內部的各種勢力就好像處於一種不變的平衡狀態。[203]

的確如此，中國自秦始皇於公元前三世紀統一中國以來，以帝制及環繞它所形成的官僚系統，即使改朝換代、分分合合的朝代嬗替，這個官僚系統及所附帶的仕紳階級，一直左右著中國社會的發展，也就是說，「在中國，不論是一個冒險家，或是農民起義取得的勝利，遲早要被文人學士（傳統的知識份子）接管，由於他們既是堅定的保守派，又是經驗豐富的行政官員，總能將革命力量置於他們的控制之下，引導它，馴服它，使它無害。」[204]這樣循環的發展，直到晚清，未曾改變。

在社會的結構上，傳統農耕的平民百姓或下層的工匠與商人，占去金字塔結構的大部分；已成仕紳階級的名門望族（如何成爲仕紳階級？除非皇親國戚，科舉是唯一的途徑），則小心翼翼地使用已經把握住的知識權力，栽培子弟，維持不至淪落下層。[205]平民百姓則一生夢想能爬上這個階層，而唯一的機會是經由溫和的科舉制度[206]（這又是另一個把握在官僚系統手上的機制，在這個機制下，已經成爲仕紳階級的人家，總比一般寒門的機會來得大）。因此，百姓聽看講史和演義，一方面可以透過民間述說歷史的方式，接近並了解這個階層，也爲了可能進入這個階層作懷想，或準備，這也是歷史小說興起的因素之一。唐傳奇〈枕中記〉精準地描繪了一個讀書人經由道士的法術，歷經夢幻，體驗讀書人一生最企望的歷程：娶嬌妻、舉進士、位列三公。及至將歿，上疏皇帝，曰：

> 臣本山東諸生，以田圃爲娛。偶逢聖運，得列官敍。過蒙殊獎，特秩鴻私，出擁節旌，入昇台輔。周旋中外，綿歷歲時。有忝天恩，無裨聖化。負乘貽寇，履薄增憂，日懼一日，不知老至。今年逾八十，位極三事，鐘漏並歇，筋骸俱耄，彌留沉頓。待時益盡。顧無成效，上答休明，空負深恩，永辭聖代。無任感戀之至。謹奉表陳謝。[207]

書生藉著一只青瓷枕頭，經歷榮寵一生，醒來時，主人蒸黍未熟，他大嘆一聲：「豈其夢寐也？」道士謂曰：「人生之適，亦如是矣。」傳奇小說描寫的是八世紀中國（唐代開元年間）讀書人對「成功」的想望。但是，就今日來看，場景如此熟悉，因爲這個讀書人最渴望的人生願景，直至廿世紀初清朝廷覆亡前，仍未改變。這個以士大夫爲主的結構，聖王的理想典型須如堯舜禹；經漢武帝獨尊儒術，孔子教義則成爲士人典範，以及兩千年來中國社會遵循的道德理想。

這個思惟模式，簡單的說，是「習慣、倫理、先例、宇宙觀、以及約束每人生活之制度的結合」[208]，它細膩且繁瑣地影響了中國人生活的所有細節。就實際制度面而言，奉行儒家教義，即帶來和平與繁榮，反之，則是暴虐與災禍。於是，自漢以降，強調以「仁」治天下的朝廷，一再使用儒家經典來教育百姓，並將它落實在基本的生活習慣上。表現在上層結構的，是士大夫的禮儀和權力；在庶民身上的，則是約定成俗的忠孝仁愛，以及衍生出來的縝密的行爲制約。

汪一騏在《傳統中國的觀念與中國人》中，討論整個中國社會對「仁」字觀念的運用，發抒在庶民階層，則有如下表現：

> 庶民經常接觸生活各方面的同一典範，且可相習成性。譬如，人不論身分爲何，自童年起，即被教導對父母盡孝，便知大多數的人事實上確有孝心。再由賞罰加強：孝行出眾者，受到政府的褒揚，留名後世；至於少數不肖者，則被譴責和唾棄。此乃我國藝術、戲劇、歌謠，和通俗故事中的主題，其宗旨在一致造成共同的觀念。[209]

這樣的約定力量，在未逢巨變的社會中，可以有效、平和地維持一個看似均衡的網狀結構：君君、臣臣、父父、子子。但是，只要變數過大，表面的平衡便會發生傾斜。這就難怪朱元璋在明代開國時，明令「重農抑商」的政策，因爲對於龐大的農業帝國而言，技術或商業的進步，顯然代表著冒險、或被視爲危險。舉例而言，印刷術、火藥、指南針，一向被視爲中國人的三大發明。但是，我們總在欣羨西方發達的高科技時，才來反省，爲什麼這樣的發明未在中國充分發展，且提升全體國家的素質呢，仔細深究，會發現這其實還是跟龐大且舉措不便的帝國有關。

艾蒂安．白樂日在《中國的文明與官僚主義》書中提到：

> 中國人的製造發明才能，曾爲生活提供許多令人愉快的事物，如絲、茶、瓷器、紙張和印刷術，這種才能如果不是被國家控制所窒息，無疑將繼續爲中國造福，可能已經使它跨入工業時代。在中國，是國家扼殺了技術發明。不僅因爲它把任何不利於它或看來不利於它的事物，扼

殺在搖籃裡，而且因爲以國家利益爲理由的習慣態度非常根深蒂固。在一種按常規辦事、傳統主義和靜止不變的氣氛中，凡不是預先提出並經過認可的創新或主動行動，都受到懷疑，這種氣氛很難激發自由探討精神。210

因此，當晚清時期，整個中國面臨到從外而內、從內而外的無數暴衝，甚至使整個帝國土崩瓦解，帝王消失，知識份子零星地取代了士大夫階層，他們口口聲聲高喊「自由」、「民主」、「科學」。但是，在此巨變時刻，兩千年帝制過程中被馴化了的庶民百姓，他們該何去何從；那個長時間占據社會資源的仕紳階層，賴以確定身分位置的制度不見了，要效忠的君王被批爲封建，只有從事政治、或商業活動是自由世界獲得財富的唯一途徑。但是，商人一向是仕紳階級視爲下層的賤民；不二臣，是儒家對道德的要求，要不要對新制度的總統效忠？對仕紳階級而言，清朝的亡覆，簡直像是一場惡夢。

不只是新知識份子在忙著將西方的一切引介進入中國，失去舞台的舊文人，也在固守陣地與適應變局間尋找生機；平民百姓呢，跟著剪辮子，或許也跟著享受一些新民主、科學所帶來的便利。整個國家社會在新世紀的交口，全體中國人共同的感受，除了變易，還是變易。於是，我們看到晚清至民國，不論新舊文人，寫下了大量的筆記，將他們的所見所聞記錄下來，原因就是清楚意識到自己正站在一個風雲時代的當口，他們根本連品評、議論的喘息都來不及，新的變化又產生了，他們所能做的，只有記憶。

但是，假若我們今日用一個回顧的眼神，或是用一種追憶的心情，回頭去看，究竟在那個大時代的交口，有什麼消失了？有些什麼是屬於中國的，卻再也回不來了。便會發現，當時間依舊往前行去，晚清一代人將混亂與應接不暇過渡後，中國確實如五四知識份子所期待的，將舊的、老去的中國摧枯拉朽似地全盤盡棄，所謂洋鬼子的玩意兒，也能與生活融爲一體。殊不知，所謂的「中國」在此時，也背身離去，並且，再也回不來了。譬如說，在民國初年與纏小腳現象一樣被視爲醜怪的傳統服裝，新知識份子視爲醜怪的綾羅綢緞，在民國時輕易地便被西服所取代，因爲它簡便，且新的紡織工業可以大批製出可大量供應的布匹與現代服飾，過去耗費人力去精緻裁縫與精繡的衣裝，不論從何種角度來看，都只需被淘汰，無須眷戀。但是，就工藝的價值而言，被選擇淘汰的，並不只是某種慣性的服裝款式，還有代代相傳的織繡手藝。於是，那個《紅樓夢》世界中所描述的如繁花盛開的織錦羅裙；或張愛玲筆下「蔥綠配桃紅」式的中國固有的對比配色法，都一併被棄置，再也喚不回來。又譬如「紙」，在中國文房四寶中，紙是最晚出現的，但由於它的使用率極高，工匠藝術投注於此的心力也相當可觀，有些文人並且會開發自己專用的紙箋，如宋代有名的「謝公箋」，創十色箋，有深紅、粉紅、杏紅、明黃、深青、淺青、深綠、淺綠、銅綠、淺雲十色。其絢麗講究，可見一斑。在生活上，紙也有它書寫以外的功能，如李時珍在《本草綱目》中即載有不同材質紙張的入藥功效，如：「楮紙燒灰止吐血」、「犬毛燒灰酒服止瘧」、「藤紙燒灰敷破傷出血及大人小兒內熱衊血不止」等等。[211]當民國時，工業取代手工業，紙的生產也以大量簡便爲第一要務，工匠技藝的獨創精緻首先被取代，而民間相信不同材質紙張的醫療效用，自然不存。

至此，民國取代的不只是一個清朝，還有象徵古老文明的中國意識。然而，有趣的是，正因爲古老中國全面地被揚棄，形成現代與古典中國意象如此涇渭分明，這就使得現代歷史小說家在寫作時（尤其是高陽），擁有一個非常有利的，使用位置。因爲，「時式」，是中國文字未曾攜帶的配備，它既不像英文字有過去式，單一動詞即可表示時態。在中文書寫時，時間點一定得透過敘述，方能明白。而歷史小說所以成爲歷史小說，第一要素便是書寫「已經發生的事」，因此，過去式就是它的基本時態。當歷史小說書寫過去的事件時，便利用大量的、過去的、清楚的現已消逝的物件，堆砌出一個仿擬過去的場景。因此，現實中早已消逝的舊中國意象，反而成爲歷史小說家懷抱的瑰寶。如高陽就習慣在行文中描述角色的服裝，坐臥的家具，書房配置等（李後主的「澄心堂紙」便不只一次被使用）。因爲那個中國恍如隔世，一經喚回，便能清楚表示該文所寫的，是屬於一個過去的時空。

晚清歷史小說的發展情形

(1) 舊小說被視為腐敗的根源，以及譴責小說、公案小說的流行

小說，在晚清時出現了極爲詭異的發展現象：即是它的「陳腔濫調」與「群治功能」同時被過分強調。這個看似矛盾，且風馬牛不相及的兩造看法，正是晚清小說同時存在的兩個現象。一方面，將過往的傳統小說視爲「中國群治腐敗之總根源」；另一方面又強調「欲新民，必自小說始」。如梁啓超的〈論小說與群治的關係〉一文，便是又批又贊，欲以小說拯救爲小說所惑之人心的最典型代表，如下文：

> 吾中國人宰相狀元之思想何自來乎？小說也。吾中國人佳人才子之思想何自來乎？小說也。吾中國人江湖盜賊之思想何自來乎？小說也。吾中國人妖巫狐鬼之思想何自來也？小說也。……

今我國民惑堪輿，惑相命，惑卜筮，惑祈禳，因風水而阻止鐵路，阻止開礦，爭墳墓而闔族械鬥，殺人如草，因迎神賽會，而歲耗百萬金錢，廢時生事，消耗國力者，曰惟小說之故。今我國民慕科第若膻，趨爵祿若鶩，奴顏僕膝，寡廉鮮恥，惟思以十年螢雪、暮夜苞苴，易其歸驕妻妾、武斷鄉曲一日之快，遂至名節大防，掃地以盡者，曰惟小說之故。今我國民輕薄無行，沈溺聲色，綣戀床笫，纏綿歌泣于春花秋月，銷磨其少壯活潑之氣，青年子弟，自十五歲至三十歲，惟以多情多感多愁多病爲一大事業，兒女情多，風雲氣少，甚者爲傷風敗俗之行，毒遍社會，曰惟小說之故。今我國民，綠林豪傑，遍地皆是，日日有桃園之拜，處處爲梁山之盟，所謂「大碗酒，大塊肉，分秤稱金銀，論套穿衣服」等思想，充塞于下等社會之腦中，遂成爲哥老、大刀等會，卒至有如義和拳者起，淪陷京國，啓召外戎，曰惟小說之故。嗚呼！小說之陷溺人群，乃至如是！212

任公花了極長的篇幅列舉小說造成的社會之惡，小至閨房兒女談情說愛，大至外侮侵國，都是小說所造成。然而，今日要拯救中國，所仰賴者，仍須小說出馬，「新道德」、「新宗教」、「新政治」、「新風俗」、「新學藝」、「新人心」、「新人格」、方能其事。

我們不禁要問，自古至今，小說地位從未有如此之高，怎麼家國大業，成也小說，敗也小說？的確，小說的流傳與深入人心的普遍力量不容小覷；但是，這篇發刊詞充分顯露的，反而是晚清一代人強烈的務實性與目的性。小說不過是被拿來「載道」的另一個工具。與梁任公同時的蔡奮即說：

其立意則在消閒，故含政治之思想者稀如麟角，甚至遍卷淫詞羅列，視之刺目者。蓋著者多係市井無賴輩，固無足怪焉耳。213

言下之意頗有：若小說爲「學者」所寫、非市井無賴故事，且其目的不在消閒，而在「載道」，則小說便趨上等。類似此等誇大傳統小說之敗德，又強調新小說之革命意義的言論，在晚清及民國大量出現。其顯示的意義是，當時的中國人急切改變中國現況的意念，現實的處境已經不能容忍中國仍以一貫的牛步面對世界，於是，知識份子選擇以批判的態度，面對所有的現象，文學也在其中之列。因此，描寫手法必是寫實，抒發的情感定是感時憂國，凡偏離者，便是頹廢、便是墮落。雖然，這個態度乃由於「晚清作家擴張了『情』的範疇，而又建立了一個人類情感的優先次序；他們以對人性與民族國家的關懷爲浪漫情懷的終極表現。」[214]但，這個爭論直到民國三〇年代，仍以「爲人生」、「爲文學」爲名，喋鬧不休。也就難怪，整個晚清在文學史上留下來的，總是不出《老殘遊記》、《官場現形記》，和《二十年目睹之怪現象》等幾部，餘者更多的俠義公案小說（如《施公案》、《彭公案》、《三俠五義》等）或言情小說（如大量的《紅樓夢》續書、《泣紅亭》、《一層樓》、《綠牡丹》等）、狎邪小說、歷史小說、神怪小說等，皆被打爲無益人生的消閒之作，無人聞問。[215]

在晚清時，譴責與公案小說取代了歷史小說的功能，在內容上，敘述了從戊戌變法到民國初年這一段時間的重大事件，包括社會醜聞、街談巷議、野史軼聞，都毫不保留地披露。對於處於此時的中國人而言，前朝（清），已經是一個眾人棄置、遺忘唯恐不及的過往，太多當代的事，才正在發生，或效力持續加溫，他們多麼急切迫切地想往前走，而不是往後看；況且，西風進入中國，社會體制完全變形，太多光怪陸離的現象，較之歷史上耳熟能詳的興亡征戰、英雄兒女故事，更能吸引他們的注意。

如《老殘遊記》中出現的「清官論」，如「贓官可恨，人人知之；清官尤可恨，人多不知……清官則以爲我不要錢，何所不可，剛愎自用，小則殺人，大則誤國」的議論。觀看這類譴責、或俠義公案小說，它的時代距此不遠，它所敘述的現象，此時正在發生，事件是王朝解體後特有的，讀者無須去懷想某朝某代。過去的歷史知識，今日已成古板窠臼，而且毫不實用。但譴責小說不同，它夠寫實，夠辛辣刺激，有新觀念。作者不一定對某事口誅筆伐，相反地，他只是紀實，只是「喧嚷諷謔、嘻笑怒罵」216，卻看得人一味鼻酸。

(2) 轉型期的歷史小說

清光緒二十八年（一九〇二年），《新民叢報》第十四號，文學報《新小說》刊登廣告，羅列了報刊內容凡十五種，冒險小說、探偵小說、寫情小說……等等，其中歷史小說列於第三項，下方注明：

> 歷史小說者，專以歷史上事實爲材料，而用演義體敘述之。蓋讀正史則易生厭，讀演義則易生感。徵之陳壽之《三國志》與坊間通行之《三國演義》，其比較釐然矣。故本社同志，寧注精力于演義，以恢奇俶詭之筆，代莊嚴典重之文。217

該文並舉列擬著譯之文本，如《羅馬史演義》、《十九世紀演義》、《自由鐘》、《洪水禍》、《東歐女豪傑》、《亞歷山大外傳》、《華盛頓外傳》等西方的歷史小說。其引介文字，則多半用「此書即某某國家革命之演義，……」這樣的方式。此一敘述見不到歷史小說的新見解，或是新定義。而事實上，歷史小說並不是此一時期文學發展的主流，除了魯迅的《故事新編》、《補天》、郁達夫的

《采石磯》幾篇，實驗性質較強外，其他僅有吳趼人的《痛史》、《兩晉演義》、未署名作者的《吳三桂演義》、黃小配的《洪秀全演義》、署名東亞病夫的《孽海花》等作品。

王德威《壓抑的現代性》說到：

> 晚清作家急切地以外來模式更新傳承，他們自己可能都不曾留意到，最彌足珍貴的變化其實已經在傳統中最不可能的地方出現了。這種創造力或許得力於來自西方的新刺激，但是也脫胎于自己發展出的中國式新意。總之，晚清作家所播的種子本來要在好幾代以後才可能有結果，可惜他們的繼起者卻又轉向別處去尋求更可靠的收成了。[218]

五四的知識份子在態度上處處低抑傳統文學，在少數留下的歷史小說作品中，我們仍可找到一些蛛絲馬跡，看出這一代作家身處變局中，是如何在作品中尋求突破。此一時期的歷史小說，受到各類小說創作的啓發，作品整體充滿著批評的氣味，顯然有來自譴責小說的影響，雖然關注焦點仍然是朝代的更替、社會動亂、國家分裂、或忠奸爭鬥等題材，如《痛史》、《仇史》、《洪秀全演義》等。再者，取材的對象，不再侷限古代帝王將相。更多近代人物，如《孽海花》、《洪秀全演義》、《吳三桂演義》等。

而對現代歷史小說影響最大的，是與多種文學書寫類型的融合。歷史小說的創作從《三國演義》成功示範以來，到了近代，仍維持相同的書寫模式：編年史的敘述，再以帝王年號按序紀事的歷史小說。然而，在眾聲喧譁的晚清，政治小說被學界高舉爲創作典範，譴責小說創造了流行的風潮，而知識界的小說革命運動，並未將小說的消閒體質改去，隨後而起的鴛鴦蝴蝶派，外表完全現代，骨子裡卻是才子佳人、言情不已。言情小說仍充斥於通俗小說的閱讀市場，這些都對於歷史小說的創作有極大的影響。以《孽海花》爲例，它既依從紀傳體方式，又有《儒林外史》的結構模式，而其他如政治小說、譴責小說、言情小說等的特質，都可以在書中找到蹤跡。人物近在眼前，這段歷史仍鮮活不已，女主角「賽金花」不是帝王，也非將相，但晚清的某個時代切面確可以圍繞她而清楚呈現，這是一個作者賦予獨特史觀的最好素材。《孽海花》就是這樣結合著政治、時事，充斥著野史、傳說與奇情爲一體的歷史小說。小說家寫了她，便把她從芸芸眾生中提拔而出，變成一個身繫時代印記的人物，這點基本上和高陽之創作了胡雪巖是一樣的。歷史小說家的獨具慧眼，與慧心獨創，眞是有他不可輕忽的魅力。

文人或晚清以後的知識份子對於歷史小說這一個文類，一直是既愛又恨；既愛他能傳遞歷史知識的特質，一方面又因它通俗而斥之不入流。然而，經過晚清的這一場混亂後，歷史小說有了較寬闊的創作可能，如新文學的健將魯迅，他的〈補天〉一篇，即被學界冠以歷史小說之名——但它既非典籍記載的史實，只是某一歷史時間中表現過、存在過的傳說。因此，我們看到，歷史小說發展到此，小說的比重顯然加強了，也就是說，傳統歷史小說選擇以小說的方式傳遞歷史，其主客關係清楚可辨；而現代歷史小說的創作顯然地，「小說」與「歷史」的糾葛與誤謬，其纏綿關係才將開始。

四、新觀念與新的文化傳播方式

晚清至民國初年，是我國社會及文學環境變化劇烈的時期，也是中國文學從傳統跨足到現代，最爲關鍵的時期。當我們要討論高陽的歷史小說作品，是不是具備有現代性？是不是不同於傳統演義，是不是不同於眾多的講史小說時，許多在高陽大量創作的民國七〇年代，我們已經不以爲意、視爲當然的文學體例及創作條件，譬如現代小說的書寫手法，流利典雅的白話文寫作；又如報刊的盛行、副刊的連載、及高陽的職業文人的身分等種種因素，它們的發生和轉變的關鍵都在晚清及民國初年。

小說觀念的轉變

十八世紀以前，西方文學經典的主流一直是詩，隨著工業革命以來，社會出現一個前所未有的階層，即新興的中產階級，他們不同於長期壟斷社會資源的上層貴族，亦不同於下層的農工百姓，普遍的識字率及對新事物的濃厚興趣，使得他們不僅有能力參與社會活動，也有他們獨特的看法。這個新興的中產階級，在西方被稱爲「布爾喬亞」，它的出現，爲社會注入了新的變數和活力。就文學上來看，隨著中產階層的出現，「小說」逐漸成形，並成爲文學版圖中不可忽視的新興形式。

由於小說與詩興起的歷史條件不同，小說的起源原就與「俗世」的活動有關，也因此，當它以通俗文化的力量出現，伴隨著新興階層的商業力量，成爲後來居上的文學類型。219

類同於西方十八、十九世紀小說發展的情形，中國在晚清及民國初年，社會也有某種新興階層的出現，他們一開始時，不一定就具備如西方社會一般清楚的布爾喬亞特質，稱呼他們爲市民階層，可能更符合現代中國的社會形態。這個城市的新興階層一樣主導，甚至影響了小說在此一階段大興的力量。爲什麼小說的興起與這些新興的市民階層有關？甚至可以說小說是「布爾喬亞」的文類呢？識字率的提高與普及，有閒人口（尤其是婦女）的增加，印刷術的應用，私人刊物的出現等等，構成了小說成爲一種文類的基礎。廖咸浩就指出：

> 小說興起之後與詩爭奪典律空間所以憑恃者，除了因爲它像彗星一般夾著一條長長的通俗尾巴，似較詩「接近生活」（生活化的語言與場景），較詩「民主」，而能博得部份評者及讀者的青睞之外，對多數偏愛小說的論者而言，小說還有一樣強而有力的長處，那就是它比詩「長」。長度這個理由，看似荒誕，卻是多數支持小說的論者所明白或暗中秉持的理由。從現代小說理論成形之初的論者，到今日的文化評論者，以長度爲小說之根本長處之一的論者，所在多有。而長度的重要性何在呢？很簡單，一般的說法是，它使得小說能有足夠的空間展現人生的複雜面。比如勞倫斯便宣稱，「作爲小說家，自己的地位高於聖人、科學家、哲學家和詩人，因爲這些大師只能掌握片面人生，而不能展現全貌。」220

簡單地說，小說因爲長度的關係，能充分體現作者對生命的觀照。文學理論家中，非薄詩與偏愛小說者，以盧卡奇和巴赫汀爲最。盧卡奇的說法植根於小說的模擬程度及長度上，因爲小說使用的是生活的語言，所以能眞實呈現人生百態，又因爲長度夠長，所以呈現的工夫得以淋漓盡致；巴赫汀則從小說的「開放性」入手，視小說爲一種「多語並存」或「眾聲喧譁」的論述。

而中國近代論小說革命，最重要的宣言，當推梁啓超的〈論小說與群治的關係〉。梁任公高抬小說的位置，大喊「欲新一國之民，不可不新一國之小說」，直視小說爲革新民粹的第一利器。他提問：「人類之普通性，何以嗜他書不如其嗜小說？」，光是因爲小說淺顯，和可驚可愕可悲可感的特質，仍不足以說明人們嗜讀小說的原因，他認爲小說的魅力還在其滿足了人類的欲求，如下：

> 凡人之性，常非能以現境界而滿足者也。而此蠢蠢軀殼，其所能觸能受之境界，又頑狹短局而至有限也。故常欲於其直接以觸以受之外，而間接有所觸有所受，所謂身外之身，世界外之世界也。此等識想，不獨立根眾生有之，即鈍根眾生亦有焉。而導其根器，使日離於鈍，日趨於利者，其力量無大於小說。小說者，常導人游於他境界，而變換其常觸常受之空氣者也。此其一。人之恆情，於其所懷抱之想像，所經閱之境界，往往有行之不知，習以不察者；無論爲哀爲樂，爲怨爲怒，爲戀爲駭，爲憂爲慚，常若知其然而不知其所以然。欲摹寫其狀，而心不能自喻，口不能自宣，筆不能自傳。有人焉，和盤托出，徹底而發露之，則拍案叫絕曰：「善哉善哉，如是如是。」所謂「夫子言之，於我心有戚戚焉」，感人之深，莫此爲甚。此其二。221

梁任公認爲小說所以感動人心，在於常人能接觸之境界有限，而小說卻能摹寫變換情境，使人優游其間。這當然是晚清一代人藉持小說以感化百姓，故而大書特書小說的感人力量，並把新小說推上文學舞台，打出「小說界革命」的口號，以配合改變群治的政治理想。梁啓超所謂的小說感人力量在傳統小說中早已存在，並非到了近代才有；明代的〈古今小說序〉讚頌俗小說的描寫是「可喜可愕，可悲可涕，可歌可舞；再欲捉刀，再欲下拜，再欲決脰，再欲捐金；怯者勇，淫者貞，薄者敦，頑鈍者汗下。雖小誦《孝經》、《論語》，其感人未必如是之捷且深也。」[222]

強調舊小說可使頑廉懦立的力量，古已有之。只是晚清諸君既要高舉小說大旗，便須把同屬小說的舊小說一竿打倒，好讓新舊之間壁壘分明。而具備現代意義的新小說，絕不僅僅是梁啓超等人所強調的政治小說，或指那些專事描寫社會黑暗面的寫實小說而言。小說之成爲現代文學的專門類，不只僅是擺脫掉傳統說部的形式、去除章回小說的束縛即可。有一些今日我們已不以爲意的改變，是經由晚清一代人多方嘗試，甚至是將西方一兩百年的文學進程的作品，不分時順，一股腦地用引譯、摹寫的方式引進中國，才得以成形。如王德威便說：

從文化生產的角度來看，晚清文人的大舉創造、或捏造與製造小說的熱潮，亦必要引起文學生態的巨變。這是一個華洋夾雜、雅俗不分的時期，而讀者不論有心無心，也樂得照單全收。中國現代文學的大規模量販化、商業化，非自今始。稱小說爲彼時最重要的公眾想像領域，應不爲過。藉著閱讀與寫作小說，有限的知識人口虛擬家國過去及未來的種種，而非一種版圖，放肆個人欲望的多重出口。比起五四之後日趨窄化的「感時憂國」正統，晚清毋寧揭示了更複雜的可能。[223]

也許是五四新文學的旗幟太過鮮明，對於現代文學的研究，我們總習慣以五四作爲起點，以文學與政治的結合作爲現代文學的表徵，以西方文學的影響作爲改變中國文學的契機。而其實，中國文學從傳統跨步到近代，其中許多的變化，早在晚清時期的中國，就已經自發性地開始了，王德威在〈沒有晚清，何來五四？〉一文中，更加舉例說：

就在作者、讀者熱烈接受異國譯作，做爲一新耳目的藍本時，傳統說部早已產生質變。當《蕩寇志》（一八五三）成爲太平天國時期清廷及太平軍文宣戰爭的焦點時，小說與政治的主從關係，邁入了新的「技術」模式。當《品花寶鑑》以男女易裝的觀點，混淆異性及同性戀愛的界線時，小說與情色主體的辨證，也便得益發繁複。幾乎所有經典說部均在此時遭到諧仿。這也許是作者自甘頹廢、憊懶因襲的徵兆，但可能是他們不耐傳統藩籬，力圖顛覆窠臼的訊號。

並進一步說明：

> 「現代」一義，眾說紛紜。如果我們追根究底，以現代爲一種自覺的求新求變意識，一種貴今薄古的創造策略，則晚清小說家的種種試驗，已經可以當之。[224]

晚清之「現代」的實驗性格，比較於歷朝各代，甚至五四之人，都毫不遜色。然而，它的實驗歷程與結果，總被五四強力引進的西方論述及作品，一掩而過。論者謂現代中國文學建立在一種「虧欠的話語」上[225]，意思是指西方文學在清末時，以一種民主的姿態，挾軍事、經濟、文化生產的強勢，進入中國，對中國產生了不可思議的符咒般的魔力，催促著中國人快快迎頭趕上，結果就出現了所謂的超英趕美效應，如五四之後的作家狂熱推展寫實及現實主義，其實是擷取西方十九世紀的遺唾，就是最顯明的例子。

類品繁多的晚清小說，以其多元的實驗創作，試圖與傳統文學分離；而接踵而至的五四文學則以強調西方理論，和翻譯、摹寫西方文學經典，徹底宣告脫離傳統文學，另創新局。這些過程都使得五四之後的小說具備了不同於傳統的現代意義，例如，最被近代文學誇大、並神蹟化了的西方寫實主義，作品中著重「敘述」與「描寫」的手法，便使得中國新小說全面性地具備了這個特色。盧卡奇在《現實主義論》書中，以顯著的篇幅討論寫實主義中兩個要素：敘述與描寫。他說：

新風格之所以產生，是爲了能夠適當地表現社會生活的新現象。於階級的關係變得比十七、八世紀更加複雜了。個人的環境、外表、生活習慣在勒薩日的作品也許可以寫得很簡單，而且儘管很簡單，仍然能夠表現出一種明晰的廣闊的社會特徵。個性化幾乎只需要通過情節本身、通過人物對於事件的積極反應就可以實現。

巴爾扎克顯然認識到，這種方法對於他是不再夠用了。拉斯蒂涅可以說是一個同吉爾·布拉斯完全不同的冒險家。爲了使讀者眞實而完全地理解拉斯蒂涅的特殊的冒險性格，對伏蓋公寓及其污穢、氣味、飯菜、招待等等進行細節描寫，是絕對必要的。226

白話文運動

中國傳統說部中，白話小說與文言小說各有其表現天地，二者之間各有發展，不相衝突。然而，因爲近代西方文學經由譯介進入中國，新的小說觀念同時輸入，文言小說與白話小說的區別，加入了「雅」和「俗」；「新」和「舊」；「改良群治」和「艱澀僵化」等，從政治運動及文學改良目的延伸而來的多重意義，文言與白話，逐漸成爲長篇、短篇，現代與傳統的不同意涵，甚至二者之間漸如楚河漢界，涇渭分明。若是用後來的文學發展的結果回頭去看：清末時，白話與文言仍是相互雜用、雅俗並存。白話文經過長足的發展，逐漸取得優勢地位，這個勝利甚而將「古文」的形式廢了，其結果顯然是清末的許多古文大師也未能預見的。如清末的章太炎先生，自己是古文大家，卻從未反對白話文的書寫，甚至也鼓勵用白話文寫文章。他在《民報》上刊有典麗的古文，也有「在京東留學生歡迎會的演講」的白話文。因此可見，在辛亥革命時期，文體的通俗和艱深兩種可以說是各因其需要而存在，並不以通俗作爲評定進步與否的標準。所以說，五四時期的白話文運動對於語言的破與立，有著決定性的關鍵，五四之後，古文在現代文學的範疇內便被排除在外，不再納入現代文學的討論之列。227

一八六八年，黃遵憲用〈雜感〉一詩提出「即今流俗語」來「我手寫我口」的主張；之後的〈本國志．學術志二文學〉中則進一步說明：

> 語言與文字離，則通文者少；語言與文字合，則通文者多；其勢然也。……若小說家言，更有直用方言以筆之于書者，則語言文字幾幾乎復合矣。余又焉知他日不變更一文體爲適用於今，通行于俗者乎？嗟夫！欲令天下之農工商賈婦女幼稚皆能通文字之用，其不得不于此求一簡易之法哉！228

晚清的維新派主張國家要富強，必須先開通民智，而開通民智的方法，必須農工商賈、婦女幼稚皆通曉文字。這對於推廣白話文，使全民識字的成果上，功效有限；但對於文學的影響，卻是至深至遠。也因此，民國的白話文運動，總以黃遵憲等人的詩文革新運動爲改革的先聲。

而梁啓超的〈論小說與群治之關係〉一文，則可說是晚清小說革命的綱領之作。該文明白指出：「在文字中，則文言不如其俗語，莊論不如其預言。」梁氏先高舉小說爲改良群治的工具，再下結論指出文言不如白話，故而推論出一個新文學奉爲圭臬的標竿，便是，白話小說才是切合時代潮流，才是開啓新時代文學的主流。因此，《儒林外史》、《紅樓夢》、《水滸傳》等古典白話小說，又在此被提出來，作爲白話小說學習模仿的對象。

白話文運動的主張與成果，研究者與專論頗多，本文不再贅述。在此要討論的是，經過了晚清及民國初年的白話文運動之後，文言小說與白話小說之間，是如何消長與起伏？陳平原的《二十世紀中國小說史》，探討民國初年文體的發展情形時提到，最早三部影響較大的翻譯小說《百年一覺》、《歐洛克呵爾晤斯筆記》、《巴黎茶花女遺事》，全部使用文言。他說：

> 與此同時，白話小說也在發生很大變化，除短篇小說迅速崛起外，長篇小說也開始出現取消偶回目、「有詩爲證」、以及「欲知后事如何，請聽下回分解」之類套語的趨向。文言小說與白話小說之間的互相影響、互相靠攏，逼使作家和理論家站在一個新的角度來思考小說文體，把同屬小說文類的文言小說和白話小說放在一起議論、比較。229

這個時期，白話與文言小說相互影響，互有變貌，但是，陳平原觀察到的「長篇小說也開始出現取消偶回目、『有詩爲證』、以及『欲知后事如何，請聽下回分解』之類套語的趨向」現象，正是現代的白話小說在形式上，得以脫離傳統文學中已成套式的章回小說，最大的一個改變。也由於新的白話小說擺脫掉這些早成窠臼的書寫模式，現代小說才有更大的實驗空間。

新的文化傳播方式

提到近現代的文學發展，我們總不可避免地必須論及民國初年的新文化運動，知識界從各個層面著手，企圖將整個中國文學帶入嶄新的國度。五四一代人的努力的確使得新文學以傲然的姿勢，與兩千年的傳統文學一刀劃開。然而，就文學體質的改變而言，每一代文人在開創屬於自己的文學面貌時，都有程度不等的因襲與創新，難道只有五四一代人獨具異稟，能開創新局？一個與舊傳統截然不同的新的傳播方式的出現，是改變近現代文學面目的因素之一。新的傳播方式，在晚清時展開，而它的影響，在五四時期明顯活躍，其效應持續發生在高陽一代作家身上，直至今日，仍然相當程度地左右著現代作家的創作。

陳平原在論述二十世紀中國小說時，提到晚清的政治革命思潮的激盪，與新教育的發展，是兩個不容忽視的重要因素，他說：

> 前者直接促成了「小說界革命」口號的提出，是晚清小說發展的主要動力；後者孕育出一批新小說的作者與讀者，逐步完成了小說從古典形態到現代形態的過度。可是，有制約、規範著新小說發展趨向的文化因素中，最重要的當推小說的商品化傾向。明清兩代，作爲物化形態的小說當然也進入商品流通領域，但作家並未直接介入，商品意識在絕大部份作家的創作中基本上不起作用（以作家而兼「出版家」的馮夢龍、余象斗等，當屬例外）；而清末民初，由於新小說市場的建立以及作家的專業化，商品意識迅速介入小說家的創作過程，並直接影響了這一時

期小說思潮的演變。230
不可否認地，晚清文人及五四一代的知識份子，他們的身上有一種冒險性格，或是實驗體質，這種難能可貴的爆發力，使得他們在面對兩千年來最爲巨大的變局時，毫不畏縮地接受或開創新局。表現在文學創作上，是接受西學洗禮、努力實驗（雖然，這種既冒險又武斷的性格，使得他們在面對傳統、甚至只是剛剛發生過的晚清文學時，採取全盤蔑視的態度，而使中國現代文學呈現全盤西化的現象）；他們強調小說的群治功能，將小說的地位，由稗史、閒書，拉抬至「文學之最上乘」的地位。然而，當整個政治風暴趨於平緩，革命的熱情稍稍退去，這種創作高雅小說的理念也就跟著退燒，大眾的閱讀口味仍舊回到以消閒、娛樂的取向爲主，於是，有「鴛鴦蝴蝶派」的興起，並且很快成爲讀者閱讀的大宗。

這類通俗文學的崛起，由於讀者接受的方式主要是經由閱讀，而非說講，這就絕對與城市居民的娛樂需求、基本教育的普及，及小說市場的擴大有密不可分的關係。也因此，我們又不得不歸功於晚清及五四一代人極強的接收能力，他們學習西方模式，迅速建立起的傳播方式，包括雜誌、報紙的大量發行，稿費、版權制度的建立等，都是非中國傳統文學因素，大大的改變了作家與讀者、社會的依存關係，甚至在某種程度上，左右了作家的創作。以下則分兩方面敘述：

⑴ 報刊的盛行

晚清小說的發展，受到政治、經濟、社會、文化等多重因素影響，其中，西方勢力的進入，更是加速變革的主要來源。都市的發展，使得城市中人民的識字率較鄉村提高，出版品的讀者群也相對多；再者，城市中居民的識多見廣，對於社會現象，或事件發展，較爲關心；而較多的閒暇人口，需要以閱讀消磨時間，這些都是小說發展時的有利條件[231]。然而，嘉慶道光年間自歐洲改良的活版印刷，造成清末印刷業的發達；這是出版品得以廣大流傳的技術條件。而新聞出版事業的大興，連帶使得小說在報紙及雜誌的帶動下，得到蓬勃發展的機會。

因此，我們看到《二十世紀中國小說史》中羅列一九〇二年到一九一七年創刊的以「小說」命名的雜誌（報紙），並依名稱、創刊時間、出版地、雜誌形式、編輯，以及期數，製成表格，看到於此間發表的雜誌期數竟多達八百七十四期之多[232]；其出刊周期從月刊、半月刊、旬刊，甚至週刊、日刊皆有，可見出刊速率之頻繁。

傳播方式的改變，使得作家的創作方式有了微妙的變化，《紅樓夢》作者所謂：「批閱十載，增刪五次」精修的作品，在清末以後的文學環境中難得出現。解弢於一九一九年出版的《小說話》，提到了這個現象。他說：

> 自今而往，章回小說不易有佳作。蓋章回之書，非有四五十萬字以上，則不易受人歡迎。如此大書，倉卒爲之，決不能完善。造意謀篇，起稿芟潤，至速非數載不爲功。《紅樓》至批閱十載，增刪五次，原稿且不計焉。《蕩寇志》、《鏡花緣》皆將近十年。昔人窮困不得志，乃閉户著書，以泄一生之牢騷，加以出版不易，其書大率於作者死後若干年，方能行世。故作者無汲汲求名牟利之心，得優游芟潤，以求盡善盡美。今則不然，朝甫脱稿，夕即排印，十日之內，遍天下矣。作者孰不好當世之名，雖自知瑕疵甚夥，而迫不及待，急付書坊，藉以廣聲譽，得潤資，雖林琴男氏以文名者，尚不免此病，他更無論矣。[233]

朝甫脫稿，夕即排印，對於創作者而言，這是一個極大的刺激。作家不再是說書人，其相應的說書人腔調及寫作技巧，在此一時期，經由作家整體的試驗後，逐步脫去。書齋文學取代了口頭文學，「說—聽」轉爲「寫—讀」[234]，傳統的說故事方式獲得解禁，新的小說形式的實驗方纔展開；市場因素的連動下，快速成爲新文學作品的另一特徵。

(2) 副刊連載形式決定長篇小說的書寫與閱讀

中國長篇小說的作者，如《三國演義》、《西遊記》、《水滸傳》，它的成書過程極爲複雜，作者吸取不同書場的眾多說書人，或是前代短篇題材，甚至是單折的折子戲，再增潤成書；作者的角色像是編撰者，因此，考據其作者與作品源流，往往形成一個很複雜的析辨過程，而非一個獨創作者而已（中國舊小說中，《紅樓夢》顯然是一個例外）。

晚清時蓬勃興起的報刊雜誌，（以前舉的附表爲例），多以日報、週報等形式發行，因此需要許多稿件以支應每日、每週出刊的需求。我們看到，這些刊物的編者名單，其中不乏晚清長篇小說的作者，如李伯元、吳趼人等。我們甚至觀察到一個現象，從高陽往上延伸的晚清小說家們，他們的長篇作品的出現，已經是經由連載的過程，進而集結成書。這一切的發生，其實是早於五四的新文學運動。也就是說具現代意義的小說形式（有別於說書人腳本，或擬話本的小說形式），在晚清西方工業進入中國，印刷術進步，報刊激增的這種種因素，已經悄悄地改變了中國長篇小說的形式，並與傳統文人的抄本、刻本形式有所不同。

以高陽來說，他其實是承襲了西方的長篇小說的一個作者觀念，這個作者寫書的時間是有限的，他形成了西方所謂的「大寫的」作者，他的小說從第一個字，到最後一個字，都是他自己的，作品是由單一的作者寫成的。這也是為什麼後來的「新批評」論述方式，可以很有效率的處理五四這一代的作家，因為論者認為每一個作者這一生所寫的所有作品，都是這個作者人格的、哲學觀的一個分身；只要將此作者的所有作品都閱讀，找出它作品中的文脈，便可以形成一個「大寫的」作者。以中國來說，魯迅、張愛玲、沈從文等具有獨特意義的作家姓名，我們可由此從事文本分析。小說家成為說故事的權威者，這個故事是由某某作家說的，即使故事本身可能包含有歷史的悖論、或詮釋的異數，這都是小說家自己的。就此一觀點而言，高陽無異是具備此一特徵的。我們可以去追蹤它的所有作品，每一個作品中的每一個角色，都是他獨力完成，他的構想。而且，形成他創作延續下去的力量，就是連載的形式，他的文字一脫稿，當日，或明日即刻付印。且當他的小說出現在報紙上時，掛的是他的名字：高陽。所以就形式而言，他不是一個說故事者，他是一個小說作者（大寫的小說作者），這是毋庸置疑的。

然而，就另一方面來看，高陽的歷史小說又不同於西方的小說。如同前述所提，中國舊長篇的作者的位置比較像是一個編撰者，小說作者不像西方小說的作者，他的小說的架構是一開始就想好的，他的宗教觀、他對於小說人物最後的命運、時間，布局是依照嚴謹的小說結構。作者的意識形態、道德、戲劇衝突背後的動機、有張力的對話都在作品中清楚可見，因此，小說閱讀的時間感是完整的。並且像是賦格一樣的精準，每一個小說的布局都有他的意義和比重。

但是，高陽的小說，由於透過長篇連載的形式，便又呈現出一種完全不同於西方長篇小說的面貌。他的小說在連載之後集結成書，出現了枝蔓、重複[235]的現象，甚至是過於大段的「跑野馬」文字，當它以書本形式出現時，往往妨礙了主線情節的閱讀。

然而，我們若回頭看看從晚清以來，曾經出現的連載長篇小說。由於連載形式，它必然出現散漫、不整齊的現象，能在時間長河中留下來的眞是寥寥可數。而高陽的所有歷史小說都是經由連載方式出現，而今日看來，仍不失爲經典之作，可見得他是一個異數。他的知識、他的雜博、他活生生是一個文化中國的內在的包含物，他這樣的內涵譜系，結合了長篇小說的書寫，恰好適合長篇連載的形式。他變成這個形式下，最好的說故事者。當他鎖定了某一個年代的歷史，甚至只是很窄的一個歷史的片刻，某一個事件，他便能把環繞著這段歷史的史料、公案，甚至是他自己的考據，他個人的史觀。大者如太平天國的史實，他用胡雪巖來帶動，中間卻雜博地包含了許多看似無關，卻相當有趣的單元，例如劉三才去賭博的橋段；或漕幫；甚至是同治皇帝死前的眾太醫的問診單。其間有十分複雜的知識百科。

而必須注意的是：閱讀報紙的連載，與捧著一本書在閱讀，這是兩種完全不同的閱讀節奏與經驗；經由閱讀連載，每日一千日左右的長度，講的可能是某一道美食的烹製過程、名硯傳奇……因此，讀者對某一部歷史小說的整體，是花了一年的時間，藉由堆疊、綴補而來。當連載結束，小說以書本形式出現，其間參雜的「跑野馬」現象。主線情節失落和作者不知所云的現象，可能使得書的價值大打折扣。

高陽的傳奇是和副刊同步的。當時副刊是報刊中非常重要的板塊，讀者每日必定閱讀，如同看新聞一樣，而且這個新聞可以一直延續，形成一個自給自足、沒有斷裂的小世界。然而，時至資訊益見發達的今日，副刊形式已不是多數人獲得藝文知識的主要來源，高陽的傳奇，若是在今日，可能根本不會發生。

註釋

160 司馬遷：〈高祖功臣侯者年表第六〉，《史記》，台北：藝文印書館，據清乾隆武英殿刊本影印，頁三五三。

161 李紀祥：〈「在」與「逝」：歷史與不朽〉，《歷史：理論與批評》創刊號，一九九九年三月，頁二二。

162 司馬遷：〈伯夷列傳〉，《史記》，台北：藝文印書館，據清乾隆武英殿刊本影印，頁八五三。

163 李紀祥：〈「在」與「逝」：歷史與不朽〉，《歷史：理論與批評》創刊號，一九九九年三月，頁二五。

164 司馬遷：〈刺客列傳〉，《史記》，台北：藝文印書館，據清乾隆武英殿刊本影印，頁一〇二二。

165 高陽：《荊軻》，台北：皇冠，一九九〇年七月第九版，頁三二六。

166 陳清玉：〈出神入化融古今──歷史小說家高陽的創作世界〉，《中華日報》第十一版，一九七八年十月十二日。該文中對司馬遷書寫歷史的企圖有多方闡釋。

167 班固：〈司馬遷列傳贊〉，《漢書》，台北：藝文印書館，據光緒庚子王先謙《前漢補注》影印，頁一二五八。

168 魯迅：《中國小說史略．第十二篇宋之話本》，台北：谷風，一九八〇年，頁一一三。

169 耐得翁：〈瓦舍眾技〉，《都城紀勝》，收入《叢書集成續編》第二四〇冊，台北：新文豐，一九九七年三月。

170 羅燁：《醉翁談錄》，黃霖、韓同文選注《中國歷代小說論著選》，江西：江西人民，二〇〇〇年九月，頁九一。

171 紀德君據韓錫鐸、王清原的《小說書坊錄》粗略統計，明代後期至少有六十二家書坊刊刻歷史演義，數量達一百餘部。有時，一本演義小說，凡經數刻，由南到北，刊售範圍之大，令人興嘆。如《三國志通俗演義》就曾被四方書商翻刻近四十次。參見《中國歷史小說的藝術流變》，北京：中國社會科學，二〇〇二年三月，頁一二九。

172 蔣大器：〈三國志通俗演義序〉，黃霖、韓同文選注《中國歷代小說論著選》，江西：江西人民，二〇〇〇年九月，頁一〇八。

173 袁宏道：〈東西漢通俗演義序〉，黃霖、韓同文選注《中國歷代小說論著選》，江西：江西人民，二〇〇〇年九月，頁一八四。
174 宮崎市定：〈中國的歷史思想〉，《歷史：理論與批評》創刊號，一九九九年三月，頁一一九。
175 麥克．史丹福：《歷史研究導論》，台北：麥田，二〇〇一年八月，頁一一五。
176 同上。
177 參見楊義：《中國古典白話小說史論》，台北：幼獅文化，一九九五年，頁九六。
178 齊裕焜、歐陽健主編：《中國歷史小說通史》，江蘇：江蘇教育，二〇〇〇年五月，頁六。
179 麥克．史丹福：《歷史研究導論》，台北：麥田，二〇〇一年八月，頁八三。
180 參見麥克．史丹福：《歷史研究導論》中有關「似論述的歷史」一段。台北：麥田，二〇〇一年八月，頁一二〇。
181 司馬遷《史記》中，大量引用「孔子曰」來支撐自己的論點，如〈孔子世家贊〉、〈殷本紀贊〉、〈孝文本紀贊〉、〈吳太伯世家贊〉、〈宋微子世家贊〉、〈伯夷列傳〉、〈田叔列傳贊〉、〈李將軍列傳贊〉等都可見到其痕跡。
182 羅貫中：《三國演義》，台北：三民書局，一九九八年十一月，頁一〇四二。
183 羅貫中：《三國演義》，台北：三誠堂，一九九九年年七月，頁一。
184 紀德君：《中國歷史小說的藝術流變》，北京：新華書店，二〇〇〇年三月，頁一七五～一八七頁。
185 同上書。書中將歷史小說的發展，分成了初興期、發展期、因革期、衰蛻期。時間的跨度，則從《三國志通俗演義》開始，到乾隆六十年的《南史演義》，並繪製表格。這個分期，雖不見得有多大意義，但將各個時期有哪些較為出色的歷史演義羅列而出，倒是將良莠不齊的歷史演義稍作整理。見該書頁一三二～一六五。
186 清．李雨堂：〈萬花樓楊包狄演義序〉，黃霖、韓同文選注《中國歷代小說論著選》，江西：江西人民，二〇〇〇年九月，頁五三四。
187 紀德君：《中國歷史小說的藝術流變》，北京：中國社會科學，二〇〇二年三月，頁十八。

188 參見胡曉明、胡曉暉：《洛神》，台北：實學社，一九九九年，封底。
189 柳翔之編：《大宋宣和遺事》，台北：河洛，一九七八年五月，頁一。
190 《新編五代史平話．梁史平話卷（上）》，台北：河洛，一九七七年四月初版，頁一一。
191 《新編五代史．漢史平話》，台北：河洛，一九七七年四月初版，頁一六一。
192 語見羅燁：《醉翁談錄．舌耕敘引》，黃霖、韓同文選注《中國歷代小說論著選》，江西：江西人民，二〇〇〇年九月，頁九三。
193 同上，頁二七。
194 蔡元放：〈東周列國志的讀法〉，黃霖、韓同文選注《中國歷代小說論著選》，江西：江西人民，二〇〇〇年九月，頁四二二。
195 同上，頁一八九～二〇九。
196 魯迅：〈宋人之「說話」及其影響〉，見《中國小說的歷史變遷》，台北：谷風，一九八〇年，頁三二三。
197 陳平原：〈「史傳」傳統與「詩騷」傳統〉，見《中國小說敘事模式的轉變》一書。台北：久大文化，一九九〇年五月，頁二三二。
198 語見孟森：《明清史講義》，台北：里仁，一九八二年九月，頁三一。
199 金榮華：〈雅俗文學與雅正文學的本質和趨勢〉，《通俗文學與雅正文學研討會論文集》，國立中興大學中國文學系，二〇〇一年二月，頁七。
200 解弢：《小說話》，黃霖、韓同文選注《中國歷代小說論著選》，江西：江西人民，二〇〇〇年九月，頁四七四。
201 陳遼、曹惠民主編：《百年中華文學史論（一八九八～一九九九）》，上海：新華書局，一九九九年九月，頁二五二。
202 王德威：《壓抑的現代化：晚清小說新論》，台北：麥田，二〇〇三年，頁三六。

203 艾蒂安．白樂日：《中國的文明與官僚主義》，台北：久大文化，一九九二年，頁一四五。
204 同上，頁一五二。
205 有關古代中國的社會結構現象，可參考瞿同祖著：〈中國的階層結構及其意識形態〉，《中國思想與制度》，台北：聯經，一九八五年，頁二六七～二九一。
206 科舉制度作爲古代中國最重要的選官制度之一，始於隋大業二年（公元六〇六年），終於清光緒三十一年（公元一九〇五年），清朝廷下令廢科舉。科舉的存在，對於王朝的鞏固與社會的穩定，及傳統文化的延續有重大的作用。朝廷出於治國的需要，賦予科舉重要地位，而士人則透過科舉實現自己治國平天下的抱負；除此宏偉理想外，平民百姓更是藉此改變自己及家族的社會階層，甚至獲得富貴榮祿。
207 沈既濟：〈枕中記〉，據《文院英華》校錄，收入《唐人傳奇小說》，台北：世界書局，二〇〇〇年，頁三八。
208 汪一駒：〈傳統中國人的觀念與中國人〉，《中國知識份子與西方》，台北：久大文化，一九九一年，頁五。
209 同上，頁七。
210 艾蒂安．白樂日：〈中國社會值得注意的方面〉，《中國的文明與官僚主義》，台北：久大文化，一九九二年，頁二五。
211 參見黃鵬：《書齋的瑰寶——筆墨紙硯》，台北：雙笛，一九九八年，頁二三一。
212 梁啓超：〈論小說與群治的關係〉，本文發表於一九〇二年《新小說》第一卷第一期，後收入《飲冰室合集》。錄自黃霖、韓同文選注《中國歷代小說論著選》下冊，江西：江西人民，二〇〇〇年九月，頁四四、四五。
213 衡南劫火仙：〈小說之勢力〉，《清議報》，第六八冊，一九〇一年。
214 王德威：《壓抑的現代化：晚清小說新論》，台北：麥田，二〇〇三年，頁六〇。
215 參考武潤婷：《中國近代小說演變史》，濟南：山東人民，二〇〇〇年。

216 語見王德威：〈「譴責」以外的喧囂〉，《從劉鶚到王禎和》，台北：時報文化，一九九〇年，頁六六。

217 該廣告由「新小說報社」署名，此報社由梁啓超負責，本文當出於梁氏之手，文載於清光緒二十八年（公元一九〇二年），《新民叢報》第十四號。錄自黃霖、韓同文選注《中國歷代小說論著選》下冊，江西：江西人民，二〇〇〇年九月，頁三二。

218 王德威：《壓抑的現代化：晚清小說新論》，台北：麥田，二〇〇三年，頁四一。

219 有關布爾喬亞階級的興起與小說的關係，參見廖咸浩：〈前衛運動的焦慮：詩與小說的典律空間之爭〉，《中外文學》，第二十一卷，第二期，頁一六九。

220 同上，頁一七四。

221 同註212，頁四一。

222 綠天館主人：〈古今小說序〉，收錄於黃霖、韓同文選注《中國歷代小說論著選》上冊，江西：江西人民，二〇〇〇年九月，頁二二五。

223 王德威：《如何現代，怎樣文學？》，台北：麥田，一九九八年，頁二六。

224 王德威：〈沒有晚清，何來五四？〉，《如何現代，怎樣文學？》，台北：麥田，一九九八年，頁二四。

225 王德威先生引用 John Zou，〈Travel and Translation〉的話語。

226 盧卡奇：《現實主義論》，台北：雅典，一九八八年，頁二四、二五。

227 如徐訏的《現代中國文學過眼錄》就提到：「五四運動以後，沒有人再重視文言文的刊物。白話文新文化新文藝的刊物已如雨後春筍，有人估計，一九一九年當中，至少出現了四百多種白話文刊物，報紙也在那一年出版了白話文的附張與副刊。……反對白話文運動與新文化的團體與刊物已經很難有什麼影響了。」台北：時報文化，一九九一年，頁二四。

228參見黃霖、韓同文選注《中國歷代小說論著選》下冊，江西：江西人民，二〇〇〇年九月，頁九六。
229陳平原：《二十世紀中國小說史》，北京：北京大學，一九九七年七月，頁七五四。
230同上。
231關於晚清社會與小說發展的關係，可參見張玉法：〈晚清的歷史動向及其與小說發展的關係〉，《晚清小說研究》，台北：聯經，一九八八年，頁一～二八。
232陳平原：《二十世紀中國小說史》，北京：北京大學，一九九七年七月，頁六五八。
233同註200，頁四七九。
234語見陳平原：《二十世紀中國小說史》，北京：北京大學，一九九七年七月，頁六八一。
235在與資深報人劉國瑞先生的訪談中，他說高陽對於自己作品集結成書後，出現的重複、枝蔓現象，也曾想再進一步整理改動，無奈鬻文維生，從未能有機會與時間作回頭整理的工作。

高陽歷史小說中的人情世故

逐條檢視高陽《胡雪巖》一書的情節大綱，便清楚地發現，高陽分布在各故事章節的機關，幾乎可將鴛蝶派三個主要浪潮，各個不同類型的舊小說套式，包含收納其中。事實上，胡雪巖這個人物，亦是高陽的「小說王國」中，穿梭交涉的人物層次最多，人際關係最為複雜，所需動員之寫實性材料及「傳奇」式情節類型最為龐大的一個。我們看到高陽透過對於「經濟」、「男女」、「生死」三種關係之拿捏與操縱，推演「人情世故」：人物間超凡的細膩心計和曲折城府。

黃仁宇在《關係千萬重》中提到：

> 我們回頭檢閱中外文學作品，發現有三種關係構成了各種小說與劇本不可或缺的題材：「一是生存的關係，王羲之作〈蘭亭集序〉即標榜著『一生死爲虛誕，齊彭殤爲枉作』，可見得保持自我（self-preservation）是人類共通的性格。第二種關係乃是性關係。告子說：『食色性也』，把男女間的情欲與飲食擺在一起。以後中文『性』之一字與英文的 sex 等量齊觀，看來原由在此。第三種關係乃是經濟關係，概括言之人類首先及希望保持生存的權力，次之生育繁殖，繼續下去更要豐衣足食。連孔子也說：『邦有道，貧且賤焉，恥也。』[236]
>
> 十九世紀末葉乃至二十世紀初，於歐洲產生的三個大思想家，他們個別以科學方法對這三種關係做出解釋：達爾文（Charles Darwin）是生物學家，著有《天演論》，論述中討論物競天擇，適者生存的自然程序；佛洛依德（Sigmund Freud）創立心理分析學派，發現了下意識（subcon sciousness）的力量，尤其注重性的推動力（sexual drive）在人類行爲中所產生的作用；馬克思（Karl Marx）則提倡唯物史觀，倡言「歷史的重心在物品的生產方式與分配方式。」[237]

這樣的生死—男女—經濟的關係模型，以及其後牽延的社會達爾文主義、精神分析學派乃至馬克思以降之社會學文藝理論等種種，直將人類的思想史於十九世紀末年捲入物質主義的最高潮。以此作爲當代文藝作品的編織軸線或布局之經緯，或有方法論上之空泛疏漏之虞。然而，在歷史小說的書寫上來看，確實存在著各種關係：一、是小說中人物間的關係，如各組人物間的生死恩仇、男女愛情的羅曼史傳奇，或各種附衍於經濟利害、金錢交換的衝突；二、是小說作爲背景所指定的時代關係，如作者所欲托寓諷喻的某一段歷史、公案、戰爭或亂世；三、或如小說寫實性細節所藉以調度之某一時代之皇室或庶民之生活、技藝、社會型態之知識百科（如清明上河圖）——恰好適合於某些龐大場景、人物眾多、關係繁複而知識考據鉅細靡遺的「大小說」之宏觀解讀。

黃仁宇在文章中援引例證其「關係」理論之作品，恰恰皆符合這樣的特質：

……《西廂記》與《傲慢與偏見》可算採用單元題材，彼此都以男女關係作寫作的重點。《傀儡家庭》雖然是提倡女權，但是娜拉的丈夫叫她「我們的小松鼠」，又以他獨自外出向人借債為不名譽，也就沾上了男女關係與金錢關係了。文學作品所敘述的橫寬與縱深加長放大，三種關係掛勾的機會愈多，讀者很容易看出荷馬所作史詩，就概括了以上三種關係。238

從莎士比亞到《齊瓦哥醫生》，黃仁宇並將托爾斯泰一千四百多頁的《戰爭與和平》放置在這樣的「生死」、「男女」、「經濟」的繁複關係網絡中討論。乃至於以這三種關係的出入來解讀中國古典小說《紅樓夢》與《水滸傳》。如下：

黛玉葬花——儂今葬花人笑痴，他日葬儂知是誰？一朝春盡紅顏老，花落人亡兩不知！——自身憐憫（self-pity）生死關係。

好姊姊，把你的嘴紅給我吃了吧！——你家裡只有門前一對石獅子才算乾淨——男女關係。

《紅樓夢》造成一段幻想（fantasy）：一個「富貴閒人」有無限的機緣去接近異性。所有的丫鬟全是國色天香。違犯倫理也沒有關係，因為全書不過是一本「風月寶鑑」。劉姥姥、焦大等人倒反提供了一個外界的現實。作者利用一般人好奇的心理，造成一座不勞而獲的大觀園之金碧輝煌，還要藉著以後的賈府抄家、寶玉出走做和尚，才把自己所製造的肥皂泡沫說穿說破，同歸於現實。[239]

至於《水滸傳》，所描繪的中下層社會完全又是一個不同的世界。「這樣看來，鋪陳關係，各有層次的場面。文學家敘述到不同的關係時，即已勾畫出來其後的社會背景。」[240]

以下擬以黃仁宇的「關係」模型，勘探高陽的歷史小說——以「胡雪巖三部曲」爲代表之敘事技巧、傳奇結構，乃至其敷衍史料的小說虛構策略。看高陽是如何藉以眞實故事作經，以想像和虛構作緯，將民間傳說和野史加以收集並給予想像擴張；且依據一定的歷史氛圍和主人公提供的蛛絲馬跡虛構故事，塑造人物，成爲深入中國傳統社會，瞭解宮廷鬥爭、權力傾軋、人際交往、風俗禮儀的通俗讀本。所謂「有水井處有金庸，有村鎮處有高陽」，在其蔓蕪龐雜的歷史掌故、考據知識、稗官野史的大敘事後面，穿梭編織一縱深世故的人情義理世界。

我們將高陽「胡雪巖三部曲」中的首部，三冊《胡雪巖》，以情節主線的方式，分爲三十二個情節區塊，每一個情節區塊皆有一組完整的戲劇場面——胡雪巖如何遇見危機，然後透過其人格特質與靈活手腕，化險爲夷；或是胡雪巖如何巧遇佳人，發展出一段綺旎纏綿的風月情緣；有些場面，高陽不憚細筆，精湛描述中國政商關係的曖昧糾結，其後所鋪展的晚清政經社會脈絡、官廷鬥爭、權力傾軋、人際交往、風俗禮儀、歷史知識……，翔實記載，予人「以小說造史」之印象；有些場面，高陽寫胡雪巖直如話本小說或唐傳奇裡的俠義人物，與漕幫人物相交，解其危難，「落門落檻」，甚至成爲漕幫存亡所相倚的傳奇人物：「小叔爺」。……這樣的以情節區塊、敘事內在邏輯分割方式，或與高陽的分章節方式小有出入，但結果大致相符。

《胡雪巖》的主線情節，分述如下：

一、「小胡」時期的胡雪巖，在茶店裡聽聞落魄的王有齡（一壺龍井泡成白開水還捨不得走，中午四個制錢買兩個燒餅算是一頓）父親生前曾爲之捐過一個「鹽大使」，但苦於無進京投供的盤纏，及「改捐」知縣的本錢，於是「小胡」去籌了五百兩銀子，義贈王有齡，供其上京補缺。

二、王有齡在北通州巧遇故人何桂清，何當年是王父親門下「門稿」老何的兒子，王父憐惜其才，令與王有齡「一起唸書」。不想後來何桂清點了翰林，此時爲戶部侍郎，放江蘇學政。兩人客途相逢，恰巧何正奉旨密查浙江巡撫一件案子。於是寫了封密信，託浙江巡撫黃宗漢「培植造就」。

三、王有齡至京加捐「候補知縣」，分發浙江。回到杭州，此時洪揚軍興，江寧被圍。王持何桂清之「八行」拜見黃宗漢，得到黃的信任。並得到藩台委札，接任「海運局」的「坐辦」，主管漕米改爲海運事宜。並與藩台桂麟相交。桂麟告知許多江浙漕米轉爲海運，種種牽涉各省、州、縣複雜之利害衝突與難辦之處，「坐辦」之職對王有齡算適格提拔，但上諭催運漕米甚急，於是王有齡處於初任爲官，既是轉機亦充滿挑戰的處境。

四、王有齡派人在路邊吃「門板飯」的販夫走卒裡，尋到了胡雪巖。兩人相談別後境遇，原來胡雪巖在錢莊做夥計，資助王有齡的那五百兩，原是出去收帳的銀兩。胡「擅作主張」轉借給王，結果被東家請捲了鋪蓋。且壞了名聲，同業無人敢用。王有齡感念之餘，讓他回老東家擺了場派頭。胡雪巖與東家張胖子泯前隙，結爲至交。並以海運局的代理匯劃，委交張胖子的「信和」錢莊。並結交收服了海運局赴滬辦糧運的周、吳二委員。

五、王有齡與胡雪巖決定買松江漕幫所賣之米，直接從上海北轉海運，但這批米「來源大成疑問，可能是從漕米中侵蝕偷漏，米質不好，但米價便宜」。此爲「折徵」：朝廷趕催漕米，先動庫款，買米運出，再改徵銀子，歸還墊款。

六、胡雪巖面見松江漕幫的魏老爺子及全幫管事的尤老五。胡以幫中義理及懇切分析局勢、剖切利害，得到魏老爺子的傾心對待，並以漕幫先輩典故，要尤老五尊稱胡爲「小爺叔」。胡的「落門落檻」及將「松江疲幫」之險境化解，得到松江漕幫兩代管事的敬重信任。

七、胡雪巖與船家姑娘阿珠初結情緣。但胡又自責「交運脫運」的當口，最忌桃花運。

八、胡雪巖在上海酬辦各路糧、款之運籌，並領王有齡便服玩逛上海長三弄堂。王有齡與長三畹香結了情緣。胡雪巖作主替王有齡將畹香贖身，並在上海安排「小房子」，置作外室。

九、王有齡辦妥公私兩方面差使，回到杭州交卸，黃宗漢異常滿意。且自桂麟處得知，黃採納王建議，派兵出省擊敵（長毛），蒙上諭褒獎。（高陽在此處側寫黃宗漢「不爲同年江蘇巡撫許乃釗留餘地，似乎企圖調任江蘇」）。王、胡二人回到當初贈金故地，席間胡雪巖告以決定自己開一間銀號。之後胡得到張胖子的全心支持，並收了一位年輕夥計劉慶生作自己的「檔手」，收服並點撥教導劉慶生。

十、胡雪巖的新銀號命名「阜康」。且收到消息，黃宗漢保王有齡署湖州府，並仍兼辦海運局。（按：這一段高陽細寫胡雪巖如何點透王有齡，黃暗示索賄一萬兩之竅門。並暗中運轉，以「阜康」名義，將此「黃撫台報餉的紋銀一萬兩」，令劉慶生託其老東家「大源」銀號轉匯，以在同行間立威）。王有齡新官上任，諸事麻亂，亦是胡雪巖以其交際手腕，替王收伏「刑名師爺」、「錢穀師爺」：秦壽門與楊用之兩位不同性格脾性之幕友。

十一、胡雪巖捐了個州縣班子。高陽用了一整大段的篇幅，處理胡雪巖與阿珠，細微宛轉、進退攻防的男女情愫。並細膩描寫了阿珠爹娘的性格，戲劇性衝突，以及胡欲出資借重阿珠爹在湖州開一間絲行，做「絲客人」，以對抗洋莊賤殺絲價。（按：這一大章回，高陽將胡雪巖如何把「男女之情」、「用人謀事」、「生意布局」及「判斷時局」幾種關係操弄編織在一塊的靈活手腕，寫得淋漓盡致）。

十二、胡雪巖教劉慶生「做大生意的眼光」，並說明「長毛一定要完蛋，這不是三年兩年的事，我做生意的宗旨，就是要幫官軍打勝仗。」於是劉慶生在錢業公會上，以「阜康」名義，認領官票兩萬。使阜康的招牌在官廳、同行間，立刻變得響亮。（按：此章高陽力筆寫胡雪巖如何以錢轉錢，周旋於解決藩台轉任虧空、江南大營協餉、同業之間的口碑，以及處置綠營軍官之散戶儲蓄……種種的大氣度與手段）。

十三、胡雪巖初識湖州漕幫老大郁四，結交並收服之。郁四與胡聯手做買賣絲之生意。郁四帶胡至土娼「水晶阿七」處，初識「小和尚」陳世龍。（按：此處高陽暗筆寫小和尚、水晶阿七、郁四三人之間曖昧的男女關係，且胡如何逆勢操作，將小和尚收爲學生帶去杭州，一爲欣賞其機靈可用之才，二替郁四除去眼中釘。）

十四、陳世龍至上海，打聽出上海「小刀會」劉麗川預備造反。胡雪巖與郁四預測上海絲價必定大漲，預備在湖州大筆購絲。並以在絲行門口送辟瘟丹、諸葛行軍散的宣傳手法，收購到大批「七里絲」。胡雪巖並起了念頭，決定將阿珠轉贈陳世龍。

十五、新城發生民變，一個和尚聚眾殺了縣官，王有齡奉旨剿撫，這時王與胡初識候補州縣稽鶴齡，發現此人極有才幹。胡雪巖結交並收服稽鶴齡及其友裘豐言。此二人日後在胡的事業版圖上皆占重要地位。稽是一孤傲耿直之人，裘是一嗜酒貪杯之人，胡雪巖收二人，皆有極精彩之橋段，胡且作主將王太太手下一位心腹丫頭瑞雲，作媒給新鰥的稽鶴齡續弦。

十六、稽鶴齡與胡雪巖結拜兄弟。胡雪巖至上海松江，拜見尤五及老太爺。老太爺對胡發了許多漕幫困境之牢騷，胡且替老太爺想了處置掛戶田的方式。胡且拉尤五入夥，做絲生意。趁小刀會起事，賺洋莊一票。胡並得識尤五的妹妹「七姑奶奶」，此人豪爽急人之難，外號「女張飛」。後亦是胡雪巖人際版圖極重要之角色。胡靠七姑奶奶將阿珠說轉了心意，才撮合了阿珠與陳世龍，也解了胡與阿珠的困局。

十七、小刀會起事，上海失守。尤五、胡雪巖與洋行通事古應春初識，（日後古成爲胡身邊與洋人談判籌買軍械的重要角色）。胡透過古結識洋人，做軍火生意，供浙江辦團練，並用松江漕幫的船運軍火。但這牽涉到浙江「砲局」主事龔振麟龔之棠父子的利益。胡雪巖在這件軍火交易上，一要摸熟與洋人交易的路子，二要救濟漕幫生計日窘之憂，三要替浙江團練加強軍火，四要顧及尤五與劉麗川不能撕破臉的江湖交情，五要避開得罪地方原主事槍砲之人。可說是面面俱到。古應春與七姑奶奶一見鍾情，胡雪巖再次撮合兩人，成人之美。

十八、胡雪巖處理陳世龍與阿珠的親事。

十九、胡雪巖回杭州，替王有齡解決許多繁瑣之事。並暗中替稽鶴齡賄賂巡撫黃宗漢二千兩銀票，使海運局一銜順利移交給稽鶴齡。王、胡、稽三人在賀席中，討論由裘豐言至松江接洋槍。

二十、陳世龍回湖州，籌辦婚事，橫裡卻冒出水晶阿七，藉舊情纏擾不休。原來郁四家女兒爭家產，藉口替郁四置侍妾，將阿七趕出。此事形成新婚在即的陳世龍極大困擾，亦擔心郁四誤會。後胡雪巖趕來湖州，巧施手腕，勸和郁四與阿七，幫郁四處置家產，面面俱到。並說服郁四協助趙景賢在湖州辦團練。（按：高陽在此橋段，大費筆墨描寫胡雪巖勸和郁四與阿七時，郁四的老人心境及阿七冤憤細微的女性心思和歡場女子的精刮厲害，可看出高陽承襲鴛鴦蝴蝶派一系的傳統。）

二一、郁四與阿七爲報答胡雪巖，替胡在湖州置屋娶妾，此女爲一小寡婦，名叫芙蓉。有一個叔叔，叫「劉不才」，絕頂聰明，但從小紈褲，在他手中將祖傳一家大藥行「劉敬德堂」敗光。胡雪巖一方面享齊人之福，一方面將劉不才結納吸收進自己的事業版圖，拿出資金和劉不才合夥，以其祖傳藥方子，重創一間「胡慶餘堂」藥店。以送藥捐助軍營打開名聲，與糧台做生意。

二二、胡雪巖將劉不才打扮成翩翩公子的樣子，用劉不才的場面、派頭和牌技牌品，去結納籠絡一位湖州的殷厚世家少爺「龐二爺」（按：此處高陽寫了許多當時賭場的規矩、場面、講究及知識）。龐二爺欣賞劉不才之餘，成爲胡雪巖極厚實的金援，兩人手上的絲貨，占上海的百分之七十，使胡與洋商的交易對決上，站在一優勢之地位。

二三、上海的絲貿易大戰，出現困局。洋人表示年關之前，無意買絲，有意「殺年豬」。胡雪巖大筆資金全困在這批絲貨上，且擔心小戶掉頭向洋商降價。只好再籌資金買小戶的貨。又擔心傳出風聲，阜康存戶紛紛「擠兌」，如此非倒閉不可。這時稽鶴齡又告訴胡，有個洋商走了「砲局」龔氏父子的路，龔家又走了黃撫外的路子，決定跟洋商買一萬五千支洋槍。（按：此章高陽寫胡雪巖陷於焦頭爛額之際，如何危機處理）。胡一面派裘豐言向龔氏父子細陳利害，並且在此生意上極盡漂亮，反與龔家「交上朋友」。並且在押運一事上，提醒龔「小刀會」可能劫軍火。

二四、胡太太爲胡雪巖在湖州置妾芙蓉之事，夫妻二人進行了一場暗潮洶湧、幾乎絕裂的鬥爭。稽鶴齡與裘豐言爲之調解，裘與胡戲談「妒律」。胡帶大女兒至湖州，芙蓉極力攏絡，將之「收服」。

二五、胡雪巖處理完家務，趕至松江。尤五告知七姑奶奶私奔，在上海跟古應春住在一起。胡雪巖又層層設計，將此一幾乎陷於「醜聞」之困局，完美解決。此時上海絲價漲了，但洋人厲害，千方百計至內地收絲。胡雪巖決定把絲趁早脫手。把洋人與官場「彼此不睦的原因拿掉」。

二六、胡雪巖在上海尤五相好「怡情老二」的長三堂子處，被安排與阿巧姐「借乾鋪」（按：高陽此處寫堂子女人風情，亦可見《海上花列傳》之影響，本段處理男女情愫關係，與之前阿珠或芙蓉迥異）。胡雪巖幾乎流連忘返在阿巧姐身上，但又警惕「不可在溫柔鄉中消磨志氣」。

二七、胡雪巖巧設機關，將阿巧姐轉贈何桂清為侍妾。因胡看出何與阿巧姐兩人皆有情意，於是決定「君子成人之美」。此時浙江政局亦有變動：江蘇巡撫許乃釗將調動，黃宗漢又將調離浙江，如果何桂清放了浙江巡撫，以王有齡的交情，自此胡在浙江官場的勢力，將無人可匹敵。資本調度、關卡通行，亦將無往不利。

二八、胡雪巖處置完阿巧姐之事，趕赴上海古應春與七姑奶奶處，恰芙蓉與劉不才亦至滬。眾人相聚，胡與古深談剖析當前上海局勢：洋人決定不接濟太平軍與小刀會，想和清廷官府坐下好好談生意；所以上海禁令有解除可能，如此胡手上大批屯絲生意可能完全落空，且當初是胡集結絲商散戶，合力對付洋人；部分款項甚至是墊借。於是胡與古決定與洋人開誠佈公談判。

二九、諸人至松江籌辦七姑奶奶婚事。胡雪巖與松江漕幫老太爺見面，得知老太爺的「同參弟兄」俞武成，打算在內河截奪浙江買的那批洋槍，不想此批軍火正是胡交託裘豐言押運之貨。「大水沖了龍王廟」。於是胡趕赴蘇州俞武成地盤，從其老母（俞三婆婆）、兒子處下手。（按：此一大段，高陽又寫胡雪巖以空子身份，「落門落檻」，身赴險境，曉以大義，動以情理，化解了一場本來箭在弦上的江湖風暴。博得了蘇州漕幫上下的敬重和交情。）之後俞三婆婆認芙蓉作乾女兒，胡雪巖暗命劉不才、周一鳴、裘豐言分路伏兵，親赴同里，細佈機關，終於收服俞武成，化解一場幫內喋血風暴，同時替何桂清招撫了蹺腳長根一批土匪。

三十、胡雪巖在同里，與俞武成結為肝膽相照之兄弟外，且得到蹺腳長根之推心置腹。這時與花樓女子妙珠有一場情緣糾葛，妙珠欲嫁胡未遂，竟險些上吊尋死。胡在劉不才與古應春之幫綴下，虛與應付，不想妙珠決意「卸牌子」，在胡爲之置辦的房子裡「帶髮修行」。

三一、胡雪巖回到上海，發現他和洋商的絲貨生意談判，之所以始終壓不下價錢，乃因龐二手下一個檔手朱觀宗出了花樣。此人野心勃勃，想借龐二實力，在上海夷場做江浙絲幫的頭腦，對胡雪巖表面敷衍，暗中處處打擊。胡展現出做大事不摔人飯碗之氣度，上則與龐二交互持股雙方之絲號與銀號；下則施「七擒孟獲」之計，至同興銀號查出朱福年私動公款之清單，把柄入手，卻不置人死地，將朱福年徹底收服，終於將手中大批絲貨出清給洋人。

三二、但這筆耗精費神的大筆絲買賣，結算下來，除了尤五、古應春、郁四諸人分紅，彌補海運局虧空，加上裘豐言和稽鶴齡之點綴，還要開銷杭、湖、同里三個「門口」之宕帳，反倒虧空萬把銀子。於是胡雪巖重新思考自己做生意之方向，古應春勸他：「經手的事太多了，好像面面俱到，未出紕漏，但難免不專心。」於是胡決定：將來錢莊親自下手；絲在上海，交給古應春；湖州交給陳世龍；藥店請劉不才；當鋪交由朱福年。這一切都因應著太平軍之亂的大局。他亦替尤五手下一夥漕幫兄弟，想好出路，利用漕幫的人力、水路勢力及現成船隻，承公私貨運，同時以松江漕幫通裕米行之基礎，大規模販賣糧食。胡雪巖的事業版圖，自此底定，「預備做一番轟轟烈烈的事業」。

當我們將高陽的《胡雪巖》以情節單元作爲區塊劃分出來時，不難發現：就篇幅及分章體例，高陽的長篇歷史小說，與後文將再詳述的傳奇結構：「一本崑山腔傳奇少則三十多齣，多則四五十齣」、「崑山腔傳奇作家在選取題材、結構故事的時候，總要悲歡離合、曲折複雜，以求得引人入勝的劇場效果；因此劇本的篇幅便勢必要較長，出數也相應地要較多，以便於容納複雜的故事內容，組織尖銳的戲劇衝突，細緻地從容地刻畫不同的人物，和穿插文武冷熱等不同的場子」[241]正好不謀而合。《胡雪巖》在前述的三十二個情節單元，每一個獨立單元皆可視爲一獨立事件，獨立戲劇衝突的短篇小說，亦暗合崑山腔傳奇「隨著唱詞節奏的放慢（如增加贈板）以及表演藝術日益細膩，三四十齣以上的一本傳奇，事實上已不可能從頭到尾一一搬演，而只能選取其中一些精彩的折子演出——所謂『折子戲』的書寫模式。[242]

康來新曾說，高陽的「曹紅系列」小說，就小說學而論，「可以說明高陽乃晚清《老殘遊記》，民初『鴛鴦蝴蝶派』的直系血胤。」[243]本章節之重點，即在於將高陽看似蕪蔓龐雜、汪洋巨大的長篇，以情節類型之方式分割區塊，如此可以追蹤出高陽布局一部長篇的嚴謹與用心——並不全如一般印象，爲「報刊連載」而「挾泥沙」、「跑野馬」、「走岔路」、「捲枝蔓」——他的每一小段情節區塊（有時一章裡包含兩三個事件，有時費兩三章完整交代、敷衍一個事件），皆完整而立體地刻畫單一事件及情境中，一組人物之間的衝突、交涉、內心情感、抉擇、勾心鬥角等種種「生死」、「男女」、「經濟」關係。我們亦可在這樣的「情節主線」的羅列中，看出高陽如何以胡雪巖爲核心，統攝編織了那許多包括「俠義」、「黑幕」、「才子佳人」、「偵探」、「商賈」、「公案」等種種故事類型，在他的嚴謹史實考證背景下，裏覆成一「想像性歷史演義」。

關於「鴛鴦蝴蝶派」小說，林培瑞在《鴛鴦蝴蝶派：二十世紀初中國城市通俗小說》中，以「浪潮」來分析此派文學的發展。他認爲每一個「浪潮」是由一次突然增加的故事和讀者數字顯示出來的。他說：「浪潮只與程度有關……因爲每種故事幾乎不斷的在流傳」，第一個主要的浪潮屬於民國一〇年代初的愛情小說，婚姻自由是突出的主題，徐枕亞《玉梨魂》即是一例。第二浪潮起於二〇年代後期，當時普遍存在一種對革命和袁世凱獨裁專政的失望，因此這個浪潮掀起的是諷喻性的「社會小說」，如李涵秋《廣陵潮》，西方式偵探小說如程小青《霍桑探案》，和暴露各階層的貪污情況並主要出現在單張小報上如上海《晶報》的「黑幕小說」。由向愷然的「武俠小說」《江湖奇俠傳》引發的第三浪潮，包括一般帶有反軍閥情緒的小說，這類小說在一九二七年到三〇年間最爲流行。244

周蕾的〈鴛鴦蝴蝶派——通俗文學的一種解讀〉則述及：

> 二〇年代，正當五四運動更加活躍的時候，鴛鴦蝴蝶派這個稱號一般用來攻擊仍不斷受到大眾歡迎的各類舊小說。因此，這一派笑說不僅包括愛情故事，還有「社會」小說、「偵探」小說、「武俠」小說、「黑幕揭祕」小說、「理想」或「幻想」小說、「滑稽」小說等等。這種廣義的界定一直被中國大陸批評家沿用至今，而大陸以外的作者則傾向「鴛鴦派」狹義地界定爲愛情故事。245

我們逐條檢視《胡雪巖》一書的「情節大綱」，便清楚地發現，高陽分布在各章節的故事機關，幾乎可將鴛蝶派三個主要浪潮，各個不同類型的舊小說套式，包含收納其中。事實上，胡雪巖這個人物，亦是高陽的「小說王國」中，穿梭交涉的人物層次最多（朝廷、疆吏、民間商賈、漕幫人物、洋商、賭場郎中、青樓妓女、官家婦女），人際關係最爲複雜，所需動員之寫實性材料及「傳奇」式情節類型最爲龐大的一個。藉由對照《胡雪巖》一著之「情節區塊」，追蹤分析高陽筆下，對於「經濟」、「男女」、「生死」三種關係之拿捏與操縱，也可以一窺高陽作品中，爲人所稱道之「人情世故」，他如何推演人物間超凡的細膩心計和曲折城府。

野翰林

一、經濟關係

關於高陽「胡雪巖系列」小說背後所牽涉的有清一代商人地位、官商結構性貪污文化，或清末政商關係種種命題，蔡詩萍〈「古爲今用」的現實反諷〉對清末的政商關係做了延伸的探討。文中指出清代的「捐納」制度，給商人一條考試之外的仕途，並檢視當時的商人，爲何不能在這結構性的貪污文化裡，形成一個新興的階級，好比西方近代資本崛起所憑藉之資產階級。他說：

高陽爲中國的官商網絡，描摹出利害與共的「共生關係」：中國的帝王統治術，一向重視權力的平衡，但這種權力平衡，不同於現代法治講究的「check and balance」，純粹是帝王的權謀考慮……。這等於變相鼓勵朝中權臣奪地盤、爭權勢；流弊所及，就是結黨拉派，坐大勢力，排除異己……。商人爲了「朝中有人好辦事」，拼命要搭上政治關係，一旦捲入政治派系的糾葛，在專制政治下往往要付出極大的代價。胡雪巖靠著政治投資，與官僚、權臣結成利益共生關係，固然使他的「阜康錢莊」儼然通行南北，但這卻不是事業最根本的保障。當另一個對照人物盛宣懷，緊緊抓住聲勢日旺的權臣李鴻章，同時，加走一條慈禧太后親信總管太監李蓮英的路子，因而躲過劉坤一的奏摺打擊外，還更因李蓮英的牽線，搭上光緒皇帝生父醇王的關係，奠定他在晚清「官督商辦」事業中的顛峰地位……。胡雪巖的垮台失敗，與李鴻章在晚清政治中的角色日漸吃重，終於凌駕左宗棠之上，實在大有關係246。

蔡詩萍就馬克斯・韋伯（M.Weber）諸人對西方資產階級興起，乃至一法律體系、現代性格官僚體系運作下，成熟且「繼續合理的」資本主義，對「紅頂商人」與現代資本主義之比較，下一結論，說道：

> 胡雪巖的「紅頂商人術」，是因應一個在意識型態上輕視商人，在客觀需要上又不得不「利用」商人的特殊歷史情境的產物。充分反映了商人在中國歷史裡曲曲折折的命運。「胡雪巖」所具有的歷史意涵，應當是讓我們藉以透視在進入資本主義社會體制之前，中國的政商關係具有什麼樣的糾結和互動。[247]

我們試著以圖表（見二〇六頁附圖）看胡雪巖在王有齡時期的官、商、幫集團的位置，不難看出，高陽的這整部「胡雪巖傳奇」，不外乎寫胡雪巖，怎樣識人才、逞豪義、贈千金、牽良緣；在各式各樣的人際結構中，巧施手腕、疏通關節、解決困境（通常是用贈金或撮合良緣的手段），最後結合了這樣一個上下交織、一起吃肉吃酒的同生的患難利益共同體。

可以看見，這個官商集團以胡雪巖爲核心，上有王有齡（及黃宗翰、何桂清代表的江浙地方大員）；核心智囊有稽鶴齡、裘豐言；上海洋商事宜有古應春；杭州阜康錢莊交給劉慶生；湖州絲生意一開始有陳世龍及阿珠父女，後來更結交大絲商龐二，兩人聯手控制上海市面七成絲貨以對抗洋人；「胡慶餘」藥行請劉不才；並以松江漕幫老大尤五之交情，承攬水路運輸貨運，結合上海古應春及地方團練趙景賢，可做「包運包買」之軍火生意；最後還收服了龐二手下一個搞鬼的檔手朱福年，爲其管理當鋪。

就傳奇、話本小說的傳統來看，《胡雪巖》三冊的故事，就是在講胡雪巖如何「過關斬將」，針對不同人的不同性格，不同困境或癖好，用出不同的手腕巧計，收服之並納入自己龐大商戰版圖的故事。這一個成分，其實頗似馬幼垣教授在〈中國講史小說的主題內容〉中，所提到包括《三國演義》、《封神榜》、《東周列國志》或「楊家將」故事……諸多「開國小說」演義之特質，他說：

> 派系對峙是小說內必有的成分，誓死効忠的英雄（通常是一個被人美化或寫成好像超人的勇猛而又富戲劇性的將軍），跟忠貞的部屬，形成一派，相對的，叛逆但高高在上的大臣，通常跟掌握大權的宦官及其他有勢力的朝臣、政府各階層的夥黨聯合，形成鮮明的另一派。小說家強調「朋友」與「敵人」的作用，來取得一種對照的效果和戲劇性的便利。248

寫作於二十世紀末的《胡雪巖》系列當然比這個結構要複雜許多。不過，除了寫實主義之細節引入及現代性小說人物內心描寫之技巧；高陽將「開國小說」裡的武功對陣、神仙幻術，換成了十九世紀末中國經濟實況的各種商業機制及官商權力交涉之生態。小說的趣味確實不脫這種由層層「經濟關係」逐漸掛勾、結夥同盟的「派系對峙」之戲劇效果。

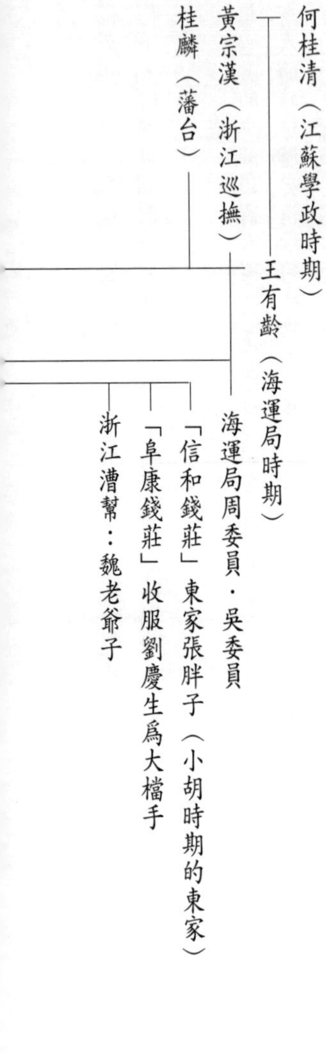

王有齡（湖州知府時期）

何桂清（浙江巡撫時期）
胡雪巖將愛妾阿巧姐贈何

胡雪巖

尤五・七姑奶奶（兄妹）
湖州漕幫：郁四・水晶阿七・陳世龍
蘇州漕幫：俞武成・俞三婆婆・蹺腳長根
刑名師爺秦壽門
錢穀師爺楊用之
阿珠・陳世龍（由胡雪巖撮和）
其父老張、母（開絲行）
嵇鶴齡（後接海運局）胡雪巖作媒將王有齡夫人之丫頭瑞雲
嫁作填房
裘豐言
古應春（胡雪巖在上海主持洋務並談判之人）
七姑奶奶（胡雪巖替古應春及七姑奶奶作媒）
湖州小妾芙蓉
三叔劉不才（胡雪巖重用他的藥方，並開設「胡慶餘堂」）
並以其紈褲氣質及牌技收了湖州絲商龐二
龐二（湖州大絲商，胡雪巖與其聯手，在上海與洋人對決）

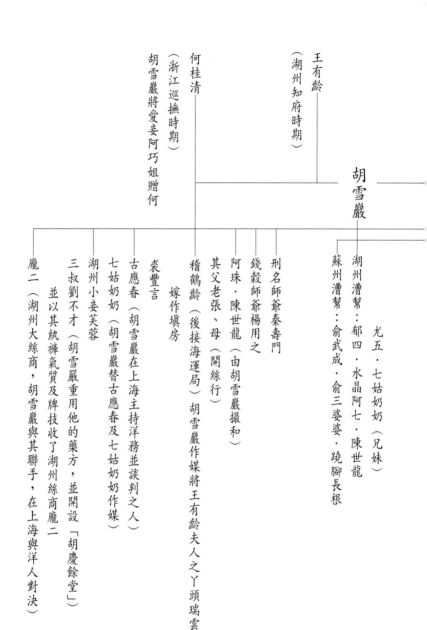

高陽筆下的胡雪巖，是如何拉攏官家、商人、幫派人物呢？我們試將其手法，舉例如下：

(1)以財、色濟人

「小胡」時期的胡雪巖，就曾經義助當時落魄失意的王有齡「攻捐」知縣之本錢與盤纏，從此結盟為患難知己，一直到王有齡因太平軍亂，殉亡杭州城止，王一直是胡最堅固穩定之「靠山」，而胡雪巖對於王有齡而言，正是以財力為其後盾。而以美人作為收服人心或助力，更是胡雪巖的手腕之一，「經濟」關係與「男女」關係的複雜交錯，由此可見一二。

一、替王有齡在松江置妾畹香。

二、把幾乎成為自己側室的阿珠安排轉嫁給徒弟陳世龍，不僅成就二人美好姻緣，更使陳世龍死心塌地地効忠。並延伸其姻親關係，用阿珠的父親老張為其管理絲行。

三、解水晶阿七與郁四、陳世龍之圍，使郁對胡更傾心相交，並投資胡在上海絲生意的頭寸虧空。

四、替古應春與七姑奶奶作媒，化解七姑奶奶私奔之醜聞風暴，自此古應春與七姑奶奶成為胡在上海與洋人貿易談判最堅實的臂膀。

五、替嵇鶴齡娶下王太太的丫頭瑞雲，至此收服耿直孤傲之嵇鶴齡，並結拜兄弟。

六、將心愛女人阿巧姐（亦幾乎為妾）贈何桂清為側室，使將調浙江之何桂清為胡更大之靠山。

(2)以賭局收人

胡雪巖用劉不才在一場賭局上擺闊，以牌技賭品在牌桌上折服湖州大絲商龐二，不著痕跡完成一場賭桌政治，可說是投其所癖的最高意境。另外再深入險境，阻止一場蘇州漕幫劫軍火的危機中，亦是以在牌桌上「放銃」，刻意把將贏的一萬兩銀子放棄，才收服了原先詐降的蹺腳長根。

(3)幫會光棍交情

胡雪巖不論與松江漕幫「老爺子」、尤五；湖州漕幫郁四；蘇州漕幫俞武成一家，初次打交道，都是以講話「落門落檻」，且深知對方幫會面臨經濟存亡之困境，為其想出解決之道，與其結盟投資，最後成為漕幫上下一致尊崇的人物。

(4)知人惜才，用人得所

高陽寫胡雪巖，最愛說的兩段話是：「沒有不能用的人，只怕不會用他」；以及「花花轎兒人抬人」。包括「阜康」銀號初創，大膽用新人劉慶生為檔手；以及收服小混混「花和尚」陳世龍，為其得力助手；甚至原本在其妾芙蓉口中「不成材」、紈褲好賭的叔叔劉不才，也被他用其賭技收了龐二；甚至最後原本幾乎造成他上海「土洋對決」絲生意功虧一簣的，龐二的檔手朱福年，也在為其收服後，成為他當鋪之總管。

(5)不擋人財路

胡雪巖即使在原本和洋人談好之大筆軍火交易，被浙江「炮局」龔家父子「踩了線」，在看出對方「這樁交易中不妥之處」，仍軟硬利脅使對方妥協，並讓龔家吃了大筆的紅利，或是即使基於民族主義與上海洋商，進行絲價大戰，在因為禁運對己方有利之際，他仍是說：「我在想，禁止絲茶運到上海搞下去兩敗俱傷，洋人固然受窘，上海的事面也要蕭條；我們的作法，應該在從中轉圜，把彼此不睦的原因拿掉，教官相信洋人、洋人相信官場，這樣子才能把上海弄熱鬧起來……。那時開戲館也好，買地皮也好，無往不利。」249

綜上所述，高陽「胡雪巖系列」小說，確實是「對中國式政商關係的曖昧糾結描述精湛」250、「對於商界與政界你來我往的實際運作有非常詳細的敘述」251，在晚清東南門戶大開、洋務問題成爲朝廷政爭之焦點、太平軍橫竄長江沿岸城市、財政日蹙、地方糜爛、疆封大吏彼此糾結集團鬥爭等種種背景下，如何以「經濟」關係爲主軸延伸發展出來的繁錯人際網絡之「大敘事」。

高陽在最後一部《燈火樓台》的後記中，曾提及他對這三部曲寫作中途，產生最深刻的感慨：

> 第一、胡雪巖失敗的主要原因，當英國瓦特發明蒸氣機，導致工業革命後，手工業之將沒落是時間的問題。胡雪巖非見不及此，但爲了維持廣大江南農村養蠶人家的生計，又不願改弦易轍；亦又不甘屈服於西洋資本主義國家雄厚的經濟力量之下，因而在反壟斷的孤軍奮鬥下導致了周轉又不靈的困境。胡雪巖是不折不扣的民族資本家；如果在現在一定會獲得政府的支持，但當時的當政者並無此種意識。所以他的失敗，可說是時代的悲劇。
>
> 第二、胡雪巖失敗後，態度光明磊落，不愧爲我鄉的「杭鐵頭」。252

可見高陽對於胡雪巖最後獲致失敗結局，是大有時不我予之嘆的。胡雪巖的失敗，在高陽後記的感慨中，其實像是清代，一個古老的帝國，未能預見時代的潮流。在他筆下，這種失敗是非戰之罪。

二、男女關係

高陽筆下人物不下千百，但凡其中環繞男女關係或女性形象做爲小說敘事之戲劇性主體者，約可粗分三類：

(1)以《李娃》、名妓《小鳳仙》為代表的「有情有識的風塵奇女」

事實上高陽的歷史小說群，題材橫跨宮廷內幕、江湖奇俠、曹紅家史、清末名臣、紅頂商人、民初軍閥等種種面向，難免以男性人物及其擴展之人際關係爲敘事主軸，穿閃隱藏在其中的女性角色出場橋段，以高陽濡浸「鴛鴦蝴蝶派」小說之影響，男女情事之浪漫傳奇常總敷衍於酒樓妓院。而高陽筆下令人印象深刻者常亦是這些青樓女子的諸般面貌。江少川盛讚高陽的《李娃》是：

> 中外文學作品中，曾成功塑造過許多妓女形象，外國文學中，如《悲慘世界》中的芳汀、《茶花女》中的瑪格麗特、《交際花盛衰記》中的埃斯黛、《復活》中的瑪斯洛娃等，中國作家筆下如杜十娘、趙盼兒、玉堂春、月牙兒等也都是人們所非常熟悉的風塵女子，高陽重塑的李娃，又爲文學畫廊的妓女系列中增添了一個獨具光彩的人物。253

(2)以「曹紅系列」為故事主軸大戶人家之仕女群像

散布於這一系列的女性形象或是男女關係，總限囿於《紅樓夢斷》、《紅樓夢》群芳諸人宿命性地衰敗或淫喪之命運，如康來新就指出：

> 《紅樓夢斷》的人物設置，與原著《紅樓夢》的形象體系，有著相當明顯的對應關係——其一，李家與寧府的相互對應，譬如：鼎大奶奶／蓉大奶奶，李鼎／賈蓉，李煦／賈珍；其二，曹家和榮府的相互對應，譬如曹太夫人／賈母，曹／賈政，馬夫人／王夫人，芹官／寶玉，曹震／賈璉，震二奶奶／璉二奶奶，李姨娘／趙姨娘，棠官／賈環，秋月／鴛鴦，楚珍／金釧，春雨／襲人，小蓮／晴雯，錦兒／平兒[254]。

所以即使高陽屢屢重申不願「曹紅系列」小說被當作《紅樓夢》的「仿作」來讀，但書中不論閨閣之情、衰敗哀感、以及自李煦和鼎大奶奶偷情亂倫以降，李鼎和震二奶奶、天輪；震二奶奶和曹世隆；曹震與鏽春、賽觀音；曹雪芹與春雨……，幾乎全像《紅樓夢》之寫實版或底片，將人物間的男女關係，打轉在豪門大家陰暗面紊亂失控的男女之防上：亂倫、偷情、嫉妒、捉姦、設計等，形成了一個「窺淫浮世繪」的封閉世界。

(3)「慈禧」系列小說中的西太后

對於這個女性角色的描寫，可視爲高陽筆下與「胡雪巖」並立的藝術顛峰。高陽藉由慈禧從「辛酉政變」到「辛丑條約」之後，奪權四十年間，清宮內幕舉諸誅殺肅順、與恭王暗鬥、毒殺慈安、干預朝政、乃至母子君臣、戊戌變法等，種種影響晚清國事政局的重大歷史風暴，卻猶能在權力欲望、玩弄宮廷權術、對抗男性群臣以祖宗家法爲名之制衡之餘，處理其女性嫉妒之殘忍面，以及穿梭於寡婦、母親、獨裁者之間的複雜人性及孤獨心境。一如陳薏如在《高陽清代歷史小說研究》中所分析：

> 高陽亦多方面去塑造慈禧這個角色。她是一名寡婦，也是同治皇帝的生母，寡婦的淒清寂寞促使她將心力放在處理政務上以轉移長夜寂寥的心境；強勢的作風與嚴厲的態度又是同治皇帝寧可親近慈安太后而對生母敬而遠之，在感情生活上並不如意，有值得同情的一面。但安德海伏誅時她打殺慶兒出氣，慈安太后出示文宗密詔後她毒殺了慈安以免此事落人話柄，戊戌變法失敗她竟要當庭杖責皇帝，又有其極爲嚴厲的一面。作爲一個無人能及的專制君主，作者還不忘安排她尚有一畏，即畏恭王之女榮壽公主。因而慈禧這個角色在歷史定性之下具有複雜多面的特徵，是高陽最成功亦是用力最鉅的小說人物之一。[255]

高陽在《胡雪巖》一著，或整個「胡雪巖」系列中，男女關係的設計與描寫，常只是胡雪巖用以周旋政商官、鞏固他那個「官僚靠山—商業同夥—幫會情義」，以男性情誼爲主體的「經濟」關係的一環，甚至常作爲他收服下手，使之「忠心耿耿、實心効力」的重要手腕。

筆者在前文男女關係中之「以財、色濟人」一項，已多有舉例：包括胡爲王有齡置妾畹香，將心愛的美妾阿巧姐贈與何桂清爲側室，或是以替嵇鶴齡作媒娶王夫人之丫頭瑞雲，皆因此鞏固了他在蘇、浙官場堅實的靠山和地盤；他與船女阿珠一段「郎有情、妾有意」，幾乎結成親家的情緣，卻只因一念「此際不是交桃花運之時」，便費盡心思，巧施手腕，將阿珠轉嫁給他的徒弟陳世龍，將陳收爲最忠實的心腹；他在上海洋場，與洋商談判（包括影響胡事業版圖最鉅的絲貨生意或軍火賣賣）最倚重的洋務人才古應春，也是因他幫撮牽線下，娶了松江漕幫老大的妹妹七姑奶奶，才使得他的生意野心得以插足上海；至於他在漕幫的地位鞏固，以及湖州絲生意的踩穩地盤，全在於他替湖州漕幫老大郁四，解決了一場「家門內的風暴」。有時這些江湖人物們會「投桃報李」，譬如在胡雪巖解決了郁四與水晶阿七的情緣糾紛後，郁四爲了報答他，透過水晶阿七，幫胡從物色美婦、安置新居、設宴賓客、送入洞房……一手包辦，讓胡享齊人之福，在湖州擁有妾室芙蓉。胡雪巖仍可以從這樣的裙帶關係裡找到生意經，藉著收服本來對這件忽視、反對的芙蓉之叔劉不才，收納他本來沒落頹敗的祖傳老藥行之藥單，重開「胡慶餘藥行」，並借重其紈褲品行及高明牌技，爲之節納、收服湖州要商龐二公子。

這種種「男女關係」，幾乎全依附著胡雪巖擴充其事業版圖，結交各方人脈與勢力之「經濟關係」而兜轉。所以使得高陽在《胡雪巖》中有關男女之情的橋段，常常在前面花費相當大的篇幅處理細微宛轉之男女情思——這部分高陽甚至是有意賣弄他承傳自《紅樓夢》乃至《海上花》一脈，擅寫男女風流情事、調情鬥嘴猜疑賭咒……種種鴛鴦蝴蝶派的狎暱旖旎筆法——卻又耗費相當篇幅，安排、處置、給予厚贈、說以利害，將已動了情愫的女性角色，視作危機處理的威脅處置轉嫁。例如寫到胡雪巖與船女阿珠的一段情緣，一開始胡絕對居於主動。不論在「四下無人私語時」的船艙裡，胡以言語撩撥：

> ……胡雪巖先不答，恣意凝視著，見她雙眼惺忪，右頰一片紅暈……「這有個名堂，叫做春困。你有沒有作春夢？」

「作夢就是作夢。」阿珠嗔道：「什麼叫春夢？一個你，一個張胖子，說話總是帶冒頭……」

胡雪巖問道：「這串珠蘭是不是你的？」

「啊！」她把雙眼張得好大，「怎麼會在你手裡？」

「在我枕頭旁邊找到的。我就不懂了，是不是特意送我的？」

「那個要送你？」阿珠彷彿受了冤屈似的分辯，「下半天收拾房間，累了，在你舖上打了個中覺；大概那時候遺落下來的。」……

胡雪巖笑道：「妳想想看，妳頭上戴的花，會在我枕頭旁邊發現，別人知道了會怎麼想？……妳一定跟我同床共枕過了。」

「要死，要死！」阿珠羞得滿臉通紅，咬著牙打了他一下。[256]

甚至動手動腳，乃至於認阿珠之娘爲「乾娘」，爲阿珠之父老張出資開絲行，以致於包括王有齡在內的胡雪巖之男性朋友，皆半公開視阿珠爲胡在湖州之側室。胡自上海回杭州，也像對待情婦一般，替阿珠捎帶一個「百寶箱」，內有「一瓶香水、一個八音盒、一把日本女人插在頭上當裝飾的象牙細篦，一只景泰藍嵌珠的女錶」[257]；高陽在大費筆墨以「內心獨白」方式描寫阿珠的女性情感時。亦皆是輾轉糾纏在「嫁入胡家後自己的身份地位」：「……他這時又想到了那天張胖子跟他開玩笑的話，說：『進了胡家的門，自然要替胡老太太、胡太太磕頭了』，這不是明明已經娶了親？就不知道有小孩沒有？……就在這一轉念間，阿珠打定了主意，如果胡雪巖願意，就是『兩頭大』；另外租房子，把爹娘搬了一起去住。不願意就拉倒！」[258]

兩人的關係親密到胡雪巖可以和阿珠討論她肚兜的花色：「胡雪巖去解她的鈕釦，『我看看你的肚兜，繡是什麼花？』『不可以！』阿珠抓住了他的手……『我好好繡個紅肚兜。你看，繡什麼花樣？』『自然是鴛鴦戲水。』阿珠一下子臉又紅了，低著頭不作聲。」

乃至之後胡雪巖決定將阿珠「處置」給他的學生陳世龍——陳之前對阿珠仍稱呼「胡師母」——亦事先經過男性情誼的默契（胡與陳的一番懇談）；再經由尤五、七姑奶奶從中遊說、巧施手段。才暗渡陳倉，「替阿珠辦一場風風光光的婚事」，並保證投資阿珠父親絲行生意的用心不變，費盡心機才將這時嚴詞「我和胡先生之間清清白白」的阿珠轉嫁給陳世龍，並博得王有齡的讚賞：『雪巖！』他說，『我現在才知道你的樂趣，試看天下有情人都成眷屬，實在是件賞心樂事。』[259]

人際關係的流轉，是以男女情愫轉換成經濟因素之計算，在高陽筆下的胡雪巖，眞的是件「賞心樂事」嗎？胡雪巖將所愛之女性慨贈他人的另一例子，是將在上海堂子處已有肌膚之親的阿巧姐贈給即將接住浙江巡撫的何桂清爲妾：高陽此處寫堂子裡女人的「風情」更見《海上花》一路「鴛蝶派」小說之影響。且這段豔情被「夠朋友」的江湖男性同儕幾乎按「湖州小妾芙蓉」的模式——尤五和古應春「認爲郁四他們在湖州爲胡雪巖謀娶芙蓉這件事，卻是夠好朋友的味道，不妨如法炮製」[260]——到阿巧姐的夫家和娘家，「花上三、五百兩銀子」，買得自由身，作爲胡在上海的側室。而高陽對胡此時的內心描寫則是：「……阿巧姐的情味，與他過去所遇的任何女人不同，眞可以說一句，『牡丹花下死，做鬼也風流！』但世界上天生有一種福氣人……專門可以消耗在阿巧姐這種尤物身上；而自己不同，自己是天生來做生意的，而且是做大生意的……」[261]

於是，幾乎是重複了一遍「阿珠贈陳世龍」的巧費心機與周旋折衝，不過這次「男女關係」轉換的「經濟關係」的對象與規模變了，對象是將決定他日後事業根基的權力來源何桂清。而高陽寫堂子女人阿巧姐面臨這種「像我們這樣的人還不是有錢大爺的玩兒的東西……高興了花錢買了來，玩厭了送人」的難堪情境，其內心轉折的戲劇性亦與「又羞辱又嗔恨又感激」的阿珠不同：「……一聽這話，阿巧姐怕煮熟了的鴨子，就此飛掉，豈不是弄巧成拙？但如果老實說一句『願意』，則裝了半天的腔，又是前功盡棄。左右爲難之下，急出一計，盡力搜索記憶，去想七歲當童養媳開始，受婆婆虐待，冬天生凍瘡還得用冷水洗粗布衣服……。漸漸地心頭發酸，眼眶發熱，抽抽噎噎地哭出聲來。」[262]

胡雪巖這邊，則是看透阿巧姐「似逆而實順，似怨而實喜」，以退爲進的做作。他的內心計算卻是：「胡雪巖心裡在想，此刻必得爭取她的好感，讓她對自己留下一個感恩圖報的想法，將來她才會在何桂清那裡，處處爲自己的利益著想——他想起稽鶴齡談過的，秦始皇身世的故事，自己倒有些像呂不韋，不知不覺地笑了出來。」[263]

就浪漫傳奇的情節機關來設計，高陽寫胡雪巖動員江湖友人（尤五、七姑奶奶、古應春、陳世龍）——這些人的交情是建立在「經濟關係」昇華成「生死義氣」的事業共同體——爲之解決處置這種複雜的「男女關係」（把自己的女人贈嫁給將收編爲商戰集團一份子的男性友人）作爲「危機處理」可說是嚴絲合縫。但在以寫「情」爲價值核心的「才子佳人」類型傳奇傳統裡，隱隱卻有一種不自然，那正是高陽在《胡雪巖》文本後面的「男女經濟觀」。

事實上，穿插在三部「胡雪巖系列」，胡雪巖疾如走馬，到處籌資、結納人物、收服人才、爲朋友解決困境難題，在太平天國之亂、洋人叩關東南、新型態之洋務官辦商機浮現（軍火與籌餉）、朝廷將臣鬥爭日熾、漕運絲業糧米地產各種民生百工正處於巨變的歷史場景裡，高陽著墨的幾段男女感情段落，幾乎全是這種「既談感情，亦算計利害、名分、權力」的世故情感。不光男子（通常是胡雪巖）在戀情豔遇中權衡利害得失，將男女情歡之私領域擴大至事業版圖考量其人際布局；那些女子們也總在軟玉溫香、涕泣嗔鬧之間，步步爲營，爭取自身的實際利益。

譬如胡雪巖在替王有齡與上海長三堂子妓女畹香談判，欲說服畹香贖身，置爲王有齡外室一幕，王有齡假托頭暈，避到後房床上，由胡與畹香談判，雙方你來我往，互開條件，直如市集喊價殺價：

……（胡問畹香）「倘或王大老爺一個月幫妳卅兩銀子，妳不是就可以關起門來過清靜日子了？」「那是再好都沒有。不過——。」畹香搖搖頭，不肯再說下去。「說呀！」胡雪巖問道：「是不是有債務？不妨說來聽聽。」「眞的，再沒有比胡老爺更明白的人！」畹香答道：「哪個不想從良？實在有許多難處；跟別人說了，只以爲獅子大開口，說出來反而傷感情，不如不說。」於是胡雪巖在內心衡算，「開出口的數目不會少」，他亦聽聞過，有所謂的「淴浴」一說，負債累累的紅倌人，抓住一個冤大頭，枕邊海誓山盟，非他不嫁，於是，花鉅萬銀子替她還債贖身，而此紅倌人從了良，一年半載，必定不安於室，想畫花樣，下堂求去，原來一開始就是個騙局。於是胡雪巖既動之以情，復分析利害，幾經折衝，兩人商量出一個辦法：譬如說：王大老爺到上海來，就住在你這裡；當然，你要脫空身子來陪他。或者，高興了，接你到杭州去燒燒香，逛逛西湖，不又是做了一陣短期夫妻。至於平常的開銷，一個月貼你廿五兩銀子；另外總還有些點綴，多多少少，要看你自己的手腕。」這個辦法當然可以接受，「就怕一層，萬一王大老爺到上海來，我正好不空。」畹香躊躇著說，「那時候會爲難。立了這個門口，來的都是衣食父母，哪個也得罪不起。胡老爺，我這是實話，你不要見氣。」「我就是喜歡聽實話。」胡雪巖說，「萬一前客不讓後客，也有個辦法；那時你以王太太的身份，陪王大老爺住棧房，這面只說回鄉下去了。掉這樣一個槍花行不行？」怎麼不行？畹香的難題解決，頗為高興，嬌聲笑道：「眞正是，胡老爺，你倒像是吃過我們這一行的飯，眞會掉槍花！」264

這一段描寫，將胡雪巖的深諳世故，寫到連妓女都驚異佩服，乃至失言（其實是深爲折服）說胡簡直可以來做妓院的「相幫」了。後來畹香雖然惶恐賠罪，但高陽對妓院生態的男女關係，刻畫細膩深刻之深，也可從此處看出。

「胡雪巖系列」裡的女性角色，除了胡太太，「螺螄太太」、七姑奶奶或王夫人的丫頭瑞雲之外，幾乎全是青樓背景的妓女身份。即使是最後對陳世龍宣稱「與胡雪巖之間清清白白」的船女阿珠，本來的身份亦是在河船上應付往來船客的調情與「動手動腳」；胡雪巖在湖州的側室芙蓉，本來的身份是寡婦。但她亦是透過有妓女過往的水晶阿七牽線，且與胡的「新婚之夜」從置屋、酒宴、到送入洞房，全是胡雪巖的朋友湖州漕幫老大郁四，爲了報恩，一手包辦。胡從頭到尾被蒙在鼓裡，整件事形同「賣身」。至於《燈火樓台》裡，高陽寫到胡雪巖龐大的事業版圖，在一夕間崩塌瓦解，主要背景當然與胡的靠山左宗棠與李鴻章鬥爭失勢有關；但在之前胡曾在古應春、七姑奶奶夫妻的忠諫下，打算整頓手下當鋪的爛賬弊端。但就因「公濟典」的管總唐子韶，安排了一道「美人計」，用自己的姨太太月如，勾搭上胡雪巖，使胡打消了原本的整頓計畫，也爲日後的敗亡埋下伏筆。而高陽寫月如色誘胡雪巖「白日宣淫」的場面，男女對白的形容，其實與他筆下其他妓院風光無異。

高陽在《胡雪巖》裡的「妓院群芳」女性形象，其實可以上溯十九世紀末鴛鴦蝴蝶派名著《海上花列傳》（韓邦慶 1856-1894 著）。張愛玲曾在〈國語本《海上花》譯後記〉中提及：

《海上花》第一個專寫妓院……填寫了百年前人生的一個重要空白。265

又說：

《海上花》寫這麼一批人，上至官吏，下至店夥西崽，雖然不是一個圈子裡的人，都可能同桌吃花酒。社交在他們生活裡的比重很大。……「婊子無情」這句老話當然有道理，虛情假意是她們的職業的一部份……過去通行早婚，因此性是不成問題的。但是婚姻不自由，買妾納婢雖然是自己看中的，不像堂子裡是在社交的場合遇見的，而且總要來往一個時期，即使時間很短，也還不是穩能到手，較近通常的戀愛過程。這制度化的賣淫，已經比賣油郎花魁女當時的手續高明得多了。266

當然，高陽在「胡雪巖系列」裡所處理的男女關係，立意絕對不是在於一個社會學式的「十九世紀末上海、杭州、湖州各城市的妓院人際描寫」——一如周蕾在她的〈鴛鴦蝴蝶派——通俗文學的一種解讀〉一文中質疑大陸學者（如林培瑞、柳存仁等人），習慣將「鴛鴦蝴蝶派」作品視爲「一定歷史時期出現的一種文學現象」。「半封建半殖民社會的『典型』產物」這樣的「歷史唯物主義方法論」267——但是張愛玲對於《海上花列傳》中嫖客妓女間，在「制度化的賣淫」後面，那種人道的，「近乎通常的戀愛過程」的關係之論述，恰亦可解釋高陽以「穿插藏閃」之技巧（這又是韓邦慶自謂《海上花》從《紅樓夢》、《儒林外史》脫化而來的技巧），置放在以男性關係爲故事主體的官場文化、商戰同夥、漕幫義氣等段落間的「男女關係」或女性角色。

高陽筆下的這些女性角色，其實各有不同性格，雖然她們的輪廓仍難脫《紅樓夢》十二金釵女性形象群的痕跡：例如前面提到的阿珠，在與胡雪巖口頭爭風、爭寵吃醋時，心高氣傲的模樣令人不得不想到賈寶玉身邊的晴雯；但等到胡心意已定，半分析厲害說服，半以形勢強迫要將她轉嫁給陳世龍時，她半推半就的模樣又像極襲人。至於那個行事作風大膽，扮男裝逛窯子，主動與古應香私奔的七姑奶奶，性格完全是湘雲的翻版。更不消說湖州漕幫老大郁四的姘頭水晶阿七，對「小和尚」陳世龍糾纏時的放浪形骸，但對黃儀意圖調戲時則剛烈嚴拒；後來胡雪巖與之談判時，他又露出對郁四老頭近乎家人的情感：「想想還是老頭子好，樣樣依我；換了別人，要我樣樣依他，這在我，也是辦不到的。」[268]則又令人想到《紅樓夢》中的尤三姐。

這些依附在「談生意」、「社交」、「男性社會」關係結構上的男女關係，除了「浮花浪蕊」的妓院風情，和精悍世故的利益談判外，有沒有屬於「戀愛」成分的，「死生契闊」的至情描寫呢？在長篇小說的布局上，大致在「胡雪巖系列」的後兩部：《紅頂商人》與《燈火樓台》中，高陽才依據著主情節的重大發展，處理了兩個大段落，兩位不同的女性，在胡雪巖遭逢災禍、面臨險境，乃至最後整個龐大事業體分崩離析的時刻，是如何表現出患難夫妻相濡以沫的動人情感：

(1) 阿巧姐

《紅頂商人》的前半部，小說背景是杭州城被太平軍圍，即將陷落，王有齡託人將遺書轉給胡雪巖，乃已決心殉城。而胡受王有齡之囑，在上海籌辦糧食，但船至杭州城外江畔，卻無法突破層層包圍的太平軍人馬，將糧食送進城內，舊傷復發，乃至高燒體虛，終於病倒。在這個人生、事業的谷底，且處於生死危難之際（王有齡一死，等於胡雪巖的靠山倒了，從前代收官款的許多帳面，一經人造謠徹查，必倒無疑），阿巧姐卻老遠趕來照顧胡雪巖。那時阿巧姐已是下堂的「何姨太」，只因何桂清臨敵脫逃，落個「革職拿問」，於是散盡妻妾。高陽寫到阿巧姐照顧胡雪巖至醒轉，兩人合睡在大床上，閒聊起分手後兩人的際遇。高陽寫道：「……算一算有六年沒有這樣看過她了。離亂六年，是一段漫長的歲月，多少人生死茫茫，音信杳然，多少升沉浮降，榮枯異昔，想到六年前的阿巧姐，只如隔了一夜做了個夢。」[269]兩人之間的情感，已非當年在弄堂花樓裡的試探調情。胡甚至說了這一段感慨的話：「這趟我眞是九死一生——不是怕路上有什麼危險，膽子小；是我的心境。從杭州到寧波，一路上我的心冷透了……。所以我自己對自己說，將來等我心境平靜了，對什麼人都要冷淡些。」然後他告訴阿巧姐，直到又與她見面，「此刻我的想法變過了：人還是要有感情的。就爲它受罪，爲它死——」。而阿巧姐的回答更是「生死相共」：「你不想想，萬一你有個三長兩短，我除了跳海，還有什麼路好走？」[270]

這樣一路扶持，患難與共，但是等到局勢稍平定，胡雪巖託人將家眷自杭州接至上海，臨到兩難局面（擔心胡太太生妒而掀波瀾），胡仍是「一念之間」，故技重施，託七姑奶奶爲其設計安排阿巧姐轉嫁張郎中，這之中胡曾心意難決，是七姑奶奶一番「四不可要」的說辭，才令他「悚然心驚」。七姑奶奶說：「小爺叔！阿巧姐你不能要了。……第一，阿巧姐如果一定要在外面『立門戶』，壞了胡太太的家法，會搞得夫婦反目。第二，即令阿巧姐肯『回去』，亦是很勉強的事，心中有了芥蒂，妻妾之間會失和。第三，阿巧姐既由何家下堂，而且當初是由胡雪巖撮合，如今就該避嫌疑；不然，保不定會有人說他當初不過『獻美求榮』，這是個極醜的名聲。第四，阿巧姐出身青樓，又在總督衙門見過大世面；這樣的人，是不是能夠跟著胡雪巖從良到底，實在大成疑問。……杭州一失守，王雪公一殉難；你的老根斷掉了，靠山倒掉了。……這個時候千萬鬧不得家務。」[271]

這個「四不可要」，描寫的正是一幅與浪漫傳奇（或是「鴛蝶派」小說以豔異離奇之情事謳歌之民初「情慾自主」的現代性價值）相對抗的儒家倫理：穩定和諧不走偏鋒的秩序體系：「家法」、「妻妾和諧」、「在外名聲」、「被允諾的永恆忠貞」。只有最後提醒的那一句「你的靠山倒了」，才是胡雪巖當時面臨的具體危機。這裡胡雪巖在處置阿巧姐之動機，已不同於第一部中之「結納人際」、「權力交涉」，而是將「豔異」、「溫柔鄉」視爲生死存亡之際的威脅。在這裡，高陽透過胡雪巖的一位女性友人（雖性格、見識不讓鬚眉）提醒胡關於「男性秩序體系」的嚴密和不可侵犯；恰也洩漏了高陽在以龐大考據材料重建他那個「靜止的帝國」時，以胡雪巖在各種層次的人際關係裡兜轉交際，而讓讀者彷彿重臨現場看到那個繁錯交織的人際網路和社交範例。胡雪巖之所以能在各式社交情境裡皆吃得開，受人信任敬重，就在於他深諳各領域人際關係的輕重分寸，拿捏合宜，說話「落門落檻」。女性角色的出現，常只是對這個穩定秩序的離異甚至威脅。那種威脅感在中國傳奇、話本小說裡早有一套意識型態以收束包納的套式。一如周蕾在論述「鴛鴦派文學的保守性尤其呈現在女人身體方面」（失身、自縊、守寡終身、或抑鬱成癆……）時提到：

儒家思想是其中出現的意識型態基礎。……，這種思想以社會作用和書面文本的互爲交織的形式出現，例如規範、禁忌和有嚴密結構的家族制度，人處於其中經常碰上的並不是「神」，而是另一些瞪著眼睛和豎起耳朵的人。作爲一種能夠控制中國文化生活各方面的社會制度，儒家思想無所不在的本質使「個人」本體自由這種至今仍被用作排斥西化意識型態的東西更難在中國紮根，個人「心裡」。爭取個人生存和利益的權利等方面可以說是與之毫無關係……這可能就是傳統中國文學中的女性形象爲何如此的被固定，爲何如此缺乏眞正勇氣對生活作出個人反抗的原因。到處可見的是習以爲常的寫作方式，包括悲劇的引發和收場。……作者所採取的形式一般是通過悲慘的「自由戀愛」故事，給讀者一個教訓以達到其明顯的道德意圖。272

事實上，在《紅頂商人》裡，阿巧姐面臨胡雪巖再度安排他嫁，不再馴順其安排，而是選擇至尼姑庵出家，最後在尼姑庵的了塵師太，以世俗化的「因緣」佛教論述，才勸服她再嫁張郎中。這亦是鴛蝶派小說處理女性角色在結局時常見的手法。

(2) 螺螄太太

這位女性角色出現在「胡雪巖系列」的最後一部《燈火樓台》中，本稱「羅四姐」。胡也是透過七姑奶奶費盡手段將其納爲妾室，算是胡雪巖在深受左宗棠倚重、事業如日中天，「起居享用儼如王侯」的時期，胡家女眷裡操持上下家務的實權人物。（高陽將她寫得極似《紅樓夢》裡的探春與鳳姐的混合體）。在胡雪巖的「阜康錢莊」，遭政敵造謠設計，爆發擠兌風潮，乃至於「胡財神趴倒」，最後破產、家妾散盡。整個風暴中，螺螄太太皆撐住門面，繼續辦老太太的壽宴，替胡至藩台內眷處奔走，爲之處理遺散諸妾的混亂場面。最後卻「機關算盡太聰明」：原有個枕頭託放在一遠親處，枕頭裡藏了一盤寶石，兩件昂貴鑽飾，起碼價值三十五萬銀子。另有十枚「東珠」，更是無價。螺螄太太原想預備讓胡雪巖東山再起之本，不料盡爲人吞沒。最後在抄家之際，想偷運出去的私藏財物亦被公差攔下，一點再起的本錢皆無，終於萬念俱灰，仰藥自盡。

根據《中國歷史大辭典·清史》中記載，胡雪巖生於道光三年（一八二三），於光緒十年（一八八四）受洋商排擠破產，次年（一八八五）憂憤而死。算來在破產之際，已過六十耳順之年。高陽在小說中寫到胡雪巖在整個事業崩解後，「光明磊落，不愧爲我鄉的『杭鐵頭』」。事實上正史記載胡於第二年及憂憤而死。小說結尾不寫胡雪巖死，卻寫螺螄太太灰心恍惚而自盡，這是小說的藝術手法。但也可見螺螄太太在整個「胡雪巖傳奇」的重要象徵性。高陽在她的身上投射了他的「女性理想典型」。那幾乎是由《紅樓夢》人物鳳姐轉化來的宿命女性：譬如《紅樓夢斷》裡的震二奶奶（最後也是自盡）；甚是像「慈禧系列」中的慈禧本人。她們皆精明幹練，決斷處事冷靜近於殘酷，好強之心更勝男子，而且皆背負著「看管一個崩毀的龐大家業」的重擔，她們對於那個「家業」後面網絡交錯的男性秩序（祖宗家法）理解透徹，本來可以放手有一番作爲，最終時不我予，乃至灰心氣餒，以悲劇作終。螺螄太太這個角色，恰巧與曾被胡雪巖與稽鶴齡背後杜撰「妒律」以消遣之的「胡太太」，以及胡前前後後豔遇的各色煙花女子形成一個鮮明的對比。她完全不與胡雪巖那個操弄「男女」、「經濟」、「生死」各層關係的價値體系相抵觸，在胡雪巖諸妾散去，身無分文之際，亦以身相殉，幾乎可以算是高陽在「胡雪巖系列」這一悲劇裡，亟欲渲染表現的「胡雪巖性格」之女性化分身。

三、生死關係

陳薏如在《高陽清代歷史小說研究》中，曾舉證高陽諸部長篇小說裡的「中心勢力說」：

> 中心勢力在小說不只呈現爲作者對權力中樞的重視，中心勢力也由上而下影響到高陽小說中的主人公。《大野龍蛇》起筆就寫乾隆皇帝「乾綱獨振」的舉措，由於皇帝的生母微賤，皇后又因皇帝的私情而投河，使得皇帝覺得抬不起頭來，因而開始用賞罰中心、威權獨操的方式立不測之威，不斷以細故嚴譴諸大臣。平郡王福彭因此大受刺激，以致中風。福彭是曹家的靠山，靠山一倒，自然影響了曹家的家運。《丁香花》中的龔定庵屢試不中與皇帝亦大有關連。273

該論文中並舉高陽十一部作品，證明「中樞政治的權力運作的確影響了高陽大部分清代歷史小說中人物的命運」：「與政局掛勾之後，高陽讓小說中的情節發展跟權力的爭奪、政策的施行、朝局的變幻產生了因果聯繫，無論愛情、家族、江湖、商場都不免籠罩在中心勢力的範圍內，原本屬於個人、家庭或社會的事件因爲此一聯繫向外延伸至政治舞台。」274

這個高陽歷史小說獨有的「中心勢力說」結構，幾乎可以用來解釋高陽所有歷史小說文本核心的「死生之謎」，以及他如何將悲劇人物置放進「傳奇」體例的連綴。當然還有龐大蕪雜的史料和庶民知識百科，最後如何能收束成一個宿命性格統一、悲劇命運具藝術感染力的史詩結構。

我們可以按此線索，找到高陽安排他筆下歷史人物的一個「三段論式」的「生死關係」結構。那像是一個三層的同心圓：最內層是小說主人翁個人的生死境遇，以及和這個境遇錯綜交織的家族存亡或愛情悲劇；第二層是影響主人公命運關係至深的「靠山」，或即是所謂的「中心勢力」；最外一層即是高陽在每一部歷史小說背後的，歷史時空背景，那常常是人力，甚至傾一個朝廷或眾多能人志力也無力挽回的，歷史劇烈變動的時刻。這樣的「歷史決定論」，使得高陽的人物群，即使在他置身的故事情境裡，怎樣出類拔萃、好強爭奪、聰明機巧，但因「歷史視域」(historical horizon)之限制，最終仍難逃傾覆敗亡的命運。使得他的作品具有一種異於中國傳統歷史小說的自然主義色彩。

以「胡雪巖系列」三部作品爲例：

(1)《胡雪巖》

在前兩節已分析過，這個時期的胡雪巖如何藉「經濟關係」、「男女關係」、「生死關係」的交互操作，編織他涵蓋各層面的人際網絡，屬於青年時期的擴張期。這時他主要的「權力中心」是王有齡，以及藉由王有齡再往上勾結的何桂清、黃宗漢等江浙地方大員。這時太平天國已包圍金陵，江南局勢危急。上海又有洋人勢力覬覦整個長江沿岸的廣大市場。胡雪巖卻掌握這一切亂世危局視作豪傑崛起的難得契機。而上海「小刀會」劉麗川之造反，造成上海封鎖，恰也讓他在絲貨絲價的「土洋對決」上，找到致勝時機。

(2)《紅頂商人》

這部小說作爲整個「胡雪巖系列」的中腰，長度只有一本，不似其前後兩部作品各有三本。情節單元亦不若前後兩部布線繁細、迂迴起伏。情節結構大約可分成三塊：

1杭州城被圍，危在旦夕，胡雪巖受王有齡之託出城，在上海緊急籌措米糧，在重重難關（包括與沙河幫、洋人談判）後，運糧船困在江中，無法將米糧交駁給被長毛重重包圍的杭州城。城破，王有齡殉城。胡雪巖昏厥病倒。

2胡在重病危難時期，與已成爲何桂清下堂妾的阿巧姐，重復舊情。

3杭州光復，胡雪巖在王有齡、何桂清兩座靠山倒了之後，如何隻身進杭州，投靠左宗棠，爲其借貸籌軍餉，重建地方，終獲左宗棠的徹底信任。

這部小說作爲胡雪巖事業乃至命運的巨大轉折，有舉足輕重的關鍵位置。所以，高陽在「關係」的處理上，不似《胡雪巖》或《燈火樓台》，花許多篇幅處理「男女」、「經濟」上細微世故的糾葛；反而常常直指「生死」。王有齡殉難前夕，胡雪巖早有預見，高陽在幾段描寫胡雪巖痛失生死至交時的心境，非常深刻動人：

> 看樣子七姑奶奶的話絲毫不錯，王有齡這個忠臣是做定了！杭州的情形，要從外面看，才知道危險；被圍在城裡的，心心念念只有一個想法：救兵一到，便可解圍。其實，就是李元度在衢州的新軍能夠打到杭州，亦未見得能擊退重重包圍的長毛。破城是遲早間事；王有齡殉節，亦是遲早間事。且不說一城的眼光，都注視在他身上，容不得他逃；就有機會也不能逃走，因爲一逃，不但所有的苦頭都算白吃，而且像何桂清這樣子，就能活又有什麼味道？「我想通了。」

> 胡雪巖說：「王雪公是死定了！我要讓他死得值。」[275]

這樣的生死交情，死前爲其籌糧，糧送不進城，在江上飲泣，非走不可之際，則「望北拜了幾拜，權當生奠，然後失聲痛哭而去」；死後仍要爲其伸冤，花錢到京裡請「都老爺」參杭州圍城之際留兵不救的各級地方官；並替王家後人籌畫生計銀款。同時胡雪巖還面臨靠山一倒，阜康銀號從前與糧臺、藩庫劃帳墊錢公私不分局面的終結。隨之而來的是毀謗與謠言。

在這個局面下，高陽寫胡雪巖與阿巧姐的故人重逢，以及在七姑奶奶的諫言下，再次割捨，筆下的情感，也與之前處理男女慣的俐落冷靜不同，多了一層亂世浮生的無奈之感。待至胡雪巖面見左宗棠，以報効一萬石米博得左宗棠之信任，再以幾番傾心交談，縱論時事，成爲左手下第一紅人，榮枯之逆轉，全在這太平軍之亂。而胡雪巖從此捲進左宗棠與李鴻章兩位清末名臣的集團鬥爭。後面亦牽涉著太平軍隨曾國荃克復金陵，在東南各省流竄，左、李各懷心機，暗中爭奪兩江、閩浙之地盤，以及總督巡撫派任之雙方人馬的複雜形勢。高陽在處理曾、左、李幾位因平定太平天國之亂而崛起的清末名將，各擁羽翼，分據東南，以奏摺攻擊對方人馬；而朝廷亦在複雜的人脈網絡中，安撫重臣，巧妙均衡各方勢力，這之中的「供瑞麟以攻郭嵩燾」、「安撫左宗棠而調升」、「打而不罰，罰而不打」等種種細微巧妙的政治權術，皆以各方奏摺，上諭之「另有文章」，層層分析。其歷史背景及權力層級，已非胡雪巖向洋商借貸一百二十萬兩現銀，以助左宗棠經營陝甘軍務，受到李鴻章一派人馬的處處攻擊與掣肘。高陽在《紅頂商人》的結尾這樣寫道：

> 經過胡雪巖的巧妙斡旋，這筆大借款還是做成功了。是爲中國供外債的開始；而左宗棠的勛業，以及胡雪巖個人的事業，亦因此而有了一個新的開始。但福者禍所倚，「紅頂商人」胡雪

巖的結局，相當悽慘；種因亦在於此！276

(3)《燈火樓台》

小說一開始是胡雪巖於光緒七年抵達北京。這時胡的派頭已大不相同，同行是洋商代表相陪，人稱「大先生」，與京官稱兄道弟，「由南到北，通都大邑中，有阜康錢莊，就有胡雪巖的一處『行館』，大多有女主人。」這時他的靠山左宗棠已入軍機，與兩王——掌樞的恭親王及光緒皇帝的生父醇親王——共事。

這時的大清國形勢是這樣：是年臘月，崇厚剛訂了喪權辱國的〈中俄返還伊犁條約〉，內容是割伊犁以西以南之地與俄；增開通商口岸多處；許俄人通商西安、漢中、漢口，以及松花江至伯都訥貿易自由。消息傳回國內，輿論譁然。高陽這樣描述當時朝廷詭譎的情勢：

> 崇厚敢於訂此條約，是因爲背後有兩個強有力的人在支持，一個是軍機大臣沈桂芬，他是朝中足以與「北派」領袖李鴻藻抗衡的「南派」領袖，深得兩宮太后的信任。一個是直隸總督北洋大臣李鴻章，以繼承曾國藩爲標榜，在軍務與洋務兩方面的勢力，已根深柢固，難以搖撼。……沈桂芬是因爲僵持的局面持續，朝廷即不能不派重兵防守，左宗棠的洋債就不能不借，長此以往，浩繁的軍費會搞得民窮財盡。……李鴻章就不同了，多少是有私心的，第一，如果中俄交惡而至於決裂，一旦開戰，俄國出動海軍，必攻天津，身爲北洋大臣的李鴻章，就不知道拿什麼抵擋了；其次，左宗棠不斷借洋債擴充勢力，自非李鴻章樂見，伊犁事件一結束，左宗棠班師還朝，那就無異解甲歸田了。277

於是，在這個「兩宮震怒、士林痛詆」，朝廷一面派使英兼使法的欽差大臣，曾國藩的長子曾紀澤使俄，謀求改約，一面將崇厚定了「斬監」的肅殺氣氛下，高陽藉著胡雪巖的「視覺鏡頭」，帶領讀者進入這個大清朝的「權力中樞」，上有靠山左宗棠以「陸防論」和李鴻章的「海防論」針鋒相對；以及左宗棠老態漸露，話多且剛愎，在軍機處惹恭親王不歡的不安因素。敘事的「歷史現場」則是胡雪巖怎麼走各路竅門，賄賂「帝師王佐，鬼使神差」——「帝師」是像李蘭蓀、翁叔平都是當皇上師傅起家；寶中堂是恭王的死黨，這是「王佐」；「鬼使」是出使外國，跟洋鬼子打交道；「神差」則是神機營的醇王——的京城版「官場現形記」。高陽有一段寫得極神妙：

> 「筱翁……」他說：「我在京裡，兩眼漆黑，全要靠你照應。」徐用儀知道這是客氣話，胡雪巖拿銀子當燈籠，雙眼雪亮，當下答說：「不敢當，不敢當……」[278]

如果說《胡雪巖》一書是高陽統攝太平天國之亂時期，江浙地區的漕幫史、絲業、銀號、當鋪、繡莊、地方藩庫糧台，以及上海洋商買賣及妓院生態的庶民知識百科；那麼《燈火樓台》的一開頭，高陽便向讀者們炫耀了他對清末朝廷的權力機構、官場生態，由太后、皇帝、內務府、軍機處、言官、疆吏、洋務大臣等，彷若蜂巢建築般的帝國官僚體系的透徹理解。

當胡雪巖在京官人際間進行如魚得水的「古董賄賂」社交時，宮裡爆發了慈安太后暴斃之巨變。這件「西太后毒殺東太后」清宮慘劇，高陽在《玉座珠簾》已有「如臨現場」的小說描敘，在《燈火樓台》裡，高陽將之處理成「隱於幕後」的劇：宮裡的詭譎氣氛與耳語，胡雪巖第一時間擔心的是「如果東太后眞的駕崩了，宮裡要辦喪事，洋款的事就會擱下來。」高陽在此處處理得極簡練：

左宗棠是過了四點才回賢良寺的，一到就傳胡雪巖，「國將大變！」他一開口就發感慨，接著又說：「應變要早。妳告訴福克他們，事情就算定局了，請他們一回上海就預備款子。印票現成，我帶得有蓋了陝甘總督關防的空白文書，一塡就是，讓他們帶了去。」[279]

這樣一件「深宮疑雲」、「中樞巨變」，在《玉座珠簾》裡，決定了慈禧獨攬大權四十年，之後的一系列的朝廷鬥爭；以及包括「戊戌政變」、「義和拳亂」、「八國聯軍」、「兩宮出走」種種將清室逐步推向覆亡之禍亂。但在《燈火樓台》裡，則由此「深宮血案」，透過左宗棠之口說出「國將大變」；乃至左胡之間的鉅額外貸洋債之命運共同體也可能受到牽連、影響。這裡可以看出高陽由上而下，以不同面相觀看歷史事件之縱深，以及他「筆下人物之宿命其實繫於歷史不可違逆之變動」，由小說主人公——權力中心（靠山）——歷史變局，連動之「三段式」生死關係。

胡雪巖的敗亡，原因當然錯綜複雜：左李之爭，李鴻章愈受「簾眷」而左漸失勢，此其一也；在洋務事業的地盤傾軋上，李系人馬盛宣懷走了慈禧跟前紅人李蓮英的路子，搶攬了「電報局」事務，胡的先機已失，此其二也；爲保護廣大江南絲戶生計，不惜與洋商新式機器繅絲廠對抗，此其三也。而這些都發生在《燈火樓台》的前三分之一處，高陽在起始處便埋下伏筆，敗亡是遲早的事。所以之後的包括手下當鋪總管用「美人計」拖延其查帳，爲胡老太太辦壽宴的諸多章目，一路直轉急下到「變起不測」，盛宣懷、邵友濂用計造成「阜康」擠兌風暴！

「眞的出鬼了！」

「你說啥？」

「你聽！」

阿章側耳靜聽了一下，除了市聲以外，別無他異，不由得詫異地問：「你叫我聽啥？」

「你聽人聲！」

說破了，果然，人聲似乎比往日要嘈雜，但「人聲」與「鬼」又何干？

「你們去看看，排門還沒卸，主顧已經在排長龍了。」280

這樣由遠而近，從決定大清朝命運的光緒七年的兩件大事：「中蘇伊犁條約」與「東太后暴薨」開始，由左宗棠口中說出「國將大變！」及「牝雞司晨，終非佳事」；到權臣集團鬥爭，「陸防論」的左宗棠和「海防論」的李鴻章又在中法戰爭「主戰」、「主和」上一再鬥爭，乃至左宗棠漸漸失勢；最後將繁錯網線收束到胡雪巖的敗亡。小說後半的告幫求官、夜訪藩司、力撐場面，到最後當鋪、銀號、絲行……一應俱倒。接著的散盡姬妾到螺螄太太意圖東山再起的私藏珠寶遭人吞沒，最後一章「煙消雲散」，都只像是《紅樓夢斷》裡曹家的二度抄家之翻版了。

從黃仁宇的「生死—男女—經濟」之關係模型，將高陽的《胡雪巖》系列之情節單元，及話本小說之故事類型套式抽絲剝繭，不但可以看出高陽歷史小說，傳承自鴛鴦蝴蝶派的書寫技藝；亦能探得高陽作品中最為人稱道的人情世故，及其後所隱藏的儒家義理社會之秩序：故事的主人翁如何憑藉著對這個秩序的深諳理解，在不同的身分關係與權力交涉中，藉由「男女」、「死生」、「經濟」三種關係的流動與互換，以對抗故事背景之「歷史的劇變」。正因為那個歷史的劇變是不可逆的（清廷註定覆亡，那個歷史情境下的民族資本家註定失敗），使得高陽藉著筆下人物，動員如此繁複、龐雜的歷史材料與庶民知識百科；如此巧設心機，拿捏分寸，奮力突圍，最終仍難逃悲劇的宿命。這也使得高陽的歷史小說，充滿著後人難以企及的寬廣視野與多層次的歷史透視意識（perspective consciousness）。這在高陽其他的歷史小說著作中，亦具備相同的特質。

註釋

236 黃仁宇：〈關係〉，《關係千萬重》，台北：時報文化，一九九八年，頁六。

237 同上，頁七。

238 同上。

239 同上，頁十。

240 同上，頁十一。

241 張庚、郭漢城：《中國戲曲通史》（二），台北：丹青，頁二七七。

242 同上。

243 康來新：〈新世界的舊傳統〉，《高陽小說研究》，台北：聯合文學，一九九三年，頁四五。

244 參考周蕾：〈鴛鴦蝴蝶派——通俗文學的一種解讀〉，《婦女與中國現代性：東西方之間閱讀記》，台北：麥田，一九九五年，頁一五四。

245 同上，頁八十。

246 蔡詩萍：〈「古爲今用」的現實反諷——高陽筆下「紅頂商人」的政治處境〉，《高陽小說研究》，台北：聯合文學，一九九三年，頁二四。

247同上，頁二八。
248馬幼垣：《中國小說史集稿》，台北：時報文化，一九八七年三月，二版一刷，頁八四。
249高陽：《胡雪巖》，台北：經濟日報社，一九九〇年，第十九次印行，頁九五五。
250同註246，頁十六。
251林燿德：〈從《紅頂商人》看清末政商關係〉，《高陽小說研究》，台北：聯合文學，一九九三年，頁一一三。
252高陽：《燈火樓台》，台北：經濟日報社，一九九一年七月，第七次印行，頁一二〇七。
253江少川：〈有情有識的風塵奇女〉，《解讀八面人生——評高陽歷史小說》，台北：黎明文化，一九九九年二月，頁二四二。
254同註243，頁四六。
255陳蕙如：《高陽清代歷史小說研究》，文化大學中文研究所博士論文，頁二二五。
256高陽：《胡雪巖》，台北：經濟日報社，一九九〇年，第十九次印行，頁一七四。
257同上，頁一八二。
258同上，頁四〇二。
259同上，頁六五五。
260同上，頁九八一。
261同上，頁九八二。
262同上，頁一〇七九。
263同上，頁一〇八〇。
264同上，頁二〇四。

野翰林

265 張愛玲：《海上花落——國語海上花列傳二》，台北：皇冠，一九九二年典藏版初版，頁七一〇。
266 同上。
267 同註244，頁九七。
268 《胡雪巖》，台北：經濟日報社，一九九〇年，第十九次印行，頁七六二。
269 高陽：《紅頂商人》，台北：經濟日報社，一九九〇年五月，第十六次印行，頁一一二。
270 同上，頁一一五。
271 同上，頁二〇一。
272 同註244，頁一一八。
273 陳蕙如：《高陽清代歷史小說研究》，文化大學中文研究所博士論文，二〇〇一年，頁一一五。
274 同上，頁一一七。
275 《紅頂商人》，台北：經濟日報社，一九九〇年五月，第十六次印行，頁六〇。
276 同上，，頁四六三。
277 高陽：《燈火樓台》，台北：經濟日報社，一九八八年，第三次印行，頁四。
278 同上，頁一〇。
279 同上，頁四三。
280 同上，頁七三八。

高陽歷史小說的宇宙觀——文化中國

筆記小說這一文類，自《漢書．藝文志》分列諸子十家以來，即在雜史、雜傳等體例中發展，到了晚清時有了專業化的變革，它形成一個獨特的文學類別。高陽的歷史小說中，就存有大量筆記小說的痕跡。這些由筆記小說而來的歷史細節，在許氏小說中成為他刻畫中國圖象時的最佳來源，更是他描繪古代生活細節時，填充於歷史骨架外，生動的敘述。

一、從筆記與傳奇而來的宇宙觀

翻開卷帙繁重、穿梭諸多歷史時刻的「高陽小說國度」，我們或許可以將它分離成兩個不同的「歷史小說的現象層面」：

1作爲感性層面的「文化中國」想像，高陽藉由稗官野史、藉由筆記與考證、藉由「跑野馬」的官闈內幕或江湖藝文等等種種庶民知識或技藝百科，量造出一平行於正史之外的，豐饒而生動的「活生生彷彿現場的古代中國」。

楊照就曾在〈歷史小說與歷史民族誌〉中提到，高陽在考據所取材的資料上，和前人有很大的區別，他說道：

> 高陽在他的考證文章裡，慣常大量引用明清乃至民國時代的筆記、札記。這當然和他對社會史式的生活細節感到強烈興趣是密不可分的。這些細節上的描述，過去的歷史中既然予以忽略，要有所瞭解的話當然只能乞靈於邊緣性、遊戲性甚高的筆記類文了。[281]

2作爲「傳奇」的結構，調度眾多人物，繁複細節，大量流動變化場景的「大小說」，這個部分高陽幾乎以「歷史小說」之類型覆蓋著他的「浪漫傳奇」或「流浪漢傳奇」。

前者可以用杜維明的「三個象徵世界的實體」定義的「文化中國」爲概念；後者則是李亦園的

「從民間文化看文化中國」，他把中國文化看成由上層的士紳與下層的民間文化所共同構成，從民間文化的角度，正好彌補杜維明的「文化中國」模型。如李亦園歸納了「文化中國」範疇內的華人，在日常生活上的共同特點有三：

一、某種程度的中國飲食習慣。

二、中國式家庭倫理以及其延伸的人際行爲準則。

三、以命相與風水爲主體的宇宙觀。282

這三者其實皆建立在一種神祕關連的均衡形式——陰陽對立、五行（金、木、水、火、土）均衡、內外和諧——不論是風水堪輿中的八卦、天支，乃至五行延伸的五向（東、南、西、北、中）、五音（宮、商、角、徵、羽）、五色、五數、五聲等。乃至食物冷熱陰陽相補之概念、姓名，皆爲了一種形而上的均衡。這樣的均衡發展到最後一個層次的和諧，也就是人際關係的和諧。所以，在民間社會中父系家族所代表的權威體系，及它所伴隨而存在的父系祖先崇拜也很普遍地保存著；並且由祖先崇拜而延伸出去的種種超自然崇拜都相當流行，構成一個人際關係系統在這兩個不同空間相互維持和諧的圖像。這種不同空間時間人際關係和諧，正是把傳統文化的大傳統與小傳統密切扣連的主軸，大傳統也許是較爲強調抽象的倫理觀念，小傳統也許是較著重實踐的儀式方面，但是追根究底這仍是一件事的兩面。

這個所謂的「大傳統—倫理觀念」、「小傳統—儀式」，正好暗暗呼應著前文引用黃仁宇所說「文學家敘述到不同的關係時，即已勾畫出來其後的社會背景」的說法。高陽的歷史小說裡，那「野翰林」龐雜淵博的歷史典故、稗官野史，無疑是讓許多角色展現其超凡的細膩心計和曲折城府；而那些宮闈祕聞與市民經濟、工匠技藝、庶民生活種種包羅吃、喝、嫖、賭的瑣碎知識百科，後面正羅織拼貼著一個「穩定和諧的世界」。一個透過人情世故、人際關係在交接遞轉中拿捏揣度的「合宜」，以重建一個繁複中隱然有序、利用每一個不同身份卻皆具備處世分際拿捏之素養的角色。一如權力頂層的慈禧太后，在權力鬥爭風氣中的樞機大臣或封疆大吏，操弄權術的太監；再者或是紅頂商人胡雪巖或環繞著他的商場夥伴、地方官僚、漕幫中人、風月場所屈意承歡的女人，或像七姑奶奶這樣「胳膊上可跑馬」的女中豪傑，幾乎人人都有極謹愼世故、試探對方心機的語言藝術或內心獨白。因此，我們可以說高陽透過一個以晚清爲主要場景的，用考據、典故、筆記等種種知識細節爲時光隧道，建立了一個「小說中國」。

或如葉啓政在〈期待黎明——對近代中國文化出路之主張的社會學初析〉中說道：

> 象徵傳統自身實際上並不自存，它必須依附在器物、文字、符號或人實際行動當中的諸多動作等等，才可能展現出來的。於是乎，他的存在是表徵性的，具高度的滲透性。它猶如所謂的「魂魄」一般，必須依附在一種具形的「體」上面，才可能被感知到，也才有發揮社會意義的作用。[283]

然而，相對於這個穩定、靜止的、傳統人情世故而均衡的「大宇宙與小宇宙」的「文化中國」、「鄉愁中國」、「小說中國」；高陽的「歷史小說國度」，有另外一個層面，我們或可用「傳奇」的定義，來理解他每每以晚清爲背景，借離合之情，寫興亡之感；處理十九世紀中葉之後，飽受西方文化衝擊與摧殘，並且對整個大清朝二百年典章制度乃至中國人五千年所營造的文明，產生環環相扣、表裡滲透、影響鉅細靡遺的「全盤性」翻轉。而這個結構正好符合黃仁宇的「生死、男女、經濟」關係模型的「大小說」。

南戲自元末明初《荊》、《劉》、《拜》、《殺》與《琵琶記》等傳奇在戲曲演出舞台上出現之後，傳奇這種型式已成為當時群眾很喜愛的一種戲曲形式；並且由於它們在各地的流傳，促成了南戲各聲腔劇種的形成。就篇幅來說，崑山腔傳奇多是長篇巨帙。特別是前期作品中，一本傳奇少則三十多齣，多則四五十齣；這和一本通常只有四折的北雜劇是完全不同的一種戲劇形式。一本傳奇往往分為上、下兩卷，上下兩卷的內容，最初大約正適合富於閒暇的明朝觀眾，日以繼夜、通宵達旦兩場演出的需要，但是，隨著唱詞節奏的放慢（如增加贈板）以及表演藝術日益細膩，三四十齣以上的一本傳奇，事實上已不可能從頭到尾一一搬演，而只能選取其中一些精彩的折子演出（折子戲），而崑山腔劇本篇幅長、齣數多，那就又不能不強調戲劇情節的新奇曲折。李笠翁在《閒情偶寄．脫窠臼》一節中便說：

> 古人呼劇本為傳奇者，因其事甚奇特，未經人見而傳之，是以得名。

可見非奇不傳。孔尚任在《桃花扇小識》裡也說過「傳奇者，傳其事之奇焉者也，事不奇則不傳」之類的話。可見當時的傳奇理論已經注意到傳奇作家在選取題材、結構故事的時候，總要悲歡離合、曲折複雜，以求得引人入勝的劇場效果；因此劇本的篇幅便勢必要較長，齣數也相應地要較多，以便於容納複雜的故事內容，組織尖銳的戲劇衝突，細緻地從容地刻畫不同的人物，和穿插文武冷熱等不同的場子，使唱、念、做、舞各種舞台藝術都能有所發揮，成為有頭有尾、載歌載舞的一本傳奇。

除了「長」、「曲折離奇」或是配合崑山腔抑揚婉轉、優游纏綿的特點，進而細緻地刻畫劇中人物的思想感情和心理狀態；「傳奇」劇本另有一種重要之特點，即自湯顯祖的「臨川四夢」（《牡丹亭》、《邯鄲夢》、《紫釵記》）以降，明傳奇的成熟期乃至高峰，恰在說明政治社會動盪的歷史時刻；嘉靖以後，東南一帶紡織、瓷器、礦業的發展、對外貿易興盛，在這種早期資本主義萌芽時期，東南一帶產生了新的市民階層，於是朝廷派宦官作爲礦監、稅監種種措施，造成商人階級或紡織工人發動的大型抗爭[284]，朝廷中亦持續發生宦官擅權、黨爭、朝綱敗壞種種政治風暴。所以包括李玉的《清忠譜》、《千忠戮》，皆多取材於時事或近代的史事，反映了明代蘇州兩次大規模的市民運動；乃至孔尚任的《桃花扇》，正是南明弘光王朝覆亡的史劇，一如他在《桃花扇小引》中所指出，他是要寫出明朝「三百年基業，於何人，敗於何事，消於何年，歇於何地。又不獨令觀者感慨涕零，亦可懲創人心，爲末世之一救矣！」至於洪昇的《長生殿》，雖然主要是根據唐代詩人白居易的《長恨歌》和陳鴻的《長恨歌傳》，同時也採用了唐人筆記《開元天寶遺事》和宋代樂史編寫的《楊太眞外傳》等書中有關李楊故事的一些民間傳說。但洪昇有意識地將李、楊關係的始末與安史之亂的發生、發展糾結起來，使其互爲因果，互相推進。以歷史劇的面貌，既寫出了李、楊二人「逞恥心而窮人欲，禍敗隨之」的愛情悲劇；也眞實地描繪了唐代天寶年間，各種複雜尖銳的社會矛盾和政治問題，形象地表現了這個王朝「樂極哀來」的歷史變遷。[285]

二、從許氏家族而來的宇宙觀

高陽在〈「橫橋吟館」圖憶〉中，感情豐富且如電影鏡頭般歷歷記錄了杭州「橫橋老屋」的古老傳說、生活方式、祭祀場面或歷代先祖在清代朝廷輝煌顯赫的功名背景，其中有段文字非常動人：

> ……所謂「值年」是負責掌管這一年的公共祭祀，包括京兆公以上祖宗生辰忌辰的拜供等等，一年可自義莊領一筆豐厚的經費，各房大致都以此來調劑本房比較清苦的孤寡。在祭典中最花錢的是過年「供祖宗」，規定是在二廳設祭席；依昭穆次序，懸掛彩色影像。明清的官服，絕不相同，一望而知；但命婦則沒有太大的區別，因爲清兵入關，「男降女不降」，清朝命婦依舊是鳳冠霞帔，只是明朝婦女額上的劉海，樣子怪怪的，爲我留下了比較深刻的印象。
>
> 過年「供祖宗」，自除夕至人日，每晚拜供，以後是上燈、元宵、十七各一次；次日便收起神像，結束祭典。祭器是有蓋的錫碗下有齊碗沿的方形底座，內盛熱水，以便保溫。祭菜不外雞鴨魚肉，供畢分送各房散福。孩子們對拜供都不大感興趣，因爲要守規矩，易遭苛責，唯一的例外是元宵，這晚上祭祀終了，照例要放花筒，又稱煙火；火樹銀花、璀璨綺麗，孩子們沒有一個不迷的，只是繁華轉眼成空，想到正月十八收起神像，壁上空落落地，一片淒清寂寞，心頭總有一絲難以言宣的空虛，誰說「少年不識愁滋味」？[286]

這裡面有幾個極形象化的元素：年節祭祀；祭祀最後一晚的華麗輝煌，乃至引起孩童對於「繁華轉眼成空」的宿命性預感；另外，就是「穿官服祖宗的彩色影像」。

周蕾在〈愛（人的）女人——被虐狂、狂想和母親的理想化〉中，以「林紓和王壽昌合譯《茶花女》時，兩人經常爲某些情節大哭」[287]，捕捉一種對於現代中國文學隱約的主流印象和感覺：非常不快樂，肆無忌憚的感傷主義和對不可能事物的深切渴求。她試圖在這種「過度的悲慟，違反中國傳統哀而不傷，怒而不怨，重視抑制情緒的的古典美學觀」的感覺背後，找出中國現代文學「西化」的文化基礎。她引用了迪里茲對佛洛伊德戀物癖理論的修正：「迪里茲視『作爲戀物的女人』其實與原始人所拜服的符咒一樣，具遠古的超自然潛能。」迪里茲所倡議的戀物癖美學要求被戀物「靜止不動」，她指出，被戀物是「凝固了」，被捕捉了的兩度空間影像，是一張經常在心理冒險時遇到危險或受傷害時，用作驅魔的照片。

對於高陽而言，那個「靜止不動」的、「凝固」的、「作爲驅魔」的照片是什麼呢？在同一篇文章中，高陽這樣寫著：

> 此非我自炫家世，式微世家，亦無可炫耀，……學范公官至順天府治中，我家稱之爲「京兆公」。他生八子，第四子早夭，其餘七子，四舉人、三翰林，有一方御賜的「七子登科」匾額，懸於「中左門」；中門是一方直匾：「榜眼第」。嘉慶二十五年庚辰，狀元是三元及第的陳繼昌；榜眼乃普先生，即爲「橫橋吟館圖」中題識的「滇生」，行六，我家稱之爲「六老太爺」，官至吏部尚書。乃穀先生行五，字玉年，官至敦煌知縣，生前有惠政，歿而爲神，相傳是敦煌的城隍，清人筆記中數載其事。

我家的特色就是匾額多，五閣間的門楣上就懸了五方，有一方是「傳臚」，還有一方是「會元」。……豎匾兩旁一副木刻的楹帖，寫作皆出於我的高祖信臣先生，諱乃釗，行七。七老太爺是光十五年乙未翰林，官至江蘇巡撫；上海「小刀會」劉麗川鬧事，把他的頂戴鬧掉了。

輝煌顯赫的家世，掛滿匾額的祖屋，祭祀時各房祭席上穿著明清官服的祖先們。那個「靜止的世界」對於高陽，可能不止於一個象徵秩序的「文化中國」，而是充滿了實體感，充滿了繁文縟節或老輩族人恭敬祭祖·或由母親口傳的家族盛景，那是一個家族系譜由一代一代「穿官服」的清代朝廷重臣的照片所建構的大宅院（他口中感傷並謙抑地自稱的「式微世家」）。

他的姪子許以祺亦曾說起許氏家族對高陽作品影響，他說：

「乃」字輩及「身」字輩和高陽只差四至五代，高陽在青少年時就耳聞目染他們的事跡，一些先輩他也接觸到。……許家顯赫的家史也自然成了他追逐的目標，由此，他對明清歷史有綱領性的認識，也對地理上東南西北的交通特別的注意，更對官場制度及生活百態有深刻的體會。……高陽小時聽母親講許家族人在朝任官而知官制，也喜歡玩陞官圖。……許道同的祖母菜做得好，高陽常來他家嘗菜，尤其喜歡她的素雞、茄子等。高陽識友叫郜南屏，拉一手好胡琴，也爲高陽說戲，但他是左嗓子，唱不好。288

就是這些實體，這些活生生的往昔生活細節，以及藉由自祖屋源頭上溯的明清歷史的龐大知識系譜，形成了高陽的近六十部長短篇歷史小說著作的文化底蘊；那其實也構成了高陽不論選擇那一斷代或那一歷史公案作爲小說主體時，都可以將不同層次的小說元素揉合編織：即使在寫慈禧在官中操縱權力，憂勤國事或誅殺異己，他還是可以在嚴謹考據的史料、官制、內務府清單或太醫藥單，大臣奏摺等等歷史材料的「無一字不可考」之餘，猶游刃有餘地拿捏小說人物的細微心機、人性複雜面，或允恰合宜的世故。

在高陽的筆下，譬如慈禧和恭王間，常常在朝儀和家門間，君臣或叔伯間細微的雙重身分的變換；或如慈禧在得知寵宦安德海被包括同治皇帝及朝臣以「祖宗家法」設計斬殺，她抑斂自己憤怒情緒又無法對朝臣奏章搶白的時刻，以殘厲手法命人打死失手摔破茶杯之宮女的一幕。又譬如即使他在寫胡雪巖系列最後一部《燈火樓台》的後記中，謹守作者之中立，寫了一段話：

> 胡雪巖失敗的主要原因是，當英國瓦特生發明蒸氣機，導致工業革命後，手工業之將沒落是時間的問題。胡雪巖非見不及此，但爲了維持廣大江南農村養蠶人家的生計，不願改弦易轍；亦不甘屈服於西洋資本主義國家雄厚的經濟勢力之下，因而在反壟斷的孤軍奮鬥之下，導致了周轉不靈的困境。[289]

這樣幾句輕輕帶過，將胡雪巖定位在「民族資本家」的「時代悲劇」，然而全系列三部，很難不予人《紅樓夢》式「眼看他起高樓、眼看他宴賓客、眼看他樓塌了」興衰敗亡之力筆。以及大觀園式繁複對位的人際關係全依傍、建築於一中國庭園的儒家秩序權力關係（包括胡雪巖的發跡，起因於和浙江巡撫王有齡的患難之交；以及後半部「阜康錢莊」的通行南北，乃至成爲紅頂商人，實奠基於他爲左宗棠籌辦西北軍糧。而以胡雪巖爲中心的錢莊掌櫃、絲行、洋務、當鋪、漕幫……各個人物的性格與情誼，其實亦依附在胡雪巖以手段情義、利益層層糾纏牽繫的「上寵」。王有齡一殉亡杭州城，胡雪巖集團即處陷險境；而後來左宗棠一衰老，胡雪巖便在李鴻章終於凌駕左宗棠之上的鬥爭中，徹底垮台）。

這種由大宅院〈「橫橋吟館」圖憶〉的空間權力配置關係而細膩交接的人際關係，「大觀園」式的繁眾人物的素描特寫或心理分析，背後卻隱隱有一條臍帶索隱著大清朝權力核心的朝廷，「聖眷在，則傳奇主人翁的境遇如繁華盛景；聖眷一去，則家毀人亡」，這樣的中心意識形成了高陽三個重要歷史小說系列「慈禧」、「曹雪芹」、「胡雪巖」的悲劇或傳奇結構——「大觀園」的「小宇宙」所羅列紛呈的「清明上河圖」：庶民工匠技藝、經濟狀況、男女歡場應酬、以及飲食烹調的細節、漕幫江湖人物的道義傳奇，這種種民間社會的場面調度與寫實主義細節，全部回饋繫鎖著清代朝廷的「大宇宙」。它們是：高陽自幼著迷的清代官制（陞官圖），滿清十大奇案（尤其是以《大義覺迷錄》爲謎面的雍正奪嫡案，以及乾隆身世的乾隆生母考），高陽正是藉著像皇帝親批封疆大臣的密摺所推敲出來的天子權術與清代各朝各榜各臣的權勢浮沉。

三、實踐於「紅樓夢曹雪芹」系列小說的宇宙觀

高陽的這個「小宇宙」與「大宇宙」的共生依存關係，我們似乎無法套用晚近流行的西方解構主義方法論之「文本」（text）與伏潛於文本之下，如蜘蛛網密布錯節的「亞文本」（context）：作家背後的歷史背景當代文化影響，或心理分析學派的諸多「癥兆」。因爲就高陽而言，這兩個世界皆是「文本」，（不論是他所寫成歷史小說的那些大部頭，或是引喻爲時空線索的清代實錄），那後面俱有各自可旁徵博引的龐大考據材料，而這些材料高陽皆熟稔腦海。我們可由他在《紅樓一家言》或《高陽說曹雪芹》中，幾個關於紅學公案的獨家斷語，全依附於《清實錄》的奏折，將當時帝王所處之宮禁內部奪權風暴，以推敲出曹家之衰敗肇因於與君王之權力交接網路上。

高陽在《橫看成嶺側成峰》裡曾寫下了這樣的心得：「……由發現『右翼宗學』最初在石虎胡同這點上突破，一路抽絲剝繭，到悟出元春爲影射平郡王福彭，終於豁然貫通，看到了曹雪芹的眞面目如何？《紅樓夢》的另一個世界又如何？」在此他引了《國初鈔本原本紅樓夢》中，戚蓼生的《石頭記序》作爲譬解：

> 吾聞絳樹兩歌，一聲在喉，一聲在鼻；黃華二牘，左腕能楷，右腕能草。神乎技矣，吾未之見也。今則兩歌而不分喉鼻，二牘而無區乎左右；一聲也而兩歌，一手也而二牘；萬萬所不能有

> 之事不可得之奇，而竟得之《石頭記》一書，噫！異矣。[290]

高陽在其後這樣自況：

> 戚蓼生也知道《紅樓夢》兼寫「金陵」與「長安」；因徵絳樹，黃華之典作譬喻。但他也知道忌諱猶在，爲了保護自己，不能不用曲筆。在以前，我亦只聞一歌，只見一牘；如成才懂得「橫看成嶺側成峰」。所謂「紅學」；自嘉慶年間至今，已有一百六、七十年的歷史，而《紅樓夢》自內容至版本，到處都是問題，聚訟紛紛，各執一見，而終無定論，皆由只聞一歌，只見一牘而起。如成，我可以毫不愧怍地說一句：大部分的疑問，都可以獲得初步的解答了。……我是從研究孟心史先生的〈清世宗入承大統考實〉及〈海寧陳家〉這兩篇清史論文中，窺破了曹雪芹與《紅樓夢》的祕密。[291]

接著，幾乎可作爲高陽「曹雪芹」、「慈禧」、「胡雪巖」三大清代歷史小說的「小說家言」，高陽說了這樣一段話：

> 然則此另一歌、另一牘到底是什麼？我寫《曹雪芹別傳》，正就是要解答這個問題。不過，我必須先指出：曹雪芹與《紅樓夢》之間，不能只畫一個等號。我是寫《曹雪芹別傳》這麼一部歷史小說；並非作《紅樓夢》內容研究的學術論文。當然寫曹雪芹就必須寫《紅樓夢》，但我的重點是擺在曹雪芹寫《紅樓夢》中那些人是曹雪芹的家族、親戚、朋友，只能本乎「知之爲知之，不知爲不知」的原則，量力而爲——事實上賈寶玉、林黛玉、薛寶釵，都屬於文學上的創造；而非某一眞實人物的傳眞。唯其如此，《紅樓夢》才眞正顯得偉大。[292]

龔鵬程說，高陽除了揭發雍正奪位、乾隆繼位之謎，是清史研究上的一大發現之外，他所造成的紅學「突破」有三：「一是勾勒出曹家和曹雪芹歸旗後在北平的生活狀況；二是指出《紅樓夢》包含有一個隱藏在金陵舊夢中的世界；三是證明福彭在書中的核心地位。由此突破，他具體地解決了書名及其流傳，後四十回眞贋，如何由史學記纂轉化成文學創作等三大問題，而建立起『新紅學』的基礎」。293

然而，以《紅樓一家言》、《高陽說曹雪芹》爲主的紅學考據，對照於他晚年四百萬言的紅曹系列——雖然高陽一再提醒讀者，不要將他的《紅樓夢斷》看成《紅樓夢》的「仿作」。也不要認爲他的《曹雪芹別傳》是紅樓夢「內容」研究的學術論文，而相關的研究論文還是很難不把他的「曹紅系列」小說比附於他的「曹雪芹創作紅樓」之考據理論。例如康來新在《新世界的舊傳統》中，即在上半部指出高陽新紅學考據的諸處疏漏與「強作解釋」，她說道：

前期的高陽，相當認定「文學」的《紅樓夢》，頗不以「史書」、「史學」的終極目的爲然，認爲就算是「考證得明明白白，毫無疑義」，但對其文學價值仍說不出所以然來，然而後期的高陽雖也表明紅樓的作者從史學走向文學的寫作之途，卻顯然還是跳不開「事有所本」的史實索隱，尤有甚者，這其間又加入了神乎其神的命理。如是，閱讀的想像空間不免設限重重。294

接著又指出：

坦白說，前期的「高」見，雖無後期的驚人創意，卻毋寧更接近紅樓原書的「文學」面貌。他數度爲「紅學」的「文學」走向請命，更首先強調「《紅樓夢》不是推背圖，曹雪芹絕無理由作個謎讓人來傷腦筋」，凡此種種，都與命理時期的他大相逕庭，今昔之比，何嘗不是紅樓別夢？紫微深陷，紅樓格局遂難脱命盤擺布下的政爭内幕。如是，則不僅無法開拓出王國維倫理與審美的人生視野，或深化爲魯迅「愛博而心勞」的人格體認，「悲涼之霧，遍被華林」的抒情感受。抑或，連最初所宗師胡適之的樸學精神也將難以繼之？」295

然而高陽的眞正成就終究在「具有考據癖的歷史小說家」，而非「紅學考據學者」。他的《紅樓一家言》容或猶有諸多爭議，然而他對於《紅樓夢》，曹雪芹如何創作《紅樓夢》，乃至於藉由「八旗制度，清官規制，曹家背景及清初政治派系糾紛」諸線索，甚至曹家的兩次敗亡與朝廷核心的關係，曹雪芹歸旗後在北平的生活狀況，以及福彭在鑲紅旗裡與曹家的關係，這種種皆可作爲他的小說核心的「小宇宙」如何朝向「大宇宙」板塊移動，找尋關係連動之脈絡。

本處要討論的並非是高陽的《紅樓一家言》是否絕對無誤，或是他對曹雪芹身世或諸如《金陵十二釵》圖文冊頁的圖讖之說的解譬，放置在紅學的龐大話語系統中是否精確或「強詞奪理」；而是透過他在各處考據推敲的摭拾引證所鋪綴的「當時的歷史條件」與自然主義式的「人情世故之必然」，側描出他在那考據故紙堆中的狂熱，不啻是潛進一彷彿舊日時空重現的寫實場景。那是一個密不透風的「清代的世界」。由官制、君臣密摺、科考規制、八旗制度、清代懸案（雍乾二朝繼位正統背後的宮廷喋血）以及這一切線索可互爲校勘的精確年代及地理位置。每一密縫處的人情世故，仰體上意、御下權術，以及廷臣疆吏之間結盟或傾軋之關系，皆熟練精微到彷彿重現眼前。那樣反覆推敲，細微宛轉的「橫看成嶺側成峰」、「一聲也而兩歌，一手也而二牘」，浸潤《紅樓夢》

「神技」與失散的龐大清廷宗室政權治術之網絡。

如此看高陽，我們可以發現，對應著他那以考據材料覆蓋拼綴的「大宇宙」——消失的大清帝國或是《清史稿》；所謂的「小宇宙」，或許不止曹紅系列的十二冊小說——1《紅樓夢斷》四冊：《秣陵春》、《茂陵秋》、《五陵遊》、《延陵劍》；2《曹雪芹別傳》系列一、二冊；3《三春爭及初春景》第一、二、三冊；4《大野龍蛇》第一、二、三冊。再加上「胡雪巖系列」或「慈禧系列」或其它零星之清史小說。康來新在〈新世界的舊傳統〉的上半，質疑了高陽「命理時期」的紅學轉向，但在該文下半，對高陽的曹紅系列小說，卻有極精準的定位，她說：

> 就紅學言，它們是：高陽命理、考證與索隱結晶的紅樓「發生論」。就史學看，它們既在貫徹高陽「史學通俗化」的畢生志業，同時也環扣起高陽清史小說的長鏈，以致成就了另一種柔性版本的朝代書寫。再就小說學而論，它們可以說明高陽乃晚清《老殘遊記》、民初「鴛鴦蝴蝶派」的直系血胤。296

她也發現了其實高陽假托曹紅身世，其實小說背後漫漶龐歧的「清史」。

高陽不僅結合了正史考據，稗官野史，筆記小說，整個紅曹系列幾乎包括了整個清初史事。這也難怪「曹學內容雖豐但可以運用於曹雪芹本人的卻畢竟有限，特別是長篇連載的形式，對博學多聞的說書講史人高陽而言，要不『跑野馬』都難。於是會發展到最後四百萬言的清史小說四部十二冊」。曹紅系列小說中，高陽處理相隔二十年的曹家兩次家變，都以家人殷殷叮嚀曹雪芹作結。文中寫著「今後千斤重擔都在您身上；咱們三家都要看你了」。高陽說自己的曹紅系列，是著眼於《紅樓夢》一書的成書過程，然而，小說卻結束在曹雪芹可能即刻動筆著書的前夕，對於曹雪芹的後半生，高陽卻不再追究。這個疑團就如同圍繞著《紅樓夢》與曹雪芹的諸多懸案，至今無法眞正解開了。

但如前文所述，一是高陽不願讀者將他的《紅樓夢斷》看成《紅樓夢》的「仿作」，也不要認爲他的《曹雪芹別傳》是《紅樓夢》「內容」研究的學術論文，高陽一再提醒我們《紅樓夢》的「一聲也而兩歌，一手也而二牘」，「事實上賈寶玉、林黛玉、薛寶釵，都屬於文學上的創造，而非某一眞實人物的傳眞」，所以在高陽言，「有此二反常」，未及著墨文豪（曹雪芹）晚年的空懸，正因那眞正的《紅樓夢》文學創作的神祕部份，並不在高陽的「小宇宙」過渡往「大宇宙」的堪輿地圖上。高陽的《紅樓一家言》調度繁雜龐大知識系譜，乍看像是重新建構了他想像（窺破）的曹雪芹與《紅樓夢》的文本與歷史時空錯繁編織的詮釋學模型；但反過來看，那在他運用那些考據材料轉身打造自己（高陽）的曹紅小說系列時，逸出小說布局所需，常常不得不「跑野馬」的野翰林清代知識百科，反而是我們言歸正傳藉以參照高陽所有的大清朝歷史小說，卷帙浩繁的所謂的「以小說造史」的某一段化石岩層之證據。《紅樓一家言》、《高陽說曹雪芹》裡諸多高陽現身說法，熟稔大清朝諸多典故、儀制、宮廷懸案、君臣權之推敲、歷史時空之還原，在在令我們一窺他世故理解的那個「大宇宙」——那個消失的歷史時空，那個清代的世界。

四、藉「子平之術」所展現的宇宙觀

高陽在〈高鶚何能解曹雪芹所製的謎──《紅樓夢》後四十回確爲曹雪芹原著舉證〉開始即感慨：

在我提出世界紅學會議的第二篇論文《紅樓夢》中，元妃係影射平郡王福彭考〉，曾解釋了「虎兔相逢大夢歸」這個謎。所得的反應頗爲清淡；最大的原因是這篇論文中的幾個子目：「兩個八字」、「土木之變」；「加一」的秘密等，在不懂推命之術的讀者，茫然不解。這原是不足爲奇之事，因爲精於子平者，未必對《紅樓夢》有研究；而紅學專家未必懂此一門「雜學」。《紅樓夢》中醫卜星相、營造飲饌，「雜學」最多；此所以作《紅樓夢》考證不易。297

就紅學領域看，這或許正是高陽以命理、考證，與索隱結合的《紅樓夢》論點，亦即康來新在論文中難掩惋惜之情的「命理時期」。

似乎，將事有所本的史實索隱，加入神乎其神的命理，標示著高陽的考證之路，離早期紅學的「文學」觀點愈遠。然而，如果我們把高陽這一系列的紅學考據，如前所述，「假作眞時眞亦假」爲背景。他所相信的哪個對應索隱著一個隱喻世界的「小宇宙」，如謎團一般的《紅樓夢》。混揉交織著官制、儀典、服色、倫理權力尊卑；以及前文所引李亦園先生對「文化中國」核心的，以天干地支爲宇宙論或時間觀念的「大宇宙」投影。那麼，我們或許可以把高陽的這些一篇篇動輒引用八旗教育制度，君臣奏摺，南北口音差異、漕運史、宮廷祕聞，以滔滔雄辯的「紅學」系列，看作一個龐大繁錯而互相支援的「象徵體系」。那麼，《高陽說曹雪芹》中最後的這兩篇論文，不啻是這個「隱喻的帝國」最後的兩塊磚石。

在〈高鶚何能解曹雪芹所製的謎〉這篇論文中，高陽啓動他滔滔的雄辯術。他將一套封閉的象徵符號系統，以《滴天髓》、《命理約言》等子平之術，透過信而有徵的雍正與大臣硃批奏摺，連結上雍正「頗譜星命，黜訥爾蘇而以其子襲爵，可能已知道丙年在福彭是『官印相生』，借以運用權術，作爲一種籠絡的手段」[298]。以此推論「星相之術在康雍兩朝爲貴族所深信」，於是將此隱喻系統擴大成一雍正朝君臣之間權力交移與用人哲學的「集體潛意識」。高陽對這一套「以人事而知天命」的象徵符號系統交待如下：

> 命理學大備於明朝；所謂「十神」者，根據明朝社會及官場的習慣，歸納而得，象徵的意義，豐富、微妙而有趣。能爲歌訣有云：「生我者爲正印、偏印；我生者爲傷官、食神；剋我者爲正官、七殺；我剋者爲正財、偏財；比和者爲比肩、劫財。」則正印、偏印爲父；傷官、食神爲子、推廣其意，凡長輩能蔭庇我者，皆爲印；晚一輩聽我所指揮者，皆爲傷官、食神。傷官、食神皆可助我生財，但有邪正之分，故在官場中傷官可視之爲胥吏；而食神可視之爲幕賓。偏印則專剋食神，故別名「梟神」。居官迎養其父於任上，安分守己做老封翁，自是正印；但若以「老太爺」的身分，攬權納賄，包辦訴訟，即爲偏印。倘有這種情形，幕賓持正，必定反對；衝突的結果，以老爺的權威，幕賓必不能安於其位，此即所謂「梟神奪食」；食神既被剋走，偏印更能爲所欲爲，結果非丟官不可。

這套由「明朝社會及官場習慣」蛻脫而出的符號系統，已不僅僅是一組數學性的生相之術，其內還將權力對位，權力性格及相生相剋之「喜怒哀樂之未發，謂之中；發而皆中節，謂之和。中也者，天下之大本也；和也者，天下之達道也。致中和，天地位焉，萬物育焉。」（中庸）儒家倫理及其延伸的人際行爲準則暗含其中。

高陽說：「我相信雍正一定懂這個道理，他喜歡替人看八字，著眼點恐在於偏印、偏官（七殺）與『日主』（本人）的關係，而看出好處來，利用爲一種籠絡的手段，頗有明顯的是對年羹堯。」[299]他接著舉證孟心史《清代史》，曾引故宮所藏年羹堯、隆科多、鄂爾泰三人的奏摺與雍正硃批諭旨，分析君臣在行文措詞間，來證看雍正頗信命理的觀點說：「天子能造命」。在這些「七殺有制，謂之偏官；偏官無制，即成七殺」的命理口訣裡，舉證歷歷雍正的帝王心術。高陽說雍正：「他雖不信『命中註定』四字，但卻深諳命理與人際關係相通奧妙之處，並有以命理來處理人際關係的非凡手段」。[300]

傅柯（Michel Foucault）在他《事物的類別》提到，語言實質上不具有「重現」其他事物本體的特殊能力。人類以爲憑藉語言就可無往不利的傳達知識或事物的某種秩序，但其所得結果，實在僅是語言本身秩序的變幻[301]。他指出，我們若欲追溯近四百年來（歐洲）「人類學科」的誕生與發展，研究語言在各「知識領域」中所提供的結構模式，自然是最近便的方法。傅柯認爲，「在十六世紀（歐洲）的時候，人們對語言事物的瞭解，是基於一種『異中求同』的期望（same in the different）。宇宙萬物都被看作是層層相屬，互有類似的地方。所以，語言如用來指涉一特定事物。那麼它與該事物間必有密不可分的「相像」（resemblance）。而在此一基設的推衍下，所有科技文明的發展，都顯示了當時人們追求各個分離事物相似處的努力。由此可見文藝復興時期的語言觀是相當純眞的，因人們以爲只要找到了語言的眞理，藉著『相像』功能作用，他們終必找到所有事物的眞理。」[302]

乍看下，高陽〈紅樓夢中的「元妃」係影射平郡王福彭考〉〈高鶚何能解曹雪芹所製的謎〉這兩篇代表「走入命理時期」的論文，似乎把元妃的「虎兔相逢大夢歸」之謎、《三春爭及初春景》種種「金陵十二釵正冊」詩讖，置放進一日期精算、乃全於全本以天干地支作推算依據的命理時間系統：

> 「大夢歸」謂人之去世，自不待言；「虎兔」指地支第三位、第四位的寅、卯。干支紀年、紀日，人所易曉；但干支亦可用來紀月、紀時，尤其是紀月用夏歷「建寅」，則除知歷法及子平之學者外，常不易瞭解。因此，所謂「虎兔相逢」的虎兔，雖知指寅卯而言，但又不知指年、指月、指日、指時？……在此以前，第八十六回訛言「娘娘病重」，賈母又連日夢見元妃，都驚疑元妃有變；薛寶釵轉述賈家那些「丫頭婆子」，談到當年有人替元妃算命，雖說只怕遇著「寅年卯月」，但卻無礙，因爲「今年那裡是寅年卯月呢？」……卻不料元妃之死，是在「卯年寅月」，仍然是「虎兔相逢」。既有伏筆，又出新解，設計是相當周密巧妙的。[303]

於是，在這篇高陽頗自得意滿的「福彭爲我由幕後推至幕前，《紅樓夢》出現了新境界」，但紅學界「反應清淡」的論文裡，高陽排比出福彭與元妃這兩個實虛人物的「兩個八字」，並追蹤出「土木之變」、「加一的祕密」，由此進入了一段「紅學專家未必懂此一門雜學」，瑣碎廢雜的年齡、歿年、虛實戲劇之推理。康來新指出「出於神祕意識的讖緯術數，原本富於『耳語』、『流言』的曖昧，詭譎與不確定性，其紛歧答案的莫一是自然不言可喻。……理路仍不免要遭窒礙難行的困境，高陽情急之下的說詞——『索性錯得再多些』實不宜出現於治學的語彙之中。」304

高陽的這一套「土木之變」、「加一的神祕」，其推論所指，反而不是「以實證實」或「強錯爲對」。「索性錯得再多」背後的邏輯反在於「曹雪芹將他的整個世界，隱藏在『金陵舊夢』中，說得明白些，他希望連當時的『知者』，都以爲他所描寫的，只是曹寅在日全盛時代的富麗繁華。」305曹雪芹的本意是不是如此呢？我們無從得知，高陽從「一聲也而兩歌，一手也而二牘」的體會，由《紅樓夢》罅隙窮究，鑽進那個他藉以滔滔雄辯的歷史現場，反而是我們理解「歷史小說家」高陽，而非「考據治學家」高陽的想像性世界之重要圖景。高陽說道：

當時由於雍正奪嫡，以及乾隆本人亦有許多絕不能爲人所知的祕密，所以刪改「起居注」、「實錄」，甚至「玉牒」；收繳康雍兩朝硃批諭旨，乃至雍正「御製」的《大義覺迷錄》，亦不准講解，嚴令收回；文網之密，幾乎到了秦始皇時代，偶語棄市的恐怖程度。因此，他托政事於閨閣，在寫作技巧上，必須非常小心，運用隱喻、分解、交錯使用的手法，才能點點滴滴地隱眞相於一個假設的、完整的、入情入理的榮寧二府與大觀園中。306

高陽接著又小心翼翼地，爲曹雪芹現身說法似地解釋：

但是，在那個取富貴容易，長保富貴卻很難的政治衝突極其尖銳、敏感的時代，仍有人爲了利害，堅決反對曹雪芹將他們的故事作爲小說題材，哪怕是非常隱晦的寫法亦不容許。其中最大的一股壓力，當然來自平郡王府；其次，是怡親王府，因爲曹頫本來是交給怡賢親王胤祥照看的，而福彭之得以大用，顯然亦由於胤祥生前，常在雍正面前稱道的緣故。但胤祥之死於雍正八年，是否由於助雍正「弒兄屠弟」而外慚清議內疚神明；或者遇到雍正所交付的非常棘手的難題，憂懼憔悴以死。[307]

在交代福彭之生辰八字及雍正將星命結合權術以籠絡之的一段，高陽由考據的破片，側描出乾隆己未年間，曾發生的一起流產宮廷政變。所引〈王氏東華錄〉裡證據歷歷之長諭。高陽對那起多人涉案，為謀反大逆，但乾隆處分甚輕之懸案，提出了一個假設的現場：

……這重公案的內幕極其複雜；我以為只有一個假設，可以解釋，即雍正生前，對於皇位的繼承問題，另有安排（按：高陽之前提及乾隆生母極可能為熱河行宮一李姓宮女的問題），付託莊親王照遺命執行。此當別為之考，不在本文範圍之內；所當著眼者，是乾隆長諭中，說莊親王與弘晳等「私相交結，往來詭祕，朕上年即已聞之，冀其悔悟，漸次解散，不意至今仍然固結。」這就是說：乾隆希望皇位繼承問題，莊親王能改變既定的安排，但因出於先帝遺命，不便公然表示，惟望暗中化解；而以福彭與乾隆的關係，猶如怡親王胤祥之與雍正，是必負有策動莊親王及相機化解的責任，「不意至今仍然固結」，則福彭顯然大負付託，此為寵信又不如以前的主要原因。[308]

這裡高陽又悄悄地混淆了「考據」與「小說家言」之邊界。

凡此種種，不勝枚舉。那確實已漫漶龐雜到考證《紅樓夢》文本的考據環節之所需，而進入楊照所說「歷史小說與歷史民族誌」的範疇：「『參與式觀察』的方法論，可以幫助我們搭連空間上斷裂的社會文化理解，那麼應該也可以同樣幫助我們進行時間上的旅行，不要再停留在走馬看花，記記報紙政經大標題的膚淺層面。有些歷史學家開始試圖將自己化身為試圖進入一個古代社會的人類學家。我們不再只是要問一個過去事件如何發生、解釋，我們要努力去刻劃一個社群，一個文化，想盡辦法呈顯出一幅立體多角的歷史面貌，而不被事件拖引以致忽略了其他靜態、潛藏的文化異質風景。」309

高陽的這種種「這方面的資料太少」、「我直言」、「隱藏在金陵舊夢的另一個世界」的「小說家言」，參錯著互為索隱的已證實資料，並置在他「大膽推斷」的考據文章裡，而顯得神乎其神、設限重重。但作為一「參與式方法論」的歷史面貌重建，許多匿伏在考據材料下的推論，皆明明描繪浮現一充滿戲劇性的小說場景。我們甚至可以這麼說：作為環繞著《紅樓夢》文本的這個「小宇宙」，藉以考據、推理、合理化創作動機，以及作者或書中人種種身世之謎的線索，在高陽愈窮究埋首清史、奏摺、硃批、稗官野史、官場筆記，甚至作為「雜學」的子平之術等諸多龐雜線索中，逐漸廓描出一個屬於他個人想像性的，既實體又虛構的清代歷史風景。

當那個「大宇宙」逐漸成形後，許多原本臆測為「小說家隱去眞言」的尖銳、敏感的歷史場景——宮廷喋血、皇位證明風暴、權力投資成敗的慘烈實況、伺候皇帝主子種種精密迂迴的承迎世故——那已膨脹擴大到獨立於「紅學考據」的功能性之外，而慢慢獨立成一個活生生的，充滿「高陽式」人情世故的小說實體。至此，這個「大宇宙」（想像的清代）所對應的「小宇宙」（《紅樓夢》）之必然性慢慢關闔，而轉向了另外的許多個「小宇宙」文本世界：即高陽的那些歷史小說群。

譬如高陽在推臆福彭之死因時，交代了一段幾乎可作為小說讀，人性刻劃如此傳神的祕史：

乾隆十三年三月十一日，孝賢皇后崩於德州，實為投水自殺。起因與其弟婦有關；孝賢胞弟傅恆之妻，爲乾隆所私幸，福康安實乾隆之私生子，此所以「身被異數十三」，獨不得爲額駙。此事我別有考證，自信得實。……總之，孝賢之死，大損「天威」。乾隆一方面多方尊后，並安撫傅恆，以爲掩飾；一方面要「立威」，用高壓手段臣下不得觸犯忌諱，感情狀態如在剃刀邊緣，封疆大吏以百日大喪其內剃髮獲嚴譴至論死者有數人：素受親信的訥親，以征金川失利，命侍衛以其祖「遏必隆刀」斬於內召途中；張廣泗征苗建大功，召至京親鞫於瀛臺，終於斬立決。張廣泗爲鑲紅旗漢軍；福彭爲鑲紅旗主，又爲在內廷辦事的「總理事務王大臣」，自不免在征金川一役中，對張廣泗有迴護之處。據《紅樓夢》九十五回敘元妃之死，說是「痰氣壅塞，四肢厥冷」；又說「痰塞口涎，不能言語」，是中風之象；此亦即爲福彭斃命的實錄。因而可以推想得到，當時福彭一方面是看到乾隆翻臉無情，而且手段至辣，大受刺激；一方面怕受張廣泗的牽連，被逮問罪，五中焦憂，以致中風。[310]

另外，在〈曹雪芹年齡與生父新考〉的文章中，高陽以「賈政就是『假設』」，「賈政字『存周』」，推論曹頫與雪芹如「周公與武王之子成王」之典，也是叔姪，來論證：

第一，江寧織造一職，在曹璽、曹寅、曹顒三世，都是父死子繼，如果曹顒不是早亡，等曹雪芹長大成人而聖眷依然不衰，則雪芹亦必可承襲此職。其中出現兄終弟及的局面，乃是不得已的變格。第二，就曹寅之妻李氏來說，三年之內，夫死子亡，後嗣莫卜而官課待補，正面臨著一個所謂「最嚴重的局面」；曹家子弟雖多，但康熙所眷顧者只是曹寅，若無爲李氏視如己出的曹頫，使康熙深信其必能孝母敬嫂，即不會有令其嗣襲職的最佳安排。所以曹頫的「假設」，雖是儻來的富貴，亦正有「存曹」之功，否則，就連以後十三年的繁華，亦不可得了。

第三，曹頫視曹寅夫婦，恩逾父母，在感恩圖報的心情之下，必有一番打算，「假設」以後終有「歸政」的一天，如果希望曹雪芹在他死後，具有繼承其織造一職的能力，那末從小督責極嚴，也就無怪其然。311

這一段「曹頫是紅樓夢中的賈政」、「曹頫是曹寅夫婦的姪兒過繼爲兒子以承襲江寧織造」、「曹寅的親生子曹顒早亡，並留有遺腹子」，所以「曹雪芹是曹顒的遺腹子而非曹頫的親生骨肉」的三段式辯證，證據歷歷，環環相扣。曹寅於康熙五十一年去世，兩年後，獨子曹顒於五十二年奉「特命」繼承父職，復差李煦巡鹽，「代管」一年。至次年，康熙換了兩淮鹽運使李陳常爲巡鹽御使。同年冬，曹顒、李煦、曹頫一同進京，曹顒病故。曹寅的妻子李氏，在三年之內，夫死子亡，而且還虧欠著公款，眞已瀕臨了家破人亡的命運，但想不到絕處逢生，康熙替她處分了家務，特命曹頫出繼爲曹寅之子，並承襲江寧織造之職，同時又命李陳常代爲清補曹顒任內的虧欠。

關於曹顒有一遺腹子之揣測，亦引述：「康熙五十四年三月初六日，曹頫接江寧織造任，次日上謝恩摺，中間有一段說：『奴才之嫂馬氏，因現懷妊孕，已及七月，恐長途勞頓，未得北上奔喪。將來倘幸而生男，則奴才之兄嗣有在矣。』」一一加以描述，並在這段之後加上一句：「這幾句話太値得注意了。」他指出：「曹顒的遺腹子長養成人，則以其在曹氏家族中的特殊地位，必當爲曹雪芹所提到，那末在紅樓夢中是哪一個呢？賈璉不像，賈珍更不像，難道就是寶玉？當我一想到這個『遠在天邊，近在眼前』的人物，眞所謂恍然大悟，就那一瞬間，各種證據，不求自至，恰如永忠弔曹雪芹的詩：『都來眼底復心頭』，向之不可解者，如寶玉出生何以寫得如此離奇？賈母何以如此鍾愛寶玉，賈政與寶玉之間何以看來總像缺乏父子之愛等等，似乎都易於索解了。」312

本文在此處抄錄摘引高陽對於此一公案的論證過程，即在藉由他對這一懸案（曹雪芹的年齡及他的生父究竟是曹顒或曹頫？）的推理，蛛絲馬跡的線索，恰正展列了他嫻熟穿梭於「清史檔案」、「康熙朝鹽務與織造大臣和皇帝之間充滿人性的權寵存亡關係」、「承襲規例與繼嗣的巧妙處置」、以及《紅樓夢》中對照於曹家命運的索隱式推敲及年鑑學派式的比對考證。而最後將這些網絡「立體化」，賦予血肉，使之成為一聯結在《紅樓夢》這一部小說文本及清代史實間的，活生生的，如臨現場的時光走廊，即在於高陽那充滿想像力及敏銳人情世故之參悟能力的「小說家天分」。

註釋

281 楊照：〈歷史小說與歷史民族誌〉，《高陽小說研究》，台北：聯合文學，一九九三年，頁一三四。

282 李亦園：〈從民間文化看文化中國〉，《文化中國》，台北：允晨，一九九四年，頁十二。

283 葉啓政：〈期待黎明——對近代中國文化出路之主張的社會學初析〉，《文化中國》，台北：允晨，一九九四年，頁八四。

284 參見張庚、郭漢城：〈崑山腔的作家與作品〉，《中國戲曲通史》，台北：丹青，頁二～五七。

285 同上，頁二～一八五。

286 高陽：〈「橫橋吟館」圖憶〉，《高陽小說研究》，台北：聯合文學，一九九三年，頁一七七。

287 周蕾：〈愛（人的）女人——被虐狂、狂想和母親的理想化〉，《婦女與中國現代性：東西方之間閱讀記》，台北：麥田，一九九五年，頁二九五。

288 許以祺：〈許氏家族對高陽作品的影響〉，《高陽小說研究》，台北：聯合文學，一九九三年，頁一五六。

289 高陽：《燈火樓台》，台北：聯經，一九八八年第三次印行，頁一二〇七。

290 高陽：〈橫看成嶺側成峰〉，《高陽說曹雪芹》，台北：聯經，一九八四年第二次印行，頁六八。

291 同上，頁七十。

292 同上。

293 龔鵬程：〈遙指紅樓——夜訪高陽於《曹雪芹別傳》發表前〉，《高陽說曹雪芹》，台北：聯經，一九八四年第二次印行），頁八三。

294 康來新：〈新世界的舊傳統〉，《高陽小說研究》，台北：聯合文學，一九九三年，頁四二。

295 同上，頁四四。

296 同上。

297 高陽：〈高鶚何能解曹雪芹所製的謎——爲紅樓夢後四十回確爲曹雪芹原著舉證〉，《高陽說曹雪芹》，台北：聯經，一九八四年第二次印行，頁一三一。

298 同上，頁一三二。

299 同上，頁一三三。

300 同上，頁一三九。

301 米歇·傅柯：《知識的考掘》，王德威譯，台北：麥田，一九八三年，頁二三。

302 同上。

303 高陽：〈紅樓夢中「元妃」係影射平郡王福彭考〉，《高陽說曹雪芹》，台北：聯經，一九八四年第二次印行，頁一〇九。

304 康來新：〈新世界的舊傳統〉，《高陽小說研究》，台北：聯合文學，一九八四年，頁四一。

305同註303，頁一二七。
306同上。
307同上，頁一二八。
308同註303，頁一一六。
309楊照：〈歷史小說與歷史民族誌〉，《高陽小說研究》，台北：聯合文學，一九九三年，頁一四〇。
310同註303，頁一二四。
311高陽：〈曹雪芹年齡與生父新考〉，《紅樓一家言》，台北：聯經，一九九二年六月，第六次印行，頁六六。
312同上，頁六二。

結語·綜述

細細翻看高陽一生所留下的歷史小說冊籍，上下古今、卷帙繁重。許氏以其獨特的家世背景，筆下蘊含多層且複雜的歷史元素，衆多史料在他筆下化為人情世故的故事搬演。與他同期，乃至新近的歷史小說撰寫者，沒有一個人能有如他一般豐富的史學素養、濃烈的考據癖，以及窮究史實的熱忱。因此，我們可以說，小說家高陽已經走進歷史。其意義，不僅在於許氏的創作已經確然留置文學史的系譜中，更重要的是，他的歷史小說創作恐怕再無追繼的來者，能身兼考據理路及創作之筆，且與作者個人如此緊緊相扣。高陽他作品的成就與侷限，在在散發著高陽特有的氣味。

家族薰染下的歷史小說家

高陽出生杭州橫河橋許家，許氏家族於清乾隆年間開始，科第鼎盛，時至晚清，家族內多達一百四十人次出任各級官員，宦跡遍及中國十七個省分。許晏駢由於出身宦族世家，自幼受家族薰染，文史學養豐富，母親尤其擅長說講歷史掌故與家族軼聞，他像是一個天生的歷史小說家，家族而來的配備齊聚於高陽一身。出自他筆下，以清朝爲取材背景的小說，更是家史、國史相融相合，「寫清朝比其他時期都好」，成爲評定高陽作品成就的原則之一；以許氏家族爲中心點，擴散環繞在外的家族故舊，在高陽小說中多有著墨，反而是家族本身的宦途事蹟爲作者輕輕略過，在這個疏者多寫、親者避寫的現象中，顯見小說家的史筆，對於家族多有維護，更可見家族對高陽其人的意義。

如果說，一九四六年隨空軍來台，是高陽生命歷程中的第一個轉機——因爲產生距離，對於故園舊朝的懷想，反激化爲創作的動力；六四年的第一本歷史小說創作，則是他生命中第二個轉機：高陽二字，成爲歷史小說的代言人。直至九二年，因病歇筆，許氏以幾近三十年的歷史小說創作，打造了一個高陽的歷史小說王國。然而，他的生命也因長期勞累，以及菸酒的危害，走到了終點。

文本與現實生活中多有矛盾

經由蒐集高陽相關資料，及與其親友故舊的訪談過程，筆者發現，現實生活中的許晏駢其實充滿矛盾。透過資料的裁剪，本書分別由學官兩失的野翰林、瓊漿玉液、知識譜系及考據癖、交遊、感情世界等部份敘述，企圖呈現高陽眞實的面貌。

其中，難能可貴的，是由國家圖書館提供的一份「高陽捐贈藏書書目」，由這份書目的出現，使得長期以來，神祕不可知的許氏知識系譜，有了清楚的依據來源，也由此探得他關注的焦點。另外，訪談中勾勒出的高陽面貌，其實和公開場合每每沉默不言，或咄咄逼人的高陽形象出現極大差距。孤獨、寂寞，是隱身於歷史小說大師頭銜下的高陽寫照，書妻、酒子，才是陪伴他一生的兩樣依託。

現實生活中，高陽屢有貴人相助，《聯合報》王惕吾先生是其一，當時的立委王新衡是其一。他的眾多好友更是始終因他的才學卻拙於生活，陪伴相助。這是他較許多創作者幸運之處。

轉型成功的創作者

面對高陽早期的言情小說創作，我們很難不搖頭輕嘆。所幸他在《李娃》之後，轉向歷史小說的創作，這個成功的轉型，他得以將個人對歷史的獨特嗅覺及自身涵養，充分展現長才於創作上，否則高陽兩字恐怕將被埋沒不見，因爲，他早期的文藝愛情作品，眞是乏善可陳。

而再一次地審視許氏的歷史小說作品，也再一次體會到其創作歷史小說的目的，在於個人史觀的建立。自先秦以迄民國，他寫作歷史小說的第一先決條件，在於對中國歷史的通盤了解，爾後，對於各朝各代的經濟、政治、文化制度上的變遷，則是他最爲關注的所在，也因此，他能同時寫作五個連載小說，而不會出現時代混淆的情形，要訣就在清楚掌握各朝各代的時代特質。

因襲傳統文學，創立新的歷史小說形式

高陽自認寫作風格受到《史記》、《漢書》、《三國志》、《新五代史》、《明史》的影響頗大，做爲一位出色的歷史小說家，他自傳統史傳中汲取了豐富的養分。許氏藏書目錄中大量傳統史書、野史、筆記及詩文集子的存目，是高陽自古籍中汲取傳統文學的最好佐證；再者，他的歷史小說創作更是充分地繼承了史家實錄的精神，並且無一不在展現他個人的史觀；然而，由他生前總未能寫出《張氏父子》一書來看，與傳統說書人避寫當代事的原則，也不無關係；其三，許氏擅寫政治、宮闈，與他的家族背景有關，然而，他的小說中未能深入描寫的庶民階層，顯然，也和高陽的侷限有關，因爲，那可能是他不熟悉的一個區塊。

晚清的政治主權易位，改變巨大的，在於固有「道統」及傳統官僚系統的徹底消失。對高陽而言，這是他生命最大的缺憾，未能再造許氏家族的繁華宦境，使得他晚年即使享有歷史小說創作的盛名，仍要自封野翰林以自況。清代的消失，象徵一個古老的中國文化隨之變形，這個改變，對高陽言，是缺憾，卻也是他的歷史小說所以備受肯定的契機。由於，歷史小說中挾帶著清楚而大量的中國質素，尤其他的歷史小說擅長仿擬歷史的場景，總將讀者帶回一個悠遠的歷史場景，成爲高陽歷史小說廣受歡迎的原因。

高陽繼承了晚清譴責小說、公案小說對人性與民族國家賦予浪漫關懷的表現，加以鴛鴦蝴蝶派的影響，在高陽筆下出現一種新風貌的歷史小說，它既中國又有西方小說寫實的技法，加上洗鍊典雅的白話文，而他在現代的媒體傳播方式下，成功地經由副刊連載形式，成爲知名作家，因此，他的成功與副刊的發展是同步的。

充分展現人情世故的歷史小說

從「經濟」、「男女」、「死生」三種關係，觀察高陽筆下的晚清小說，如以《胡雪巖》三部曲爲主的敘事策略，發現高陽正是以眞實故事爲經，以想像和虛構爲緯，民間傳說和野史材料加以編寫並給予想像擴張，成爲深入中國傳統社會，了解宮廷、政治傾軋，以及人際交往的最佳讀本。在他駁雜的歷史掌故中，穿梭編織的，正是一個一個中國人情義理的世界，以及「人情世故」的細膩與城府。他筆下的胡雪巖在平行的交際中透過結交人才、濟人於危急等方式收人、用人；再將個人的事業體與官方權力交涉，成爲種種經濟關係的掛鉤與結盟，成就他的紅頂商人傳奇，小說直是十九世紀中國經濟生態的實況搬演。

在男女關係的使用上，高陽以其有限男女情事書寫，作爲他推動男性人物擴展其人際關係的主軸。在小說中，男女情愫經常被轉換成經濟因素的計算，作家筆下的胡雪巖，動輒將所愛的女子慨贈他人，視此爲「賞心樂事」。不光男子在戀情豔遇間權衡利害得失，將男歡女愛之私領域擴大至事業版圖的人際布局中；女子也在涕、泣、瞋、笑間步步爲營，爭取自身權益。

然而，「國將大變」，高陽筆下人物的宿命其實緊繫於歷史不可違逆的變動。主角——權力中心（靠山）——歷史變局之間，成爲一個連動的關係。他寫胡雪巖的失敗，個人事業的「煙消雲散」，像是《紅樓夢》裡的抄家場景。死生關係其實就是歷史興衰的流轉。

文化中國為核心的宇宙觀

高陽歷史小說的核心究竟是什麼？他藉由稗官野史、筆記、考證，藉由宮闈內幕、江湖異聞等種種知識百科，營造出一個平行於正史之外，豐饒而生動的活生生、彷彿現場的古代中國；它們來自筆記與傳奇、家族血統的繼承。高陽宇宙的核心，其實是有形的清代政經社會，以及無形的中國傳統倫理與人情世故。於是，在他的《紅樓夢斷》系列小說中，他將他所迷心的「當時的歷史條件——人情世故之必然」淋漓盡致地發揮出來，重現出一個龐大的清宗室政權治術的網絡。

而作爲高陽勘破《紅樓夢》機關的子平之術，看似作家掉入了玄理的迷障中，而其實，子平之術正是高陽藉以理解清代君臣關係的一個重要門徑。其「考據癖」與「小說家言」的邊界時時混淆不清；仔細分別，高陽其實是藉著環繞於《紅樓夢》文本的這個小宇宙，經由考據、推理、解謎，一步步埋首於清史、奏摺、硃批、稗官野史、官場筆記、甚至子平之術，逐漸描繪出一個屬於他個人想像的，既實體又虛構的清朝圖像，這個高陽的大宇宙。而由此一大宇宙的形成，許許多多以清代作爲取材背景的其他文本世界於焉出現，也就是高陽的歷史小說群。這些小說的出現，正是憑藉著他的考據功力，及其小說家天份。

高陽晚年的兩件事，一是企望尋得接班人；一是積極籌洽自己的大全集，而這二者正好作爲「高陽傳奇」的一個尾聲。

高陽帶來歷史小說書寫的新紀元，他把歷史小說的書寫與閱讀，通過報刊連載形式，有異於同時代的新文藝與通俗文學，自成一獨立的文學類型；亦透過他浩冊帙卷的歷史小說著作，再生產了不只一個世代、同樣著迷於他的小說世界、史料的讀者群。然而，這樣的小說書寫恐怕再也後繼無人，晚近的歷史小說家，即使有著與高陽同樣擅於說故事的能力，卻無人能具備他豐富的史學長才及文化素養。因此，高陽式的歷史小說書寫，終將走入歷史，成爲絕響。

後記

悠長恍惚呵，像個找不著出口的夢境：開始時，一貫是陽明山早春的薄霧，還吵嚷著，怎麼隔壁人家那樣忍心地砍了屋前一株杏花！拐過街口，老上海西風引逗的酸枝家具、漢釉罐、宋汝窯、官窯、定窯梅瓶散置一地，還想低身端看，卻又不見；走著走著，怎麼背上馱了兩個寶寶，憨笑嬉鬧，讓我心急焦慮，怕他們不慎落下，又急著尋覓來時的路徑，踉踉蹌蹌，狼狽不堪。

總算了結了一樁心事，欠個身向這麼多疼惜自己的長輩友朋道聲謝，我點滴在心！

謝謝金師榮華一直以來的寬容與教誨，教我最多爲學處事的態度；

謝謝皮師述民、劉師兆祐，在論文口試期間給予的寶貴意見，和大度氣質下的微笑。

謝謝劉國瑞先生、大春師、偉貞姐、錦樹給予許多珍貴的一手資料及幫助。

謝謝郝阿姨，在泰安街靜謐的空氣中，親切地讓我闖進那個塵封的過往時光。

還有我的家人，尤其是軍。

至於那個夢境，我仍在尋找出口，

而光在彼端定靜清亮。

【附錄】

高陽（一九二二～一九九二）作品出版暨創作繫年

一九五三年

三月　《猛虎與薔薇》高雄百成書局

七月　《霏霏》高雄百成書局

一九五六年

九月　《筆與槍》，高陽、周一致、魏子雲、鄧文來合著，台北遠東圖書公司

未註出版月份　《落花生》高雄百成書局

一九五八年

未註出版月份　《獵及其他》，高陽、張學藝等合著，台北文光書局

一九五九年

六月　《紅葉之戀》高雄百成書局

八月　〈關於「旋風」的研究〉《文學雜誌》六卷六期

一九六〇年

一月　〈從此時到永遠〉《作品》一卷一期

二月　〈由冤獄想起〉《作品》一卷一期

〈路〉《作品》一卷二期

三月　〈釋禁書條件〉《作品》一卷二期

〈雲霞出海曙——「曉雲」評介〉《作品》一卷三期

四月　〈魚的喜劇〉《作品》一卷四期

五月　〈考驗〉《作品》一卷五期

七月　〈文藝三題〉《作品》一卷七期

八月　〈守護神〉《作品》一卷八期

九月　〈曹雪芹對紅樓夢的最後構想〉《暢流》二十二卷二至三期

十月　〈放氣作用〉《作品》一卷十期

十一月　〈我看紅樓〉《作品》一卷十一期

十二月　〈曹雪芹年齡與生父新考〉《作品》一卷十二期至二卷一期

一九六一年

二月　〈鄧通能通〉《作品》二卷二期

四月　〈失落的筆記本〉《作品》二卷四期

五月　〈我看玉娥〉《作品》二卷五期

六月　〈諸葛營房〉《作品》二卷六期至二卷七期

九月　〈月〉《作品》二卷九期

十二月　〈悶聲發財〉《作品》二卷十二期

未註出版月份　《淩霄曲》高雄大業書店，台北堯舜出版事業公司一九八二年四月新版

一九六二年

一月　《避情港》《作品》三卷一期，連載至十一月三卷十一期

九月　〈南國紀勝——新書評介〉《作品》三卷九期

十月　〈露露——新書評介〉《作品》三卷十期

未註出版月份　《花開花落》高雄大業書店，台北堯舜出版事業公司一九八一年十二月新版

一九六三年

一月　《避情港》高雄大業書店，台北堯舜出版事業公司一九八二年七月，台北遠景出版事業公司一九八七年，台北風雲時代出版公司一九九〇年六月，台北高陽作品集一九九二年五月新版

三月　〈鴿子姑娘〉《作品》四卷三期

四月　〈學術界豈可不辨是非？〉《作品》四卷四期

《五色燈下》連載《作品》四卷四期

五月　〈爲白萊艦長乾一杯〉《作品》四卷五期

〈由「異鄉人的惆悵」談起〉《作品》四卷五期

八月　〈從語言到文學〉《文星》十二卷四期

〈「紅鷹、他、睫兒」的欣賞與分析〉《作品》四卷八期

九日　〈爲薛寶釵辯誣——兼論《紅樓夢》電影與原著的距離〉《聯合報》九版

九月　〈開禁〉《作品》四卷九期

十一月廿八日　〈？〉於《聯合報》連載，至十二月六日結束

一九六四年

一月　《紅塵》高雄長城出版社，台北遠景出版事業公司一九八七年，台北風雲時代出版公司一九九〇年六月，台北高陽作品集一九九二年五月新版

三月　《桐花鳳》高雄長城出版社，台北遠景出版事業公司，台北風雲時代出版公司一九九〇年四月，台北高陽作品集一九九二年五月

四月二十八日　〈歷史、小說、歷史小說——寫在「李娃」及其他前面〉《聯合報》七版，亦載《台港文學選刊》一九九二年八期

　二十九日　《李娃》於《聯合報》連載，至十二月二十四日結束

七月一日　王惕吾先生在《聯合報》午餐歡宴文藝作家，包括高陽在內

九月十日　電影《風塵三俠》開拍，高陽編劇，李翰祥執導

一九六五年

一月八日　《風塵三俠》於《聯合報》連載，至六月十日結束

二月二十五日　《百花洲》於《中華日報》連載

三月　《驚蟄》〈林覺民〉台北幼獅文化公司，台北幼獅書店修訂版一九八五年三月，台北金蘭出版社一九八五年三月新版

四月　《李娃》台北皇冠出版社，台北高陽作品集一九九二年五月

七月十四日　《少年遊》於《聯合報》連載，至一九六六年一月二十九日結束

十月　〈紅學漫談〉《藝文誌》一期

十二月　《愛巢》台中台灣省政府新聞處

一九六六年

二月　《風塵三俠》台北皇冠出版社，台北高陽作品集一九九二年五月

十五日　《荊軻》於《聯合報》連載，至九月二十八日結束

八月　《少年遊》台北皇冠出版社

一九六七年

一月二十四日　〈周揚的「墓誌銘」〉《中華日報》六版

二十五日　〈郭沫若與蘭亭序〉《中華日報》六版

八月　《淡江紅》台北小說創作社，台北皇冠出版社一九八四年三月，台北高陽作品集一九九二年五月

十月　《金色的夢》台北聯合圖書公司

一九六八年

一月一日　《緹縈》於《中華日報》連載

二月　〈關於杜甫的少年與壯年——「文家十家傳」轇轕之一〉《中華雜誌》六卷二號

三月七日　〈假道學的故事——談「安溪相國」的「三案」〉《聯合報》九版，至八日結束

五月二十二日　〈莫「碎」了「七寶樓台」！——爲夢窗詞敬質在哈佛的葉嘉瑩女士〉《聯合報》九版，至二十三日結束

七月一日　〈清文宗與恭親王——寫在慈禧前傳之前〉《聯合報》九版

《慈禧前傳》於《聯合報》連載，至一九六九年四月六日結束

八月　《荊軻》台北皇冠出版社，台北高陽作品集一九九二年五月

十月　〈曹雪芹〉《作品》一卷一期，同文亦見一九七七年一月《大成》三十八期，一九八〇年九月《自由談》三十一卷九期，均題作「曹雪芹生平」

《紅燭》台北清流出版社

十一月　〈納蘭成德〉《作品》一卷二期

十二月　〈吳梅村〉《作品》一卷三期

一九六九年

一月　〈龔定庵〉《作品》一卷四期

二月　〈吳漢槎〉《作品》一卷五期，至二卷一期結束

四月八日　〈玉座珠簾十二春——主要人物介紹〉於《聯合報》連載，至十七日結束

十八日　《玉座珠簾》於《聯合報》連載，至一九七一年五月六日結束

五月　〈南洪北孔〉《作品》二卷二期

一日　〈陶朱公〉於《經濟日報》連載，至八日結束

九日　〈呂不韋〉於《經濟日報》連載，至十八日結束

十九日　〈臨邛卓家〉於《經濟日報》連載，至七月二日結束

六月　〈李漁及其他〉《作品》二卷三期

七月　〈屈原〉《作品》二卷四期

三日　〈任公與刁間〉於《經濟日報》連載，至八月五日結束

八月　〈陸放翁〉《作品》二卷五期

六日　《胡雪巖》於《經濟日報》連載，一九七一年七月二十九日結束

九月　〈姜白石〉《作品》二卷六期

十月　〈李清照〉《作品》三卷一期

二十日　《桃園結義》於《中國時報》連載，至十二月三十一日結束

十一月　〈曹子建〉《作品》三卷二期

十二月　〈太清西林春〉《作品》三卷三期

未註出版月份　《緹縈》台北清流出版社，台北堯舜出版事業公司一九八二年五月，台北遠景出版事業公

司一九八六年十二月，台北風雲時代出版公司一九八九年十一月，台北高陽作品集一九九二年五月

一九七〇年

一月　〈論君子與小人之爭——關於徐高阮先生之死的感想〉《人間世》十卷一期

《鳳儀亭》於《中國時報》連載，至五月五日結束

〈金聖嘆〉《作品》三卷四期

二月　〈張陶庵〉《作品》三卷五期

〈中興之世平反冤獄——述楊乃武案始末〉《人間世》十卷二期，至六月十卷六期

四月十六日　〈楊家將與呼延贊〉《中國時報》

五月十一日　《赤壁之戰》於《中國時報》連載

七月　〈截搭題及其他〉《人間世》十卷七期

九月十日　《清官冊》於《中華時報》連載，至一九七一年二月九日結束

十月　〈言言官不言〉《人間世》十卷十期

十一月　〈云何哉！〉《人間世》十卷十一期

一九七一年

一月二十六日　電影《緹縈》上映，高陽原著，李翰祥編導

二月　〈如此狂士咄咄咄〉《人間世》十一卷二期

三月　《清官冊》台北中華日報社，台北立志出版社，台北遠景出版事業公司一九八七年，台北風雲時代出版公司一九九〇年二月，台北高陽作品集一九九二年五月

四月　《慈禧前傳》台北皇冠雜誌社，台北高陽作品集一九九二年五月

五月二十四日　《慈禧前傳》第三部《清宮外史》於《聯合報》連載，至一九七二年七月十五日

六月 〈談書辦〉《人間世》十一卷六期

二十五日 《紅樓夢斷》於《聯合報》連載

八月十一日 《紅頂商人》於《經濟日報》連載，至一九七四年一月二日結束

〈「紅樓夢新探」質疑〉《幼獅月刊》三十四卷三期

九月 《玉座珠簾》台北皇冠雜誌社，台北高陽作品集一九九二年五月

一九七二年

一月二十七日 《楊門忠烈傳》於《民族晚報》連載，至八月二十五日結束

八月二十三日 《慈禧前傳》第四部《母子君臣》於《聯合報》連載，至一九七三年四月六日

九月 《清宮外史》台北皇冠雜誌社，台北高陽作品集一九九二年五月

十月 《紫玉釵》台北皇冠雜誌社，台北高陽作品集一九九二年五月

一九七三年

三月 《百花洲》台北皇冠出版社

四月二十一日 《金縷鞋》於《聯合報》連載，一九七四年一月二十一日結束

五月 《母子君臣》台北皇冠出版社，台北高陽作品集一九九二年五月

六月 《明朝的皇帝》台北台灣學生書局

十月 《胡雪巖》台北經濟日報社，台北高陽作品集一九九二年五月

未註出版月份 《大將曹彬》台北新亞出版社，台北堯舜出版事業公司一九八一年十月，台北遠景出版事業公司一九八七年，台北風雲時代出版公司一九八九年十一月，台北高陽作品集一九九二年五月

一九七四年

一月二十九日　《狀元娘子》於《聯合報》連載，一九七五年二月二十七日結束

二月二十五日　《琵琶怨》於《中華日報》連載

五月十六日　《明末四公子》於《民族晚報》連載，至八月八日結束

一九七五年

三月一日　《小白菜》於《民族晚報》連載，至一九七六年五月十日結束

十日　《胭脂井》於《聯合報》連載，至一九七六年八月八日結束

四月十六日　〈溪口蔣氏家風〉《聯合報》

七月一日　《正德外記》於《台灣日報》連載，一九七六年一月三十日結束

未註出版月份　《鴛鴦譜》台北新亞出版社，台北皇冠出版社，台北高陽作品集一九九二年五月

一九七六年

二月五日　《漢宮春曉》於《台灣日報》連載

五月十一日　〈鹽的種植——寫在徐老虎與白寡婦之前〉於《民族晚報》連載，至五月二十日

二十一日　《徐老虎與白寡婦》於《民族晚報》連載，至一九七八年一月一日結束

八月十六日　《瀛臺落日》於《聯合報》連載，至一九七七年六月十八日結束

九月　〈喜見「有正本」紅樓夢——提出此本「總評」作者爲誰的一個初步假設〉《書目季刊》

十二月　《胭脂井》台北皇冠出版社，台北高陽作品集一九九二年五月

十六日　《乾隆韻事》於《台灣日報》連載，至一九七八年二月一日結束

一九七七年

一月二十九日　〈我看「中國文學史上一大公案」——談乾隆手抄本百廿回《紅樓夢》的收藏者〉《聯合報》

三月九日	〈紅樓傾談——酬答趙岡教授〉《聯合報》，至十二日結束
四月	〈孔子塑像的服飾——兼談春秋戰國的「服飾」〉《藝壇》一〇九期
二十日	〈陳光甫外傳〉於《經濟日報》連載，一九七七年十二月三十日結束
六月二十五日	〈我寫紅樓夢斷〉《聯合報》十二版，亦見十二月《大成》四十九期
七月	《秣陵春》於《聯合報》連載，至十二月六日結束
	《金縷鞋》台北《聯合報》社，台北高陽作品集一九九二年五月
	《紅頂商人》台北經濟日報社，台北高陽作品集一九九二年五月
	《鐵面御史》台北皇冠出版社，台北高陽作品集一九九二年五月
	〈翁同龢給張蔭桓的兩封信〉《大成》四十四期
八月	《紅樓一家言》台北聯經出版事業公司，台北高陽作品集一九九二年五月
	〈關於丁寶楨殺安得海〉《大成》四十五期
九月	《瀛臺落日》台北皇冠出版社，台北高陽作品集一九九二年五月
	《高陽講古》台北求精出版社
十月七日	〈為韓文公後裔考證其先世榮銜的來歷——兼談如何判定「五經博士關防」方出於部頒〉《聯合報》十二版
十一月十一日	〈釋「藥轉」〉《聯合報》
十二月廿一日	〈我找到了！〉《聯合報》十二版，至二十三日結束
廿七日	《茂陵秋》於《聯合報》連載，一九七九年五月十五日結束
未註出版月份	《狀元娘子》台北南京出版公司，台北遠景出版事業公司一九八六年十月，台北風雲時代出版公司一九九〇年三月，台北高陽作品集一九九二年五月

一九七八年

一月九日　《小白菜》台北皇冠出版社，台北高陽作品集一九九二年五月

九日　〈無名美人〉於《民族晚報》連載，至二十八日

三十日　〈龔定庵與太清春〉於《民族晚報》連載，至三月四日結束

二月一日　《清末四公子》於《大華晚報》連載，至九月二十日結束

三月　《漢宮春曉》台北南京出版社

六日　〈劉三秀前記〉《民族晚報》至八日結束

九日　《劉三秀》於《民族晚報》連載，至一九七八年九月八日結束

四月　《乾隆韻事》台北皇冠出版社，台北高陽作品集一九九二年五月

《小鳳仙》台北南京出版公司，台北遠景出版事業公司一九八七年二月，台北風雲時代出版公司一九九〇年六月，台北高陽作品集一九九二年五月

五月　《秣陵春》台北《聯合報》社，台北高陽作品集一九九二年五月

九月一日　〈魯迅心頭的烙痕——記光緒十九年科場弊案與魯迅的祖父周福清〉《中華日報》十一版，同文亦載《大成》五十九期，一九七八年十月

二日　〈沒有學術那有自由——曹雪芹擺脫包衣身份考證初稿〉《聯合報》，至四日結束

十月九日　〈庸庵尚書〉於《大華晚報》連載，至十二月二十日結束

十九日　《印心石》於《民生報》連載，一九七九年四月二十七日結束

十一月一日　《花魁》於《中國時報》連載

廿八日　〈大陸紅學界的內幕——「曹雪芹的兩個世界」讀後〉《聯合報》，至二十九日

未註出版月份　《烏龍院》台北求精出版社

《琵琶怨》台北南京出版公司

《翠屏山》台北求精出版社

一九七九年

一月一日　《同光大老》於《大華晚報》連載，至六月二十三日結束

三十一日　〈歸去來——新春專頁〉《聯合報》三版

三月　《正德外記》台北南京出版公司，台北大美出版公司一九八三年九月，台北遠景出版事業公司一九八六年十二月，台北風雲時代出版公司一九八九年十一月，台北高陽作品集一九九二年五月

《花魁》台北時報文化出版事業公司，台北遠景出版公司一九八六年十二月，台北風雲時代出版公司一九八九年十一月，台北高陽作品集一九九二年五月

一日　〈作家明信片——十二〉《聯合報》十二版

五日　〈老舍之死〉《聯合報》十二版

二十四日　〈赤色「北京人」——曹禺〉《聯合報》十二版

五月二十三日　《五陵遊》於《聯合報》連載，一九八〇年二月十五日結束

六月一日　《粉墨春秋》於《中國時報》連載，至一九八〇年十一月三十日結束

二十四日　《柏臺故事》於《大華晚報》連載，至一九八〇年一月十六日結束

七月九日　〈說杜詩一首〉《台灣時報》十二版，至十一日結束

二十六日　〈錢鍾書的「管錐篇」〉《聯合報》八版，至二十七日結束

八月　《印心石》台北民生報社，台北高陽作品集一九九二年五月

《茂陵秋》台北《聯合報》社，台北高陽作品集一九九二年五月

《花隨人聖盦摭憶全編》，高陽、蘇同炳合編，台北聯經出版事業公司

十月　《劉三秀》台北南京出版公司，台北遠景出版事業公司一九八六年十二月，台北風雲時代

出版公司一九九〇年二月，台北高陽作品集一九九二年五月

十六日　〈黑塔與弇山——試解金瓶梅作者及地點之謎並爲沈德福辨誣〉《文學思潮》五期

〈笑談周揚「歷史功過」〉《聯合報》八版

未註出版月份　《徐老虎與白寡婦》台中慧龍文化公司，台北遠景出版事業公司一九八七年一月，台北風雲時代出版公司一九九〇年三月，台北高陽作品集一九九二年五月

一九八〇年

二月一日　《衍聖公與張天師》於《大華晚報》連載，至五月十三日結束

二十七日　《延陵劍》於《聯合報》連載，至一九八一年七月十六日結束

二十九日　《金色曇花》於《中華日報》連載，至一九八一年二月四日結束

三月二十九日　《五陵遊》台北《聯合報》，台北高陽作品集一九九二年五月

四月二十五日　〈江南奇案〉於《民眾日報》連載，至五月八日中斷

五月十六日　〈雙野史亭雜記〉於《大華晚報》連載，高陽、莊練合寫，至九月九日結束

六月六日　〈紅樓夢中「元妃」係影射平郡王福彭考〉（節錄）《聯合報》八版

七日　〈曹雪芹以副貢任教正黃旗義學因得與敦氏兄弟締交考〉（節錄）《聯合報》八版

七月　《楊門忠烈傳》台北皇冠出版社，台北高陽作品集一九九二年五月

八月十九日　聯副舉辦開放座談會「《紅樓夢》研究的未來方向」，座談會實錄八月二十二日刊出，出席者有白先勇、宋淇、周策縱、高陽、潘重規等，《聯合報》

十月　《清末四公子》台北南京出版公司，台北皇冠出版社一九八三年十一月，台北高陽作品集一九九二年五月

一日　《清朝的皇帝》於《大華晚報》連載，至一九八三年九月二十二日結束

未註出版月份　《同光大老》台北南京出版公司，台北皇冠出版社一九八二年十二月，台北高陽作品集一

九九二年五月

一九八一年

一月 《柏臺故事》台北南京出版公司，台北皇冠出版社一九八三年十二月，台北高陽作品集一九九二年五月

二月二十五日 電影《徐老虎與白寡婦》上映，高陽原著，李翰祥編導

三月 《金色曇花》台北皇冠出版社，台北高陽作品集一九九二年五月

二十日 〈我看「大將軍」〉《聯合報》

二十一日 「美感的疊現——插畫與小說座談會」記錄於《聯合報》刊出，出席者包括司馬中原、袁瓊瓊、徐秀美、高陽、雷驤、鄭清文

四月 《粉墨春秋》台北堯舜出版事業公司，台北遠景出版事業公司一九八七年，台北風雲時代出版公司一九九〇年六月

七月二十三日 〈寄語楊絳：我們是你們的「咱們」〉《聯合報》

八月 《古早味》台北南京出版公司，後改名《古今食事》台北皇冠出版社一九八三年十月，台北高陽作品集一九九二年五月

《清幫——胡雪巖外傳之一》台北堯舜出版事業公司

《陳光甫外傳》台北南京出版公司

《延陵劍》台北《聯合報》社，台北高陽作品集一九九二年五月

八月二十九日 〈橫看成嶺側成峰——寫在曹雪芹別傳之前〉《聯合報》

三十日 《曹雪芹別傳》於《聯合報》連載，至一九八二年十一月七日結束

九月 《草莽英雄》台北堯舜出版事業公司，台北遠景出版事業公司一九八六年十二月，台北風雲時代出版公司一九九〇年二月，台北高陽作品集一九九二年五月

十四日　「聯副三十年大系」二十八冊全數出齊，《聯合報》製作告成特輯「文壇千壘，花開萬樹！」朱西甯、侯健、李歐梵、高陽導讀專文陸續刊出

十月　《石破天驚》台北堯舜出版事業公司，台北遠景出版事業公司一九八七年，台北風雲時代出版公司一九九〇年五月，台北高陽作品集一九九二年五月

《高陽出擊》台北堯舜出版事業公司

一九八二年

三月十七日　〈陳寅恪自傷淪謫——柳如是別傳讀後感〉《聯合報》，至十八日結束

四月　《水滸傳畫冊》高陽、南宮博校訂台北堯舜出版公司

九月　《曹雪芹別傳》第一冊，台北《聯合報》社，第二冊於十二月出版，台北高陽作品集一九九二年五月

十四日　〈董小宛入清宮始末詩證〉《聯合月刊》十五期，至十一月第十七期結束

十月二十四日　〈妙諦與神韻——無神的神話〉《聯合報》八版

「照亮陰黯世代的慧光」自由中國作家聆索忍尼辛〈給自由中國〉演講，聯副邀請八位背景各異作家：龍瑛宗、高陽、三毛等）撰寫專文，《聯合報》

十一月十六日　《三春爭及初春景》於《聯合報》連載，至一九八四年十一月十九日結束

十二月　《高陽說詩》台北聯經出版事業公司，台北高陽作品集一九九二年五月

一九八三年

一月三日　〈周作人「落水」前後〉《聯合報》

一月　《高陽說曹雪芹》台北聯經出版事業公司，台北高陽作品集一九九二年五月

《楊門女將畫冊》高陽、南宮博校訂台北堯舜出版事業公司

〈張作霖之死與楊宇霆之死——跋陳鵬仁譯「我殺死了張作霖」〉《傳記文學》四十二卷一期

二月十三日　〈清宮的新年〉《聯合報》

十九日　〈談陞官圖〉《聯合報》

三月　〈關於張作霖之死的一些補充〉《傳記文學》四十二卷三期

四月七日　〈摩耶精舍的喜喪——記張大千〉《聯合報》

《血紅頂——胡雪巖外傳之二》台北堯舜出版事業公司

二十三日　〈「清宮回憶」的作者溥佳〉《聯合報》

五月　《武則天》，原百代著，譚繼山譯，高陽校訂，台北萬盛出版公司

六月　〈摩耶精舍的喜喪〉《大成》一一五期

九月　《明末四公子》台北皇冠出版公司，台北高陽作品集一九九二年五月

《三春爭及初春景》第一冊，台北《聯合報》社〈第二冊一九八四年三月，第三冊一九八五年四月出版，台北高陽作品集一九九二年五月

十一月　《宮闈蒐祕》台北皇冠出版社，台北高陽作品集一九九二年五月

〈話紅樓：石頭記不是高鶚所補？〉《自由青年》七十卷五期

十二月廿三日　〈許芳卿悼亡曹雪芹來生〉《聯合報》八版

一九八四年

二月　《野豬林》台北皇冠出版社，台北高陽作品集一九九二年五月

《魚的喜劇》台北皇冠出版社，台北高陽作品集一九九二年五月

三月　《梅丘生死摩耶夢》台北民生報社，台北高陽作品集一九九二年五月

九日　《翁同龢傳》於《大華晚報》連載，至一九八五年四月四日結束

四月二十三日　《燈火樓台》於《經濟日報》連載，至一九八六年十一月十七日結束

五月　《林沖夜奔》台北皇冠出版社，台北高陽作品集一九九二年五月

八月四日　〈吳梅村的「七夕」詩〉《聯合報》，至五日結束

二十六日　〈生平風義兼師友——悼周棄子〉《聯合報》

十月十八日　〈慧心、慧眼、慧業〉《聯合報》八版

十一月十一日　〈「詩史」的明暗兩面〉《聯合報》

三十日　《大野龍蛇》於《聯合報》連載，至一九八七年一月二十四日結束

十二月　〈橫橋吟館圖憶〉《聯合文學》一卷二期

一九八五年

一月　《燈火樓台》第一冊，台北經濟日報社，第二冊一九八六年二月，第三冊一九八七年二月出版，台北高陽作品集一九九二年五月

二月　〈棄子先生詩話之什〉《聯合文學》一卷四期

十七日　〈迎春·鞭春·咬春〉《聯合報》

三月　《革命先烈傳記》高陽總校閱台北金蘭出版社

四月　〈從滿漢全席談起〉《大成》一三七期

五月　〈孫殿英盜皇陵〉《大成》一三八期

六月　〈起居注及起居注官〉《大成》一三九期

五日　《丁香花》於《大華晚報》連載，至一九八六年八月九日結束

七月　〈能靜居日記中的曾國藩〉《大成》一四〇期

八月　〈中央圖書館鎮館之寶——能靜居日記〉《大成》一四一期

十月　〈四庫探祕〉《聯合月刊》五十一期

十一月　《大野龍蛇》第一冊，台北《聯合報》社，第二冊一九八六年七月，第三冊一九八七年三月出版

十二月十五日　《再生香》於《聯合文學》二卷一期總十三期連載，至一九八七年二月總廿八期第一部終

《即令平凡、可大可久》《聯合報》副刊

一九八六年

一月二十七日　《哈雷望遠鏡中的哈雷》《聯合報》

二月　《翁同龢傳》台北遠景出版事業公司，台北風雲時代出版公司一九九〇年四月，台北高陽作品集一九九二年五月

二十八日　「名家春聯展」《聯合報》

《重華宮的新年》《聯合文學》二卷四期總十六期

七月十三日　《古今同一考拾遺》《聯合報》

八月　《丁香花》台北皇冠出版社，台北高陽作品集一九九二年五月

九月一日　《八大胡同》於《大華晚報》連載，至一九八七年七月二十二日結束

十月　《李鴻章》台北遠景出版事業公司，台北風雲時代出版公司一九九〇年二月，台北高陽作品集一九九二年五月

《恩怨江湖》台北遠景出版事業公司，台北風雲時代出版公司一九九〇年二月，台北高陽作品集一九九二年五月

《大故事》台北遠景出版事業公司

十一月十九日　《談三百年前的一次大地震》《聯合報》

十二月　《前瞻人生／回觀歷史》《張老師月刊》一〇八期

未註出版月份　《假官眞做》台北遠景出版事業公司，台北風雲時代出版公司一九九〇年二月，台北高陽作品集一九九二年五月

一九八七年

一月十七日　聯副、聯合文學主辦「文學之緣」系列，邀請高陽、王文興對談〈一種文學、兩種角度〉

三月二十四日　《鳳尾香羅》於《聯合報》連載，至一九八八年三月十二日結束

　二十八日　第六次聯副「文學午餐會」，與高陽一起談《老殘遊記》，並刊出高陽的導讀文章〈一部具有獨特國際地位的晚清小說〉《聯合報》

五月　〈神往神田——兼談日本的酒〉《聯合文學》三卷七期

　二十二日　〈清世祖董小宛與唐玄宗楊玉環——寫在醉蓬萊之前〉《中央日報》載至廿九日

　三十日　《醉蓬萊》於《中央日報》連載，至一九八八年四月三十日結束

八月　《再生香》台北遠景出版事業公司，台北風雲時代出版公司一九九〇年六月，台北高陽作品集一九九二年五月

九月　《八大胡同》台北遠景出版事業公司，台北風雲時代出版公司一九九〇年六月，台北高陽作品集一九九二年五月

〈討論如何正確地看到知識？——評宣仲弘的「鮭」〉《聯合文學》三卷十一期

　十二日　《玉壘浮雲》於《大華晚報》連載，至一九八八年五月七日結束

十月　《王昭君》台北遠景出版事業公司，台北風雲時代出版公司一九八九年十一月，台北高陽作品集一九九二年五月

未註出版月份　《古文觀止註譯》，高陽譯註，台北五南圖書出版事業公司

一九八八年

一月六日　〈王新公與我〉《中央日報》十八版

二月　〈慈禧太后與伊藤博文——戊戌政變眞相之揭發〉《歷史月刊》創刊號

　二十二日　《周大老爺》於《聯合報》連載，至七月六日結束

二十七日　〈董鄂妃及董小宛的證據〉《中央日報》十八版

三月六日　「酒神的午後」聯副新春座談，王孝廉主持，汪中、林明德、高陽等出席，記錄於十一月十二日刊出，《聯合報》

四月二日　《安樂堂》於《聯合報》連載

十四日　〈命中注定做傀儡的溥儀〉《中央日報》十八版

二十一日　〈最後的宮廷——溥儀自傳讀後感〉《自由時報》十一版

六月　《鳳尾香羅》台北《聯合報》社，台北高陽作品集一九九二年五月

七月　《玉壘浮雲》台北遠景出版事業公司，台北風雲時代出版公司一九九〇年三月，台北高陽作品集一九九二年五月

《高陽雜文》台北遠景出版事業公司，台北風雲時代出版公司一九九〇年六月，台北高陽作品集一九九二年五月

〈所謂帝黨有密謀的面面觀——答汪榮祖先生〉《歷史月刊》六期

八月二十八日　〈阮毅成先生與我〉《中央日報》六版

九月　〈關於李蓮英的傳說〉《大成》一七八期

十一月　《醉蓬萊》台北遠景出版事業公司，台北風雲時代出版公司一九九〇年三月，台北高陽作品集一九九二年五月

十一日　〈漫談金飾〉《中國時報》二十三版

十二月　《清朝的皇帝》台北遠景出版事業公司，台北風雲時代出版公司一九九〇年一月，台北高陽作品集一九九二年五月

一九八九年

三月六日　〈白蘭地v.s.威士忌〉《聯合報》二十二版

六月五日 〈楓橋夜泊——詩碑之謎〉《聯合報》二十二版
八月二十七日 《水龍吟》於《聯合報》連載，至一九九〇年九月二十一日結束
十一月 《安樂堂》台北《聯合報》社，台北高陽作品集一九九二年五月
　二十二日 〈香妃的眞面目〉《聯合報》二十八版
十二月十九日 〈三項鐵證，原來如此——對容妃不是香妃一文的回應〉《聯合報》二十八版
未註出版月份 《高陽小說選譯》〈藕絲蓮心、紫玉釵〉，〈Stories by Gao Yan-Rekindled Loveand Purple Jade Hairpin〉陳善偉譯香港中文大學出版社

一九九〇年

一月一日 〈我也爲所謂香妃再說幾句話〉《聯合報》二十八版
二月 〈春節飲食漫談〉《故宮文物》七卷十一期
三月四日 〈一句話形容春天〉《聯合報》
　十一日 〈慈禧太后坐火車〉《聯合報》二十八版
四月二日 〈雜感二題〉《聯合報》
七月 〈清朝的會試〉《故宮文物》八卷四期，亦見十月《大成》二〇三期
十月九日 〈臨城大劫案〉《聯合報》二十八版，至十三日結束

一九九一年

二月 《水龍吟》台北《聯合報》社，台北高陽作品集一九九二年五月
三月三日 〈半曮錄——高陽病中手記〉《聯合報》二十五版
四月六日 〈半曮錄——病中手記之二〉《聯合報》二十五版
五月九日 〈黃秋岳父子「獨柳之禍」〉《聯合報》，至十日結束
八月五日 《蘇州格格》於《聯合報》連載，至一九九二年三月七日結束

一九九二年

四月三十日 〈我也談談簡體字之惑〉《聯合報》二十七版

五月 《高陽作品集》七十三種

《蘇州格格》台北《聯合報》社，台北高陽作品集一九九二年五月

六月 〈我寫歷史小說的心路歷程〉《聯合報》二十五版

七日 〈酒徒——高陽遺作二〉《聯合報》二十五版

〈校江上之役詩紀稿竟繫以一詞調寄滿江紅——高陽遺作二〉《聯合報》廿五版

八日 〈戊戌政變新考——在香港的一場演講筆記〉於《聯合報》連載，至十一日，分別載於二十五版、二十四版、二十五版、三十九版

十二日 〈「中國歷代名人勝跡大辭典」序〉《聯合報》三十一版

〈家書兩封〉《聯合報》二十五版

七月十九日 〈病中書〉《聯合報》二十五版

〈買陂塘——高陽遺作〉《中央日報》十六版

二十日 〈高陽許氏橫橋老屋舊址碑記〉《聯合報》二十五版

未註出版月份 《清朝中興名臣籌畫軍務手札眞蹟》，高陽編，台北聯經出版公司

《中國歷代名人勝跡大辭典》，高陽總監修，台北旺文社

文學叢書 132

INK PUBLISHING

野翰林 高陽研究

作　　者　鄭　穎
總 編 輯　初安民
責任編輯　丁名慶
版型設計　許秋山
美術編輯　張薰芳
校　　對　丁名慶　鄭　穎

發 行 人　張書銘
出　　版　INK 印刻出版有限公司
台北縣中和市中正路 800 號 13 樓之 3
電話：02-22281626
傳真：02-22281598
e-mail:ink.book@msa.hinet.net
法律顧問　林春金律師

總 代 理　成陽出版股份有限公司
業務部／訂書電話：02-22256562　訂書傳真：02-22258783
訂書地址：台北縣中和市中正路 800 號 11 樓之 2
e-mail：rspubl@sudu.cc
網址：舒讀網 http://www.sudu.cc
物流部／電話：03-3589000　傳真：03-3581688
退書地址：桃園市春日路 1490 號
郵政劃撥　19000691 成陽出版股份有限公司
門市地址　106 台北市新生南路三段 96-4 號 1 樓
門市電話　02-23631407
印　　刷　海王印刷事業股份有限公司

出版日期　2006 年 10 月 初版
ISBN　978-986-7108-12-8
986-7108-12-4

定價　300 元

國家圖書館出版品預行編目資料

野翰林 高陽研究／鄭穎 著.
--初版，--臺北縣中和市：INK 印刻，
2006〔民 95〕面；　公分（文學叢書；132）

ISBN 986-7108-12-4（平裝）

857.7　　94025135

NK INK INK INK INK INK IN
INK INK INK INK INK INK
K INK INK INK INK INK IN
INK INK INK INK INK INK
K INK INK INK INK INK IN
INK INK INK INK INK INK
K INK INK INK INK INK IN
INK INK INK INK INK INK
K INK INK INK INK INK IN
INK INK INK INK INK INK
K INK INK INK INK INK IN
INK INK INK INK INK INK
K INK INK INK INK INK IN
INK INK INK INK INK INK
K INK INK INK INK INK IN
INK INK INK INK INK INK
K INK INK INK INK INK IN
INK INK INK INK INK INK
K INK INK INK INK INK IN
INK INK INK INK INK INK
K INK INK INK INK INK IN
INK INK INK INK INK INK
K INK INK INK INK INK IN
INK INK INK INK INK INK